万葉集

日本の古典をよむ 4

小島憲之・木下正俊・東野治之［校訂・訳］

小学館

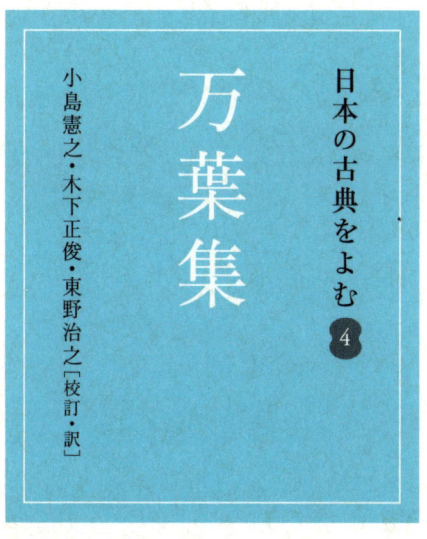

写本をよむ

桂《かつら》本《ぼん》万葉集

平安中期の書写で、現存最古の写本。巻子本《かんす》で巻四の約三分の一が残り、その他、断簡が存在する。紫・白・藍《あい》・朽葉《くちば》など、様々の色彩の継色紙《つぎしきし》に金泥《きんでい》・銀泥で花鳥草木が描かれる。宮内庁蔵

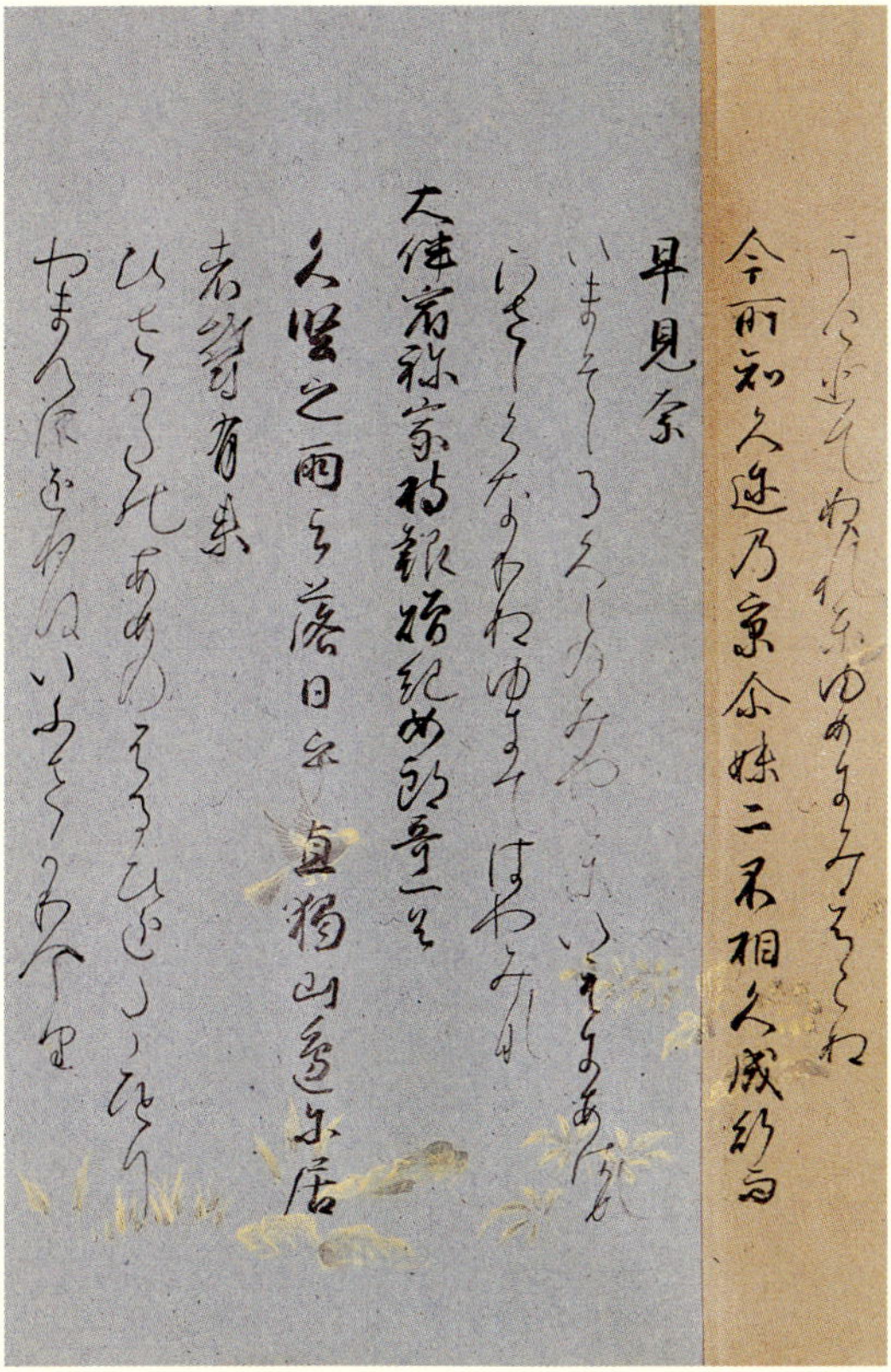

上写真は、巻四の七六七番歌の下句より七六九番歌まで。左に七六九番歌（写真の六行目以降）の翻刻を示す。読み下しと現代語訳は一四五頁に収録。

大伴宿祢家持報贈紀女郎哥一首
久堅之雨之落日乎直獨山邊尓居
　者欝有来
ひさかたのあめのふるひをたゝ
　ひとり
やまへにをれはいふせかりけり

書をよむ

万葉歌を楽しむ

石川九楊《いしかわきゅうよう》

大和《やまと》には　群山《むらやま》あれど　とりよろふ　天《あめ》の香具《かぐ》山《やま》　登り立ち　国見《くにみ》をすれば　国原《くにはら》は　煙《けぶり》立ち立つ　海原《うなはら》は　かまめ立ち立つ　うまし国そ　あきづ島　大和の国は　（一八頁）

『万葉集』の冒頭二番の舒明《じょめい》天皇の歌は、多くの人がこのように口誦《くちずさ》んでいる。だが、実際には次のように記された歌である。

山常庭村山有等取與呂布天乃香具山騰立國見乎為者國原波煙立龍海原波加萬目立多都怜𪫧國曽蜻嶋八門跡能國者　（図1）

ずらずらと並んだ漢字、これは宛字として使われた漢字で「万葉仮名《まんようがな》」と呼ぶ。宛字だから、一部の仮名遣いを除き、使用された漢字にはさほど注意が払われてこなかったが、実はそこに陥穽《おとしあな》があった。一字一語の表語文字・漢字を目をつむって使うことなどできはしない。片仮名をもつ日本語では「コカコーラ」でも、中国語では良き食品たることを指示する「可口可楽」であることがその一つの例である。

読み下した「大和には……」では、写真家入江《いりえ》泰《たい》吉《きち》のムダを省いた風景写真のような歌と解されるが、「山常庭……」の文字に即すると、次のような古代天皇王権の成立と繁栄を自讃する歌へと様変りする。

（山とともに常《とこ》しえな）大和朝廷（庭）の下では、村や山景が群をなしているが、中でも（布などを取り与える天皇の国の、鳥も集まる天の香りの具《そな》わる香《かぐ》しき山）天の香具山は格別の山である。その山に（馬を次いで）登り立って国見をすると、（大海原のごとき）国の原には、（波のごとくにまた龍《りゅう》が天に昇るかのように）煙が（さかんに）立ちのぼっている。また海の原には（波が見え、幾重にも幾重にも萬《まん》を超さんばかりの多くの）カマメが見える。この豊かな都は、何と愛するべき国であろうか(と心から思う)。この能《よ》き国、(無数の蜻蛉《あき》のとびかう島)蜻島、(八方に門をもつ大八島)大和の国は。(この豊穣な国は私が支配するのだ)。

「カマメ」がはたして「カモメ」と解してよいかは知らない。だが、「加萬目」と「多都」と、一層の「層」に列なる「曽」は、国の豊穣さを暗喩《あんゆ》しているではないか。それを「龍《たつ》」も「多都《たつ》」も同じ「立つ」で終わらせるのでは、国原の煙においては帝《みかど》の比喩でもある「龍」、海原の加萬目においては「多都」と書き分けた作者の苦心が消え去ってしまう。

元暦《げんりゃく》校本万葉集

部分・平安中期書写・国宝・東京国立博物館蔵
十四巻分と一部の断簡が残る。元暦元年(一一八四)に校合した本で、朱筆の訓、墨の補筆も見える。
Image: TNM Image Archives

1
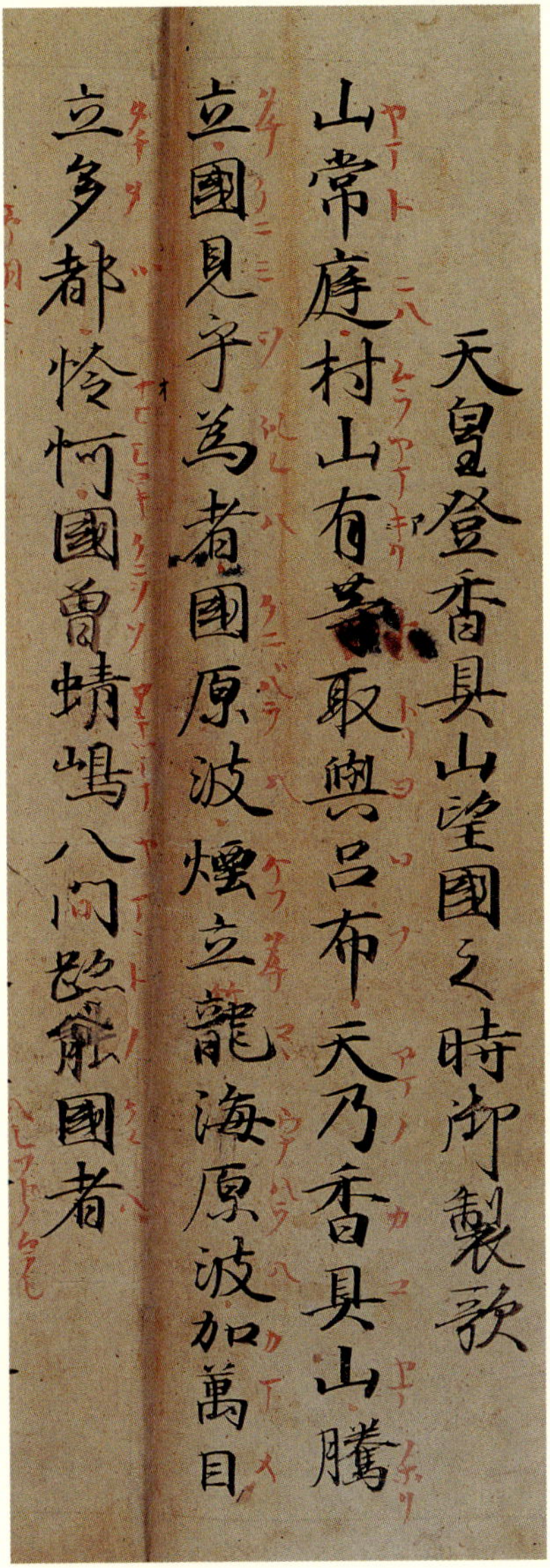

1—— 舒明天皇の歌

次頁図2の雄略天皇の歌に続く2番歌。

このように使われた文字に即して作者（万葉歌といえども書かれた姿以外では存在しないからここでは筆者を含む）の歌の深みを考慮すれば、『万葉集』巻頭の雄略《ゆうりやく》天皇の難解な次の歌（一七頁）の意味も姿を現わす。

籠毛與美籠母乳布久思毛與美夫君志持此岳尓菜
採須兒家吉閑名告紗根虚見津山跡乃國者押奈戸
手吾許曽居師告名倍手吾己曽座我許背歯告目家
呼毛名雄母　（図２）

従来の「籠《こ》もよ　み籠《こ》持《も》ち　ふくしもよ……」では、天皇が菜を摘む乙女に出自と名を尋ねている程度の素朴な情景歌にとどまる。だが、連想と連鎖と反復と書韻《しょいん》（書字上の韻）による拡張と、逆転と反転を駆使した用字上の苦心に目をとめると、この歌が『万葉集』の巻頭を飾るにふさわしい歌であることが明らかになる。

まず「母・夫・雄・児」の語家族《ワードファミリー》と、「児」にまつわる「籠・乳・歯・毛・背」と、これに加えて、「目・手」が領民の誕生と生育を暗喩する。この家族を容《い》れる「家・戸」は、「国」へと広がる。国外には「岳・虚（墟）・津・山・跡」などの領土があり、そこには、「菜・根・倍（孛）・採・持・籠」する人民の姿がある。そして神との対話に発する為政《まつりごと》の根幹たる言葉に関連して、「口」の字が「君・吉・名・告・吾・許・呼」と多用されている。ちなみに、先の「山常庭……」の歌では「呼」は「乎」で、「口《くちへん》」の文字はひとつもない（「呂」は「口《くち》」ではない）。そして天皇は腰かけて（居）、軍を指揮し（師）、聖なる場に御座して統《す》べてを治める。「籠毛與……」は、新生の領民（児）と家と領土からなる国家のすべてを登録、掌握し、これを「お言葉」で治める、新天皇制国家設立の高らかな宣言歌なのである。

万葉歌はすでに研究しつくされたかのごとくだが、漢字を連ねたその原形を考察すれば、さらに今後、思わぬ発見があるのではないだろうか。

（書家）

2

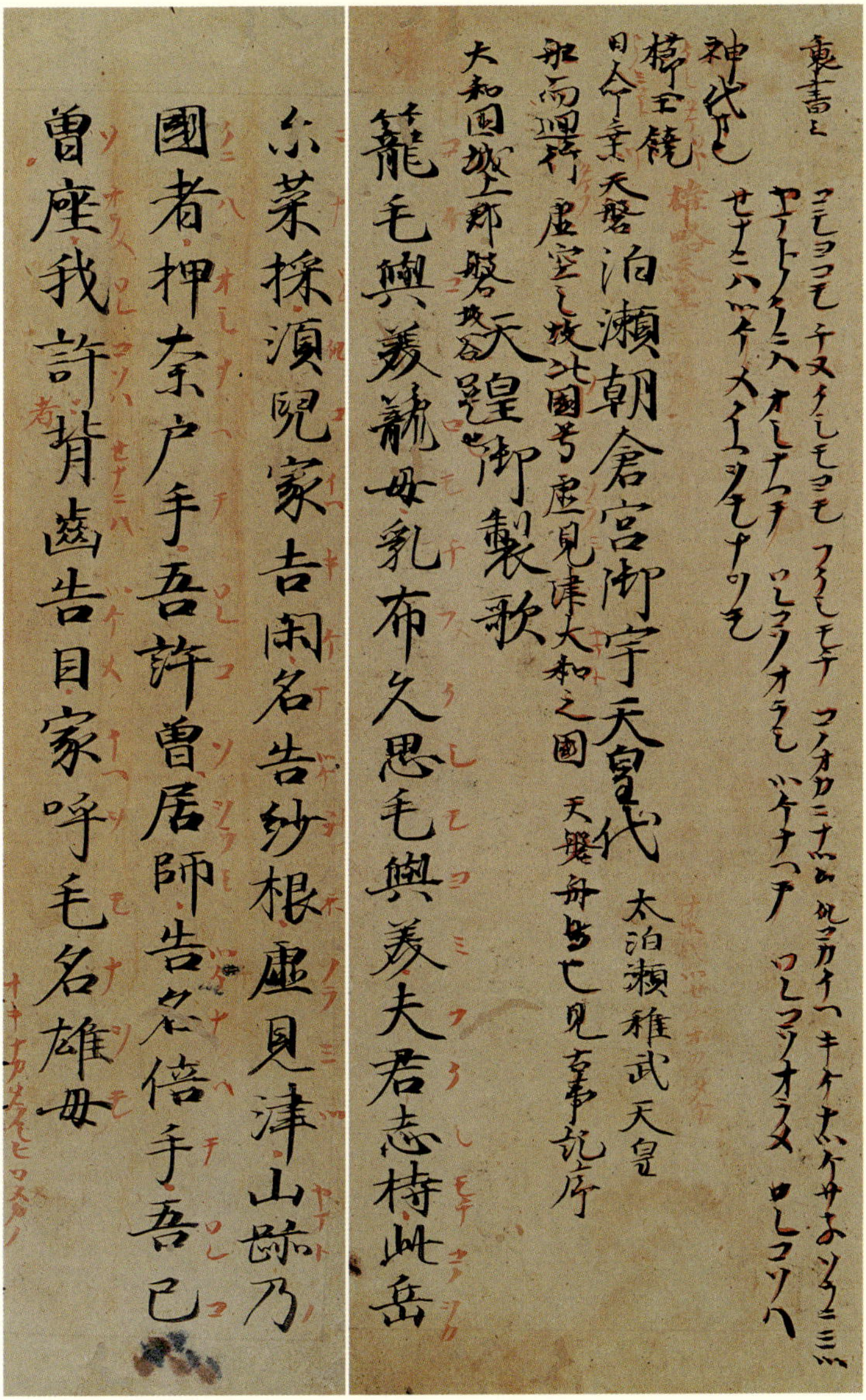

2―― 雄略天皇の歌

『万葉集』巻頭の1番歌。二葉にまたがるために間を空けて掲載した。

美をよむ

白鳳《はくほう》のアールヌーボー

佐《さ》野《の》みどり

目に見えるものでありながら、とどまらず変化するもの、たとえば炎のさまやさざなみの様子を造形化することは難しい。『宇《う》治拾遺物語《じしゅういものがたり》』や『古今著聞集《ここんちょもんじゅう》』に載る絵師良秀《りょうしゅう》の逸話は、そのようなとらえどころのない変化する形象の表現を求める話だ。だがこの難しさはいったん見事な造形に結晶したとき、なんともいいがたい神妙なる感覚を生ぜしめる。

今回取り上げる作品は、光明《こうみょう》皇后の母　橘　美千代《たちばなのみちよ》（二九二頁）の念持仏《ねんじぶつ》であったとされる阿弥陀三尊像（2）である。いや正確にはその後屏《こうびょう》（4）と蓮池《れんち》模様の台盤《だいばん》（3）である。後屏は縦五三・五㎝、蓮池台盤は縦七八・二㎝、横五一・五㎝と、それほど大きなものではない。いかにも白鳳仏らしい、丸い童顔の阿弥陀如来《にょらい》や脇侍《きょうじ》の観音菩薩《かんのんぼさつ》、勢至《せいし》菩薩の背後や下部に隠れ、ひそやかな佇《たたず》まいであるが、実に美しい。ぜひ背伸びして斜め横から蓮池（3）を覗《のぞ》き込んでほしい。

左上から右下へと水面のさざなみが広がり、そこに蓮《はす》の花や葉が散在する。水面と茎の接点は、まるで金平糖《こんぺいとう》のような小波が形象され、そして右下では、新たな波が生まれゆっくりと広がってきたさざなみを押し返している。意匠化されたさざなみと、上を向き横を向き、ひっくりかえってもいる蓮の花や葉は、流麗な曲線の乱舞のごとき形象となって融合している。この図版は真上からのアングルだが、一枚の銅板という平面に形象されたこの優美な蓮池から、にょきにょきと大きな三本の蓮が立ち上がり、そこに阿弥陀如来と両菩薩がいますという、〈念持仏〉の構成は、なんとも生命感に溢《あふ》れている。

後屏（4）は、蝶番《ちょうつがい》のついた三面開きの構造で、図版は、真ん中に中尊阿弥陀如来の頭光《ずこう》（光背《こうはい》）がついた状態の写真である。繊細なレース細工のごとき透《すかし》

伝橘夫人厨子阿弥陀三尊像

7世紀後半・国宝・法隆寺大宝殿蔵
飛鳥時代と奈良時代との間を、造形の分野では「白鳳時代」と呼んでいる。

2

1

3
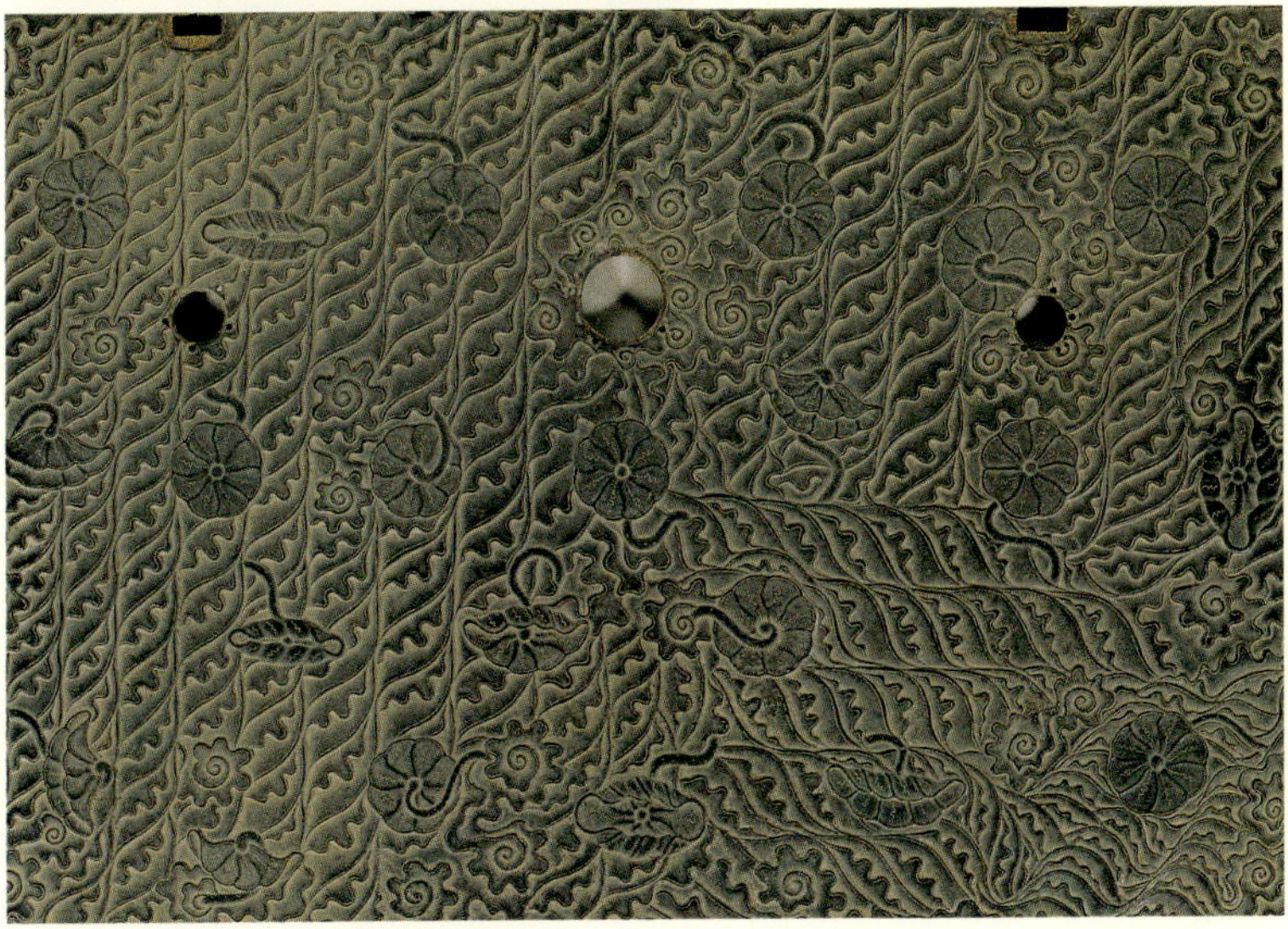

1〜3——阿弥陀三尊像と蓮池

1の厨子に納められた2の阿弥陀三尊像の下部に、3の蓮池台盤がある。

4—— 阿弥陀三尊像の頭光と後屏

真ん中が頭光、その後ろの後屏は蝶番がついた三面開きの構造。

彫《ほ》り頭光。外側の唐草文《からくさもん》は、百済《くだら》観音の頭光に描かれた意匠を学んだものらしく、その洗練はとりわけ見逃しがたいのであるが、いまは蓮華化生《れんげけしょう》をあらわす後屏に注目しよう。蓮華上に思い思いのポーズで座す天人＝化生菩薩。その天衣《てんね》は翻《ひるがえ》り上昇し、王冠のような天蓋《てんがい》で荘厳《しょうごん》された小さな化仏《けぶつ》へと私たちの視線をいざなう。微妙に形を変え自在に余白を埋める蓮の花や葉。蓮池と同様、流麗な曲線構造は、こちらではさらに変化に富みより自由な動きの感覚がある。天衣や蓮の長茎は、一つとして同じ形、同じ動きを示すことはない。このような厳密な対称性・規則性からの離脱が、蓮池とはまた違った見所である。化生菩薩を誕生させる蓮華の茎には、不思議な触手のようなものが絡《から》みつき、そのほか植物文らしき線刻がいたるところに見られる。上へ上へと伸びた茎の先には、火焔《かえん》を発する満開の蓮華もみられる。この装飾性豊かな後屏は、植物の生成のエネルギーによって満たされているのである。（美術史家）

万葉集

装丁　川上成夫
装画　松尾たいこ
本文デザイン　川上成夫・千葉いずみ
解説執筆・協力　鉄野昌弘（東京女子大学）
コラム執筆　佐々木和歌子
編集　土肥元子・師岡昭廣
編集協力　松本堯・兼古和昌・原八千代
校正　中島万紀・小学館クォリティーセンター
写真提供　牧野貞之・小学館写真資料室
地図制作　蓬生雄司

はじめに――和歌の起こり

『万葉集』が、日本最古の和歌集であることは、ことさらに言うまでもないでしょう。制作年代のわかる歌として一番新しいのは、『万葉集』の巻末歌（巻二十の四五一六番歌）、天平宝字《てんぴょうほうじ》三年（七五九）正月一日、大伴家持《おおとものやかもち》の作です。おおよそ舒明《じょめい》天皇（在位六二九～四一）のころから、天平宝字三年まで、いわゆる飛鳥《あすか》時代から奈良時代の中ごろまでの約一三〇年間が、「万葉の時代」です。

では、なぜこの時代の和歌が「日本最古」となるのでしょうか。それは、「日本」も、和歌も、この時代に作られたものだからです。

「日本」について言えば、もちろん、それ以前から「倭《わ》」と呼ばれる国の政権はありましたし、それが日本列島の大部分を支配してもいました。しかし、「日本」は、そうした従来の政権とは異なる立場に立とうとしました。簡単に言えば、それは、中国の王朝に対して、臣下としての地位を求めない、という立場です。その新たな立場を、「日本」という新たな国号が象徴しています。その意味で、「日本」は新しい国でした。

国号「日本」は、大宝二年（七〇二）の遣唐使によって、唐に伝えられました。しかしそうした立場は、遣隋使《けんずいし》の派遣（六〇〇年）以来、七世紀を通じて固められてきたものです。律令《りつりょう》・戸籍・都城《とじょう》・史書など、集権的な国家体制の根本が、一斉に整えられました。

五―七の定型を持つ和歌もまた、そうした中で生み出されたと考えられます。固定的な音数律は、広範に自然発生するものではありません。それまでにも歌はあったでしょうが、それは『古事記』『日本書紀』に出てくるような不定型の歌謡であったはずです。歌詞に内在的なリズムを持つ和歌の形式は、宮廷内部で意図的に作られたと考えてよいと思います。つまり、和歌は、新しい国「日本」にふさわしい文学として創造されたのです。

中国には、春秋・戦国時代から、「詩」という定型を持つ文学形式があります。それは、民の声を聞き、民を教化する媒介として、また男子が世のために働く志《こころざし》を盛る器《うつわ》として、政治的にも高い価値を認められていました。そして唐代までには、非常に高度な理論と技術とを備えていたのです。東アジアの東端にあって、中国の王朝から独立した国であるために、「日本」にも、「詩」に匹敵する文学がぜひとも必要です。そのようなものとして、和歌は、常に漢詩を意識しながら創造され、発展してゆくことになったのでした。

ただしそこには難しい問題がありました。圧倒的な漢詩の理論と技術を前に、和歌もまた、律令・戸籍等々と同じく、中国に学ばなければなりません。しかし一方、漢詩と同じようなものであってはいけないのです。和歌独自のもの、アイデンティティが大切です。それは、『万葉集』の歌の過半を占める男女の恋の歌、「相聞歌《そうもんか》」がそれにあたるでしょう。男子の志を述べる漢詩とは異質です。そして「雑歌《ぞうか》」部に収められた儀礼の歌、讃歌《さんか》などそれでは、天皇（これも当時作られた新しい称号でした）が神の子であること、神代《かみよ》以来の伝統を引き継ぐことが強調されました。

そして、和歌は無論、日本語文でなければなりません。日本語を表す文字「かな」が発明されるのは、平安時代のことです。それどころか、日本語を、文章に書く習慣も、技術も、万葉の時代より前にはなかったのです。文章と言えば漢文しかありませんでした。その漢文を訓読する中から、漢字で日本語の文章を書く技術が成長したのも、万葉の時代です。和歌を書きとめる技術は、漢字による日本語表記を、むしろリードするものでした。

一三〇年の蓄積を経て、和歌が一つの伝統を持ちえた時、その歴史を刻む記念碑として編まれたのが『万葉集』です。苦闘する和歌は、反面、いくらでも新たな開拓の余地を持っていました。時を経るにつれ、新たな表現や技法が次々と生み出されてゆきます。最古の歌集『万葉集』は、古めかしく思われるかもしれません。しかし本書を一読すれば、それが若々しく、生気のある歌々で満たされていることがわかっていただけるでしょう。

（鉄野昌弘）

目次

凡例

◎本書は、新編日本古典文学全集『萬葉集』一～四（小学館刊）に収載された全万葉歌・約四千五百首より、古くより愛誦されてきた著名な歌、また、各巻の特質をよく表している歌三百余首を選び出し、原文の読み下し文による歌の本文と、その現代語訳を掲載したものである。

◎掲載順は、巻第一から巻第二十までの巻順とし、各巻の冒頭に、その巻の特質を簡潔に解説した。

◎題詞（歌の前に入る題）は現代語訳で示し、その後に作者名を付した。また、次の歌が前歌の題詞を受ける場合は、「同」として作者名を付した。題詞を欠くものは、（無題）と記した。

◎歌の本文の漢字による原文（たとえば巻頭歌であれば「籠《こ》毛《も》与《よ》美《み》籠《こ》母《も》乳《ち》……」のように表記する漢字本文）は割愛した。

◎歌の本文の下に、国歌大観による通し番号（「二八」など）を小字で示した。

◎現代語訳でわかりにくい部分には、（ ）内に注を入れて簡略に解説した。

◎現代語訳の中で、枕詞は〈 〉に入れて区別した。

◎必要に応じ、現代語訳のあとに解説を付した。

◎本書で採り上げた主な歌人については、本文冒頭の「主要歌人紹介」（一〇～一五頁）にて解説した。

◎本文中に文学紀行コラム「万葉集の風景」を、巻末に関連地図と初句索引を収めた。

◎巻頭の「はじめに――和歌の起こり」と「主要歌人紹介」、各巻冒頭の解説、本文の現代語訳のあとの歌解説、巻末の「解説」は、鉄野昌弘（東京女子大学）の書き下ろしによる。

万葉集

巻第一――巻第二十

万葉集

主要歌人紹介

本書で採り上げた主な歌人を、
ほぼ時代順に配列して解説する

額田王《ぬかたのおおきみ》　二〇～二一、二四～二七、一二八頁所収

鏡王《かがみのおおきみ》（宣化《せんか》天皇の三世孫か）の娘。初め大海人皇子《おおしあまのみこ》（天武天皇）の寵愛《ちょうあい》を受け、十市皇女《とおちのひめみこ》を生む。後、天武の兄、天智《てんじ》天皇の寵愛を受けたらしい。生没年不詳だが、十市皇女と大友皇子《おおとものみこ》（天智天皇皇子。天智の崩後、天武と壬申《じんしん》の乱〈六七二〉に戦い、敗死）との間に生れた葛野王《かどののおおきみ》（六六九～七〇五）の出生から逆算して、舒明《じょめい》六年（六三四）頃《ごろ》の生れか。歌は、皇極朝（六四二～六四五）から持統朝（六八七～六九七）にかけて、長歌《ちょうか》三首、短歌《たんか》九首が残る。特に斉明朝（六五五～六六一）、天智朝（六六一～六七一）に、外征への出航（巻一・八番歌、二二頁）、遷都（巻一・一七番歌、二六頁）、天皇の葬儀（巻二・一五五番歌、不収）など、国家的な行事に際し、宮廷全体を代表して歌ったと見られる歌が多い。初期万葉の生んだ最初の専門歌人である。

柿本朝臣人麻呂《かきのもとのあそみひとまろ》　三〇～四〇、六〇～六二、七〇～七三、七五～八二、八八～九二、九四、一三〇～一三三、一七七～一七九、一八二～一八三、二一〇、二一九、二二二、二二五、二二七、二三〇～二三四、二四六～二四七頁所収（「柿本人麻呂歌集」を含む）

『古今和歌集』仮名序《かなじょ》で「歌の聖《ひじり》」と称され、平安時代半ばからは神格化される大歌人であるが、生没

年不詳、『万葉集』以外に閲歴を知ることのできる資料はない。巻二に人麻呂が石見国《いわみのくに》（島根県西部）で死に臨む時に作ったとされる歌があるが、伝説化されたものらしく、石見で亡くなったかどうかもはっきりしない。ただしそこに「死」とあり、「薨《こう》」（三位以上の公卿《くぎょう》の死を表す）「卒《しゅつ》」（四・五位の官人の死を表す）とないので、六位以下の官人であったことは確実である（『古今集』仮名序は「正三位《しょうさんみ》」とする）。石見から妻と別れて京《みやこ》に上《のぼ》る歌（巻二・一三一番歌、六〇頁）、瀬戸内海を航行する歌（巻三・二五〇番歌、九〇頁）があり、地方官の経験があったことがわかる。作歌は、『万葉集』中に八十四首（うち長歌十八首）、年代のわかる歌としては、持統三年（六八九）から文武四年（七〇〇）までの作がある。旅先の歌には、滅びた近江大津《おうみおおつ》の宮を傷《いた》む歌（巻一・二九番歌、三〇頁）、遭難した死人に対する挽歌《ばんか》（巻二・二二〇番歌、不収）などもあり、その他、天皇や皇子女に献呈する讃歌《さんか》・挽歌が多い。これとは別に、「柿本朝臣人麻呂《かきのもとのあそみひとまろ》歌集」所出とされる歌が『万葉集』中に三百六十余首あり、人麻呂自身が撰《えら》んだ歌集が存在したことを示している。巻七・十・十一・十二では各部の先頭に置かれ、規範的な位置を占める。特に「略体歌」と呼ばれる助詞・助動詞を文字化しない書き方をした歌（相聞歌が多い）がある点に特徴がある。その書き方は、人麻呂によって試みられたものらしい。

人麻呂の歌は、額田王と同じように集団の中で誦詠《しょうえい》されたと思われるものが多く、長歌では切れ目が少く、次第に盛り上がる歌い方がされているが、反面、形式が整理され、序詞《じょことば》・枕詞《まくらことば》・対句《ついく》といった修辞も発展しており、また内容・表現上に中国文学の裏づけが認められるなど、文字に表現された文学としての性格を併《あわ》せもっていることが最大の特色である。

山部宿禰赤人《やまべのすくねあかひと》　一〇〇～一〇三、一六七～一七一、一八八～一九〇頁所収

生没年不詳。『万葉集』に載る歌は五十首（うち長歌十三首）。『古今集』仮名序に、「奈良の帝《みかど》」の時、柿本人麻呂と並ぶ歌人だったと伝えるが、年代のわかる作品は神亀《じんき》元年（七二四）から天平《てんぴょう》八年（七三六）までで、人麻呂の活動時期とは重ならない。また『万葉集』の中では、人麻呂ほど規範的に扱われた形跡もない。ただし、身分の低い官人で、行幸などに付き従い、宮廷の集団の中で歌うという立場は人麻呂と同様と見られ、人麻呂の後継者と位置づけられる。その中でも、景物の美しさや賑《にぎ》わいを描き取った叙景表現に特徴があり、また季節の歌（巻八・一四二四番歌、一八八頁）などの凝った自然の捉《とら》え方は、平安時代の歌を先取りしている感がある。

笠朝臣金村《かさのあそみかなむら》　八四～八六、一六五～一六六頁所収

生没年不詳。長歌八首、短歌二十二首の他、「笠朝臣金村歌集」所載の歌とされるものが計十五首ある。山部赤人とほぼ同時代にあって、赤人同様、行幸に付き従っての作が多い。それは柿本人麻呂の後継者ということでもあって、人麻呂と同じく、皇子に対する挽歌も作っている（巻二・二三〇番歌、八四頁）。その挽歌が問答体《もんどうたい》を取るように、歌に様々な工夫を凝らしている点に特徴がある。

大伴宿禰旅人《おおとものすくねたびと》　一〇五～一〇六、一〇八～一一二、一一七～一二〇、一四七、一五五、一九三、一九九頁所収

天智四年（六六五）～天平三年（七三一）。父は大納言兼大将軍に至った安麻呂《やすまろ》、母は巨勢郎女《こせのいらつめ》。名門、大伴氏佐保《さほ》大納言家の嫡子として順調に出世し、養老《ようろう》五年（七二一）に従三位《じゆさんみ》の公卿の地位に昇る。ただ若い頃の歌は全く残らない。神亀元年（七二四）吉野行幸《よしののぎようこう》の際の讃歌（巻三・三一五番歌、不収）

がもっとも早く、それ以外はすべて神亀五年頃、大宰府《だざいふ》の長官（帥《そち》）として筑紫《つくし》に下向した後の作。吉野讃歌が唯一の長歌で、あとは短歌ばかり七十首前後がある。下向直後に妻を亡くし、しかも翌神亀六年の長屋王《ながやのおおきみ》の変で政治的な地歩も失って、憂いに満ちた大宰府での生活の中、妻を恋うる情や、平城京、故郷飛鳥《あすか》、曾遊《そうゆう》の地吉野などへの思慕、現世に生きる鬱屈《うつくつ》などを歌う。また山上憶良をはじめとする大宰府の部下などと、歌や漢詩文を通じて交流し、梅花宴を開催（巻五・八二二番歌、一五五頁）するなど、集団による文学の営為を展開した。『懐風藻《かいふうそう》』に漢詩一首を残す漢詩人でもあり、淡々としていながら、教養に裏打ちされた深みのある表現に、独自の魅力を持っている。

山上臣憶良《やまのうえのおみおくら》　一〇七、一四八～一五三、一五四、一五六～一五九、一七二、一九五～一九六頁所収

斉明六年（六六〇）～天平五年（七三三）。大宝元年（七〇一）、無位で遣唐少録《けんとうしょうろく》に任じられ、渡唐。帰国は慶雲《けいうん》元年（七〇四）か。和銅《わどう》七年（七一四）従五位下。養老五年（七二一）、退朝の後、東宮（後の聖武天皇）に侍する。神亀三年（七二六）頃、筑前守《ちくぜんのかみ》として赴任、神亀五年に大宰府に下向した大伴旅人と出会い、詩歌によって交わる。特に妻を亡くした旅人に「日本挽歌」（巻五・七九四番歌、一四八頁）を献呈したことは、漢詩文と和歌（主として長歌）とを交えた作品の制作を始めるきっかけとなった。それらの作品は、現世に生きることの意味を問うて、時に激しく、時にユーモラスである。帰京後も、「貧窮問答歌《ひんきゅうもんどうか》」（巻五・八九二番歌、一五六頁）を作るなど、経世《けいせい》の志を死ぬまで持ち続けた。寒門に生れながらも、勉学によって渡唐のチャンスをつかみ、漢籍の知識を身につける一方、先行の歌を収集して歌集「類聚歌林《るいじゅかりん》」を作るなど、和漢の文学に通じた一流の教養人である。作品は、長

歌十一首、短歌六十八首、旋頭歌《せどうか》一首のほか、漢詩二首、漢文一編がある。

二〇〇～二〇七、二一一～二一七頁所収

高橋連虫麻呂《たかはしのむらじむしまろ》

生没年不詳。年代のわかる作品は、天平四年（七三二）、西海道節度使《さいかいどうせつどし》となった藤原宇合《うまかい》（不比等《ふひと》の第三子）を送る歌一首のみ（巻六・九七一番歌、不収）。『万葉集』に三十五首ほどが残るが、ほとんどが「高橋虫麻呂歌集」から採録されたもの。地方官として特に東国へ下ることがあったらしく、筑波山《つくばさん》のかがい（歌垣《うたがき》）の歌（巻九・一七五九番歌、二〇六頁）など、風変わりな旅の歌がある。一方、各地の伝説に取材して、それを長歌によって語る歌、たとえば葛飾《かつしか》（下総国《しもうさのくに》）の美女「真間《まま》の手児名《てごな》」を詠む歌（巻九・一八〇七番歌、二一一頁）、住吉《すみのえ》（摂津国《つのくに》か）の浦島子《うらのしまこ》を詠む歌（巻九・一七四〇番歌、二〇〇頁）などが独自の造形を見せている。身分の低い官人だったらしいが、漢詩文の知識を背景とした表現が多く、歌を表記する文字使いも独特である。

一三五～一三六、一四一～一四三、一七三、一九四、二七五頁所収

大伴坂上郎女《おおとものさかのうえのいらつめ》

大伴旅人の異母妹。父は大伴安麻呂、母は石川郎女《いしかわのいらつめ》。六九〇年代の生れで、かなり長命だったとみられる。最初、穂積皇子《ほづみのみこ》（天武天皇皇子）の寵を受け、その死後、藤原麻呂《ふじわらのまろ》（不比等の第四子）に求婚されたという。その後異母兄宿奈麻呂《すくなまろ》の妻となって、二人の娘をもうける。坂上《さかのうえ》（奈良市法華寺町西北の磐姫皇后陵《いわのひめ》付近か）に居住したので、一族に坂上郎女と呼ばれたという。宿奈麻呂の死後は、荘園の経営に当たったり、氏神を祭ったりと、一族の女主人（家刀自《いえとじ》）として働く。特に、長女を甥家持《おいやかもち》と結婚させるなど、同族内での婚姻を取り持って、大伴氏を結集することに努めている。郎女の相聞歌《そうもんか》や詠物

歌には、そうした社交の実用のために歌われたらしいものも多い。『万葉集』の女性歌人の中ではもっとも数多くの歌を残しており、長歌六首、短歌七十七首にのぼる。

一二一〜一二五、一四一、一四五、一七四、一九二、二七二〜二七四、二七五〜二七九、二八一〜二八六、二八八〜二九五、三〇〇〜三〇二頁所収

大伴宿禰家持《おおとものすくねやかもち》

養老二年（七一八）〜延暦《えんりゃく》四年（七八五）。旅人の長男。長歌四十六首、短歌四百三十二首、旋頭歌《せどうか》一首、七言詩一首と、『万葉集』中に抜群の数の作品を残すとともに、実質上『万葉集』の編纂《へんさん》者であると見られる。十五歳くらいからの作歌があり、三十歳前後までの作品には、様々な女性と交わした相聞歌や、宴席での詠物歌が多い。天平一八年（七四六）、越中守として赴任し、翌年春、病臥《びょうが》したのをきっかけに、人生観や志を歌う歌の割合を高める。それ以降の歌は、巻十七に日付順に配列され、歌による日記の体裁をとる。天平勝宝三年（七五一）帰京後の歌は、政治情勢の悪化を反映して、屈折が激しい。天平勝宝七歳、兵部少輔《ひょうぶしょうふ》として防人《さきもり》の検校《けんぎょう》にあたり、防人歌を収集する。天平宝字三年（七五九）、左遷先の因幡国《いなばのくに》の国庁で作った元日の歌が、『万葉集』の巻末歌（巻二十、四五一六番歌、三〇二頁）。その後の作歌は残らないが、政治家としては道鏡の失脚後栄進し、中納言従三位に至る。ただし死の直後、藤原種継《ふじわらのたねつぐ》暗殺に連座して除名された（復位は延暦二五年）。父旅人、その歌友山上憶良をはじめとする先行歌人に学ぶところが多く、一方では、漢詩文の表現を積極的に歌に応用して、独自の表現を作り出した。特に鋭敏な感覚によって景物を捉《とら》えた短歌は評価が高い。

巻第一

巻一は巻二と合わせて一まとまりをなす。巻一は「雑歌《ぞうか》」の部で、儀礼歌や宴《うたげ》の歌、旅の歌など様々な歌を含む。ほとんどが奈良《なら》遷都《せんと》（和銅《わどう》三年、七一〇年）より前の歌で、巻末に僅《わず》かに奈良朝の歌を載せる。

雑歌《ぞうか》

◎天皇のお歌──雄略《ゆうりゃく》天皇

籠《こ》もよ　み籠《こ》持《も》ち　ふくしもよ　みぶくし持《も》ち　この岡《をか》に　菜《な》摘《つ》ます
児《こ》　家《いへ》告《の》らせ　名《な》告《の》らさね　そらみつ　大和《やまと》の国《くに》は　おしなべて　我《われ》
こそ居《を》れ　しきなべて　我《われ》こそいませ　我《われ》こそば　告《の》らめ　家《いへ》をも名《な》
をも　一

籠《かご》も　良い籠を持ち　ふくしも　良いふくしを持って　この岡《おか》で　菜を摘《つ》ま
れる　乙女子《おとめご》よ　ご身分は　名も明かされよ　〈そらみつ〉　この大和は　こ
とごとく　わたしが君臨している国だ　すみずみまで　わたしが治めている
国だ　わたしの方こそ　告げよう　身分も名前も

雄略天皇は『古事記』や『日本書紀』に数多くの逸話が伝わる。万葉時代の人々にとってその御代は「古代」であった。「ふくし」は根菜類を掘りとるためのヘラ。それを持って菜を摘む乙女に、名のりを求め、求婚する王者は、まことに牧歌的である。そのような「古代」から歌が歌い継がれてきたことが、『万葉集』巻頭に示されるのである。

◎天皇が香具山《かぐやま》に登って国見《くにみ》をされた時のお歌――舒明《じょめい》天皇

大和《やまと》には　群山《むらやま》あれど　とりよろふ　天《あめ》の香具山《かぐやま》　登《のぼ》り立《た》ち　国見《くにみ》をすれば　国原《くにはら》は　煙《けぶり》立《た》ち立つ　海原《うなはら》は　かまめ立《た》ち立《た》つ　うまし国《くに》そ　あきづ島《しま》　大和《やまと》の国《くに》は　一

大和《やまと》には　群山があるが　特に頼もしい　天の香具山に　登り立って　国見をすると　広い平野には　かまどの煙があちこちから立ち上っている　広い水面には　かもめが盛んに飛び立っている　ほんとうに良い国だね　〈あきづ島〉　この大和の国は

舒明天皇（在位六二九～四一）は天智・天武両天皇の父。万葉の歴史は実質的にはこの天皇の時代に始まる。「天の香具山」は大和三山の一つで聖なる山と見られていた。そこに登り立ち、帝王として、国土の豊饒《ほうじょう》を祝する。

◎舒明《じよめい》天皇が宇智《うち》の野で狩《かり》をされた時に、中皇命《なかつすめらみこと》が間人連老《はしひとのむらじおゆ》に奉らせた歌――中皇命

やすみしし　我《わ》が大君《おほきみ》の　朝《あした》には　取《と》り撫《な》でたまひ　夕《ゆふへ》には　い寄《よ》り
立《た》たしし　みとらしの　梓《あづさ》の弓《ゆみ》の　中弭《なかはず》の　音《おと》すなり　朝狩《あさがり》に　今立《いまた》
たすらし　夕狩《ゆふがり》に　今立《いまた》たすらし　みとらしの　梓《あづさ》の弓《ゆみ》の　中弭《なかはず》の
音《おと》すなり　三

〈やすみしし〉わが大君《おおきみ》が　朝には　手に取って撫《な》でられ　夕べには　その
そばに寄り立っていらした　ご愛用の　梓《あずさ》の弓の　中弭《なかはず》の　音が聞えます
朝狩《あさがり》に　今お発《た》ちになるらしい　夕狩《ゆうがり》に　今お発ちになるらしい　ご愛用の
梓の弓の　中弭の　音が聞えます

中皇命は、舒明天皇の娘、間人皇女《はしひとのひめみこ》か。「中弭」は未詳。ハズは弓または矢の弦《つる》と接する部分。天皇が宇智野（奈良県五條市大野町一帯）で狩をした時、都に残る中皇命が贈った、豊猟を寿《ことほ》ぐ歌。

◎反歌《はんか》――中皇命《なかつすめらみこと》

たまきはる　宇智《うち》の大野《おほの》に　馬並《うまな》めて　朝踏《あさふ》ますらむ　その草深野《くさぶかの》　四

〈たまきわる〉宇智《うち》の大野《おおの》に　馬をあまた並べて　朝の野を踏ませておいでであろう　あの草深野《くさぶかの》を

「反歌」とは、長歌《ちょうか》の後に添える短歌で、長歌の内容を要約、反復、補足するものをいう。長歌が「朝狩」「夕狩」と時を定めず歌うのに対して、この歌は、期待をもって「朝」の狩に出《い》で立つ時に絞って歌っている。「大野」は、人が住んでいない荒れ野。

◎額田王《ぬかたのおおきみ》の歌――額田王

秋《あき》の野《の》の　み草《くさ》刈《か》り葺《ふ》き　宿《やど》れりし　宇治《うぢ》のみやこの　仮廬《かりいほ》し思《おも》ほゆ　七

秋の野の　萱《かや》を刈って屋根に葺《ふ》き　旅宿りをした　宇治《うじ》のみやこの　仮の庵《いおり》
が思い出されます

額田王は、「主要歌人紹介」参照。「宇治のみやこ」は、皇極《こうぎょく》天皇（舒明天皇の皇后。天智・天武両天皇の母）が近江《おうみ》行幸の途中、宿泊した場所。かつての行幸を回想して詠《よ》む。

◎額田王の歌――額田王

熟田津《にきたつ》に　船乗《ふなの》りせむと　月待《つきま》てば　潮《しほ》もかなひぬ　今《いま》は漕《こ》ぎ出《い》でな　八

熟田津《にきたつ》で　船出しようとして　月の出を待っていると　潮《しお》も幸い満ちてきた
さあ漕《こ》ぎ出そうよ

「熟田津」は、松山市の道後温泉付近。斉明天皇七年（六六一）正月、天皇は、唐《とう》・新羅《しらぎ》の圧力に苦しむ百済《くだら》の救援のため、軍を率いて難波《なにわ》を出発、途中、伊予《いよ》の熟田津に停泊した。その熟田津からいよいよ出発する時の歌。斉明天皇の歌とする異伝が左注に記されている（本書では省略）。

◎中大兄《なかのおおえ》の三山《みつやま》の歌一首——中大兄皇子《なかのおおえのみこ》

香具山《かぐやま》は　畝傍《うねび》を雄雄《をを》しと　耳梨《みみなし》と　相争《あひあらそ》ひき　神代《かみよ》より　かくにある
らし　古《いにしへ》も　然《しか》にあれこそ　うつせみも　妻《つま》を　争《あらそ》ふらしき　一三

香具山《かぐやま》は　畝傍山《うねびやま》を雄々《おお》しく思って　耳梨山《みみなしやま》と　いさかった　神代《かみよ》の昔から
して　こうであるらしい　古《いにしえ》も　そうだったからこそ　今の世の人も　妻
を　奪いあって争うらしい

中大兄皇子は、のちの天智天皇。「三山」とは、大和三山《やまとさんざん》の香具山、畝傍山、耳梨（成）山。歌詞の解釈によって三山の性別が異なり、おおむね次の三つの説がある。①香具山（女）が畝傍

（男）を「雄々し」と思ってそれまで親しかった耳梨（男）ともめるに至った。②香具山（男）が畝傍（女）を「愛《を》し」と思って耳梨（男）と妻争いをした。③香具山（女）が畝傍（男）を「雄々し」と思って耳梨（女）と男を取り合った。ここでは①説に従い解釈した。

◎反歌《はんか》——中大兄皇子

香具山《かぐやま》と　耳梨山《みみなしやま》と　あひし時《とき》　立《た》ちて見《み》に来《こ》し　印南国原《いなみくにはら》　一四

香具山と　耳梨山とが　いさかいした時　阿菩《あぼ》の大神《おおかみ》がわざわざ見に来た
印南野《いなみの》なのだなここは

「印南国原」とは兵庫県東部、加古《かこ》郡および加古川市・明石市一帯。『播磨国風土記《はりまのくにのふどき》』（揖保郡《いいぼ》）に、「出雲国《いずものくに》の阿菩の大神が、畝傍・香具山・耳梨の三山が争っていると聞き、これを諫《いさ》めようとして上《のぼ》って来たところ、争いが止《や》んだと聞き、その地に留《とどま》った」という話を載せる。

◎同――中大兄皇子《なかのおおえのみこ》

わたつみの　豊旗雲《とよはたくも》に　入日見《いりひみ》し　今夜《こよひ》の月夜《つくよ》　さやけかりこそ　一五

大海原《おおうなばら》の　豊旗雲《とよはたぐも》に　入日《いりひ》を見たその　今夜の月は　清く明るくあってほしい

「わたつみ」とは海神で、転じて海そのものをもいう。「豊旗雲」は幟《のぼり》状の旗のように長く延び、空を横断している雲。反歌の二首から、「三山の歌」は、百済《くだら》救援に西下する際（二一頁八番歌解説参照）、船で印南《いなみ》付近にさしかかった時に歌ったものと想像される。

◎天智天皇が内大臣藤原朝臣鎌足《ふじわらのあそみかまたり》に、春山に咲き乱れるいろいろな花のあでやかさと、秋山をいろどるさまざまな木の葉の美しさと、どちらの方に深い趣があるかとお尋ねになった時に、額田王《ぬかたのおおきみ》が歌で判定した歌――額田王

冬《ふゆ》ごもり　春《はる》さり来《く》れば　鳴《な》かざりし　鳥《とり》も来鳴《きな》きぬ　咲《さ》かざりし　花《はな》も咲《さ》けれど　山《やま》をしみ　入《い》りても取《と》らず　草深《くさぶか》み　取《と》りても見《み》ず　秋山《あきやま》の　木《こ》の葉《は》を見《み》ては　黄葉《もみち》をば　取《と》りてそしのふ　青《あを》きをば　置《お》きてそ嘆《なげ》く　そこし恨《うら》めし　秋山《あきやま》そ我《あれ》は　一六

〈冬ごもり〉春がやって来ると　鳴いていなかった　鳥も来て鳴きます　咲いていなかった　花も咲いていますが　山が茂っているので　入って取りもせず　草が深いので　取っても見ませぬ　秋山の　木の葉を見ては　黄色く色づいたのは　手に取って賞《め》でます　青いのは　そのままにして嘆きます　その点だけが残念です　秋山が良いと思いますわたしは

――特に「歌で判定した」とあるので、天智朝に盛んに催された漢詩の宴で披露された歌と考えられる。春秋双方の美点・欠点を交互に挙げ、さまざまに心を尽《つく》させる秋を最後に選ぶ。

◎額田王《ぬかたのおおきみ》が近江国《おうみのくに》に下った時に作った歌、そして井戸王《いのへのおおきみ》がすぐ唱和した歌——額田王

味酒《うまさけ》　三輪《みわ》の山《やま》　あをによし　奈良《なら》の山《やま》の　山《やま》の際《ま》に　い隠《かく》るまで
道《みち》の隈《くま》　い積《つ》もるまでに　つばらにも　見《み》つつ行《ゆ》かむを　しばしばも
見放《みさ》けむ山《やま》を　心《こころ》なく　雲《くも》の　隠《かく》さふべしや　一七

〈うまさけ〉三輪山《みわやま》を〈あおによし〉奈良《なら》の山の　山の向こうに　隠れるまで　道の曲がり角が　幾重《いくえ》にも重なるまで　存分に　見続けて行きたいのに　幾たびも　眺《なが》めたい山だのに　つれなくも　雲が　隠してよいものか

天智天皇二年（六六三）に日本・百済《くだら》連合軍が朝鮮半島の白村江《はくそんこう》で唐《とう》・新羅《しらぎ》連合軍に大敗した後、天智天皇七年三月、都は大和《やまと》から、戦略上の拠点として優れた近江《おうみ》の大津《おおつ》に遷《うつ》された。その遷都《せんと》の際の歌。三輪山は、奈良県桜井市三輪にある山で、山全体が大神《おおみわ》神社のご神体である。その神の宿る山への惜別の情を歌うことで、大和を離れる悲しみを表す。この歌にも天智天皇の歌という異伝がある。

◎反歌《はんか》――額田王

三輪《みわ》山《やま》を　然《しか》も隠《かく》すか　雲《くも》だにも　心《こころ》あらなも　隠《かく》さふべしや　一八

三輪山を　そんなにも隠すことか　せめて雲だけでも　この気持を察してほしい　隠してよいものか

―長歌末尾を反復して、再度惜別の情を歌う。井戸王が唱和した歌は省略した。

◎天智天皇が蒲生野《がもうの》で狩をなさった時に、額田王《ぬかたのおおきみ》が作った歌――額田王

あかねさす　紫草野《むらさきの》行《ゆ》き　標野《しめの》行《ゆ》き　野守《のもり》は見《み》ずや　君《きみ》が袖振《そでふ》る　二〇

〈あかねさす〉紫草野《むらさきの》を行き　標野《しめの》を行って　野守《のもり》が見ているではありませんか　あなたが袖《そで》をお振りになるのを

天智天皇七年（六六八）五月五日に蒲生野（滋賀県近江八幡市・蒲生郡一帯）で、天皇・皇太弟（大海人皇子《おおしあまのみこ》）以下群臣すべてが加わって、盛大な狩が催されたと、左注に記す。「紫草」はムラサキ科の多年草で、根から紫色の染料を採った。「標野」は、一般の立ち入りを禁じた「紫草野」の言い換え。「野守」は、「標野」の番人の意から、自分の番をする夫へと意味を転じる。

◎皇太子の答えのお歌——大海人皇子《おおしあまのみこ》

紫草《むらさき》の　にほへる妹《いも》を　憎《にく》くあらば　人妻故《ひとづまゆゑ》に　我恋《あれこ》ひめやも　二一

紫草《むらさき》のように　におうあなたを　憎いと思ったら　人妻と知りながら　恋しく思いましょうか

大海人皇子は天智天皇の弟で、のちの天武天皇（在位六七三〜八六）。天武天皇と額田王の間には十市皇女《とおちのひめみこ》があるが、その誕生は、蒲生野《がもうの》の狩よりはるか以前である。額田王をめぐる天智・天武両天皇の争いを想定する説もあるが、現実の人間関係を反映するのではなく、蒲生野の盛大な狩を彩る歌であったろう。

◎十市皇女《とおちのひめみこ》が伊勢《いせ》神宮に参拝された時に、波多《はた》の横山の巌《いわお》を見て、吹芡刀自《ふふきのとじ》が作った歌――吹芡刀自

河上《かはのへ》の　ゆつ岩群《いはむら》に　草生《くさむ》さず　常《つね》にもがもな　常娘子《とこをとめ》にて　二二

川べりの　巌々《いわおいわお》に　草が生《は》えないで若々しいように　いつまでも変らずにわたしもありたい　永遠の乙女で

十市皇女は天武天皇と額田王《ぬかたのおおきみ》の子。天武天皇四年（六七五）二月十三日に、十市皇女と阿閇皇女《あえのひめみこ》（天智天皇皇女、のちの元明《げんめい》天皇）が伊勢参拝した（『日本書記』）と、左注に記す。吹芡刀自はその参拝に供奉《ぐぶ》した女性か。「波多の横山」は　三重県津市一志《いちし》町井関付近の丘陵か。作者自身の願望だが、皇女を含めて一行の長寿を予祝するのでもあろう。

◎天皇のお歌――持統天皇

春過《はるす》ぎて　夏来《なつき》るらし　白《しろ》たへの　衣干《ころもほ》したり　天《あめ》の香具山《かぐやま》　二八

春が過ぎて　夏が来たらしい　真っ白な　衣が干してある　あの天《あめ》の香具山《かぐやま》に

持統天皇は天智天皇の皇女で、天武天皇の皇后。天武天皇崩御後、皇太子草壁皇子《くさかべのみこ》が即位しないまま薨《こう》ずると皇位につき（在位六九〇～九七）、藤原京《ふじわらきょう》造営など意欲的な政治を行った。「天の香具山」は大和三山《やまとさんざん》の一つで、藤原宮に近い。帝王として、夏の到来を言い定める歌。

◎近江《おうみ》の荒れた都に立ち寄った時に、柿本朝臣人麻呂《かきのもとのあそみひとまろ》が作った歌――柿本人麻呂

玉《たま》だすき　畝傍《うねび》の山《やま》の　橿原《かしはら》の　聖《ひじり》の御代《みよ》ゆ　生《あ》れましし　神《かみ》のこと
ごと　つがの木《き》の　いや継《つ》ぎ継《つ》ぎに　天《あめ》の下《した》　知《し》らしめししを　天《そら》に

みつ　大和《やまと》を置《お》きて　あをによし　奈良山《ならやま》を越《こ》え　いかさまに　思《おも》ほしめせか　天離《あまざか》る　鄙《ひな》にはあれど　石走《いはばし》る　近江《あふみ》の国《くに》の　楽浪《ささなみ》の　大《おほ》津《つ》の宮《みや》に　天《あめ》の下《した》　知《し》らしめしけむ　天皇《すめろき》の　神《かみ》の尊《みこと》の　大宮《おほみや》は　ここと聞《き》けども　大殿《おほとの》は　ここと言《い》へども　春草《はるくさ》の　繁《しげ》く生《お》ひたる　霞《かすみ》立《た》ち　春日《はるひ》の霧《き》れる　ももしきの　大宮所《おほみやどころ》　見《み》れば悲《かな》しも　二九

〈玉《たま》だすき〉　畝傍《うねび》の山の　橿原《かしはら》の　聖天子の　御代《みよ》から　お生れになった歴代の天皇が　〈つがの木の〉　次々に　そこで天下を　治められたのに　〈天《そら》にみつ〉　大和《やまと》をよそに　〈あおによし〉　奈良《なら》山《やま》を越え　どのように思われたものか　〈天離《あまざか》る〉　畿《き》外《がい》であるのに　〈石走《いわばし》る〉　近江《おうみ》の国の　楽浪《ささなみ》の　大津《おおつ》の都で　天下を　お治めになったそうである　あの天智《てんじ》天皇の　旧都は　ここだと聞くけれど　宮殿は　ここだと言うけれど　春の草が　いっぱい生《は》えている　霞が立ち　春の日が霞《かす》んでいる　〈ももしきの〉　この宮跡を　見ると悲しい

近江大津宮（二六頁一七番歌解説参照）は、天智天皇六年（六六七）から、天武天皇元年（六七二）まで五年間、宮都であったが、壬申《じんしん》の乱で灰燼《かいじん》に帰した。その荒廃ぶりを嘆く歌。「橿原の聖の御代」とは神武《じんむ》天皇の御代をいう。「楽浪」は琵琶《びわこ》湖西南岸の一帯かという。柿本人麻呂については、「主要歌人紹介」参照。

◎反歌《はんか》——柿本人麻呂

楽浪《ささなみ》の　志賀《しが》の唐崎《からさき》　幸《さき》くあれど　大宮人《おほみやひと》の　船待《ふねま》ちかねつ　三〇

楽浪《ささなみ》の　志賀《しが》の唐崎《からさき》は　昔と変らずにあるが　昔の大宮人《おおみやびと》の　船が来るのを待ちかねている

「唐崎」（大津市下坂本町唐崎）は、琵琶湖畔《びわこはん》にあり、後世にも近江八景《おうみはっけい》として知られる景勝の地。近江朝でも大宮人たちの遊ぶ場所であったろう。

◎同——柿本人麻呂

楽浪《ささなみ》の　志賀《しが》の大《おほ》わだ　淀《よど》むとも　昔《むかし》の人《ひと》に　またも逢《あ》はめやも　三一

楽浪《ささなみ》の　志賀《しが》の大《おお》わだは　このように淀《よど》んでいても　昔の人にまた逢《あ》えようか

「大わだ」は、大きな入江。大津市唐崎付近の琵琶湖沿岸をさすか。前歌と同趣旨であるが、「昔の人」に「またも逢はめやも」と、時が返らないという主題を直截《ちょくせつ》に歌う。

◎高市古人《たけちのふるひと》が近江《おうみ》の旧都を悲しんで作った歌——高市古人

古《いにしへ》の　人《ひと》に我《われ》あれや　楽浪《ささなみ》の　古《ふる》き京《みやこ》を　見《み》れば悲《かな》しき　三二

古《いにしえ》の　人でわたしはあるというのか　楽浪《ささなみ》の　古い都を　見ると悲しい

作者高市古人は、高市黒人《たけちのくろひと》（四二頁五八番歌参照）を誤ったものか。「我あれや」とは、「昔の人でもないのに」という余意を含む。それにも関《かか》わらず、荒廃した都を見て悲しさを覚える自己をいぶかるように歌うのである。

◎吉野《よしの》の宮《みや》に行幸された時に、柿本朝臣人麻呂《かきのもとのあそみひとまろ》が作った歌――柿本人麻呂

やすみしし　我《わ》が大君《おほきみ》　神《かむ》ながら　神《かむ》さびせすと　吉野《よしの》川《がは》　激《たぎ》つ河内《かふち》に　高殿《たかどの》を　高知《たかし》りまして　登《のぼ》り立《た》ち　国見《くにみ》をせせば　たたなはる青垣山《あをかきやま》　やまつみの　奉《まつ》る御調《みつき》と　春《はる》へには　花《はな》かざし持《も》ち　秋立《あきた》てば　黄葉《もみち》かざせり　行《ゆ》き沿《そ》ふ　川《かは》の神《かみ》も　大御食《おほみけ》に　仕《つか》へ奉《まつ》ると　上《かみ》つ瀬《せ》に　鵜川《うかは》を立《た》ち　下《しも》つ瀬《せ》に　小網《さで》刺《さ》し渡《わた》す　山川《やまかは》も　依《よ》りて仕《つか》ふる　神《かみ》の御代《みよ》かも

〈やすみしし〉わが大君《おおきみ》が　神であられるままに　神らしく振る舞われるべく　吉野川の　渦巻《うずま》き流れる谷あいに　高殿《たかどの》を　高々と建てられて　登り立ち　国見《くにみ》をなさると　幾重《いくえ》にも重なった　青垣山《あおがきやま》は　山の神が　捧《ささ》げる貢《みつ》ぎ物《もの》とて　春のころは　頂《いただき》に花を飾り　秋になると　色づいたもみじ葉を飾ってお目にかけている　宮殿に沿って流れる　川の神も　お食事に　奉仕しようと　上《かみ》つ瀬《せ》で　鵜飼《うか》いを催し　下《しも》つ瀬《せ》では　小網《さで》を張り構える　山や川の神までも　このように心服してお仕えする　これぞ神代《かみよ》というものであろうか

天武天皇の代に至り、天皇は天《あま》つ神《かみ》の直系の子孫と称し、自らを国《くに》つ神《かみ》（自然神）より上位に置いて、絶対的な地位にあることを示そうとした。この歌は、供《ぐ》奉《ぶ》する者を代表して、国つ神の奉仕するさまを述べて帝徳を讃《たた》えている。「吉野の宮」は、奈良県吉野郡吉野町宮滝辺りにあった。吉野は、天武天皇がそこから決起して壬申《じんしん》の乱に勝利した、天武皇統の聖地である。

◎反歌《はんか》——柿本人麻呂

山川《やまかは》も　依《よ》りて仕《つか》ふる　神《かむ》ながら　激《たぎ》つ河内《かふち》に　船出《ふなで》せすかも　三九

山川の神も　心服してお仕えする　神であるままに　渦巻《うずま》き流れる谷間で
船遊びをなさることよ

一　たぎり流れる川に船出する天皇を、山川の神を従える神なればこそ、と讃《たた》える。

◎伊勢国《いせのくに》に行幸された時に、都に留《とど》まって柿本朝臣人麻呂《かきのもとのあそみひとまろ》が作った歌——柿本人麻呂

あみの浦《うら》に　船乗《ふなの》りすらむ　娘子《をとめ》らが　玉裳《たまも》の裾《すそ》に　潮満《しほみ》つらむか　四〇

あみの浦に　船遊びをしているであろう　その乙女《おとめ》たちの　玉裳《たまも》の裾《すそ》に　潮《しお》

が満ちていることだろうか

持統天皇六年（六九二）の伊勢行幸の時に、人麻呂が飛鳥《あすか》の都に残って詠《よ》んだ歌。「あみの浦」は、三重県鳥羽市付近の海岸であろう。「裳」は女子が腰に着ける巻スカート式の衣服で、「玉」は美称か。

◎同——柿本人麻呂

釧《くしろ》つく　答志《たふし》の崎《さき》に　今日《けふ》もかも　大宮人《おほみやひと》の　玉藻《たまも》刈《か》るらむ　四一

〈釧《くしろ》つく〉答志《とうし》の崎《さき》で　今日もなお　官女たちは　玉藻《たまも》を刈《か》っていることだろうか

「答志」は三重県鳥羽市答志《とうし》町。「今日もかも」に、憧《あこが》れとともに、帰還の待ち遠しさが表れている。

◎同——柿本人麻呂

潮《しほ》さゐに　伊良虞《いらご》の島辺《しまへ》　漕《こ》ぐ船《ふね》に　妹乗《いもの》るらむか　荒《あら》き島廻《しまみ》を　四二

潮騒《しおざい》の中で　伊良虞《いらご》の島辺を　漕《こ》ぐ船に　彼女も乗っていることだろうか
荒い島の周りを

「伊良虞の島」は渥美《あつみ》半島先端の伊良湖岬《いらごみさき》。三首の歌に詠《よ》まれた地名は、次第に都から遠ざかっており、それに従って、旅人への思いが羨望《せんぼう》から危惧《きぐ》へと変わってゆく。

◎軽皇子《かるのみこ》が安騎野《あきの》に宿られた時に、柿本朝臣人麻呂《かきのもとのあそみひとまろ》が作った歌——柿本人麻呂

やすみしし　我《わ》が大君《おほきみ》　高照《たかて》らす　日《ひ》の皇子《みこ》　神《かむ》ながら　神《かむ》さびせす
と　太敷《ふとし》かす　京《みやこ》を置《お》きて　こもりくの　泊瀬《はつせ》の山《やま》は　真木立《まきた》つ　荒《あら》

き山道《やまぢ》を　岩《いは》が根《ね》　禁樹《さへき》押《お》しなべ　坂鳥《さかどり》の　朝越《あさこ》えまして　玉《たま》かぎる
夕《ゆふ》さり来《く》れば　み雪降《ゆきふ》る　安騎《あ》《き》の大野《おほの》に　はたすすき　篠《しの》を押《お》しなべ
草枕《くさまくら》　旅宿《たびやど》りせす　古思《いにしへおも》ひて　四五

〈やすみしし〉わが大君《おおきみ》の〈高照《たかて》らす〉日《ひ》の神《かみ》の御子《みこ》軽皇子《かるのみこ》は　神であるままに　神らしく振る舞われるべく　天皇のいらっしゃる　都をよそに〈こもりくの〉泊瀬《はつせ》の山は　真木《まき》が茂り立つ　荒い山道だが　岩石や　邪魔な木を押し倒し　〈坂鳥《さかどり》の〉朝越えられて　〈玉《たま》かぎる〉夕方になると　雪の降る　安騎《あき》の大野《おおの》に　すすきの穂や　小竹《しの》を押し伏せて　〈草枕《くさまくら》〉旅寝をなさる　以前日並皇子《ひなみしのみこ》がここに来られた時のことを偲《しの》んで

持統六年（六九二）、軽皇子（のちの文武《もんむ》天皇。在位六九七〜七〇七）が安騎野（奈良県宇陀《うだ》市の山野）で狩をした時の人麻呂の歌。「安騎野」は軽皇子の亡父日並皇子（草壁皇子《くさかべのみこ》〈五六頁一一〇番歌参照〉の尊称）がかつて狩をした地で、末尾の「古」はその時のことをさす。

◎反歌《はんか》——柿本人麻呂

東《ひむがし》の　野《の》にかぎろひの　立《た》つ見《み》えて　かへり見《み》すれば　月傾《つきかたぶ》きぬ　四八

東方の　野にかげろうの　立つのが見えて　振り返って見ると　月は西に傾いている

反歌は四首あるが、最後の二首を掲載。「かぎろひ」は曙光《しょこう》をいうか。それに若き軽皇子が、傾く月には亡き草壁皇子が象徴されている。

◎同——柿本人麻呂

日並《ひなみし》の　皇子《みこ》の尊《みこと》の　馬並《うまな》めて　み狩立《かりた》たしし　時《とき》は来向《きむ》かふ　四九

日並《ひなみし》の　皇子《みこ》の尊《みこと》が　馬を並べて　狩を催された　その同じ時刻になった

今現在を、日に並ぶようであった父草壁皇子が狩に立った時の再現である、と歌う。それは、軽皇子《かるのみこ》を皇太子であった草壁皇子の後継者と位置づける。

◎明日香宮《あすかのみや》から藤原宮《ふじわらのみや》に遷《うつ》った後《のち》に、志貴皇子《しきのみこ》が作られた歌――志貴皇子

采女《うねめ》の　袖吹《そでふ》き返《かへ》す　明日香風《あすかかぜ》　京《みやこ》を遠《とほ》み　いたづらに吹《ふ》く　五一

采女《うねめ》らの　袖《そで》を吹き返していた　明日香風《あすかかぜ》は　都が遠のいたので　むなしく吹いている

藤原宮への遷都《せんと》は持統《じとう》八年（六九四）。美しい采女（天皇に奉られた地方豪族出身の女性で、後宮での雑役に従った）に寄せて、旧都への感傷を歌う。志貴皇子は天智天皇の第七皇子で、湯《ゆ》原王《はらのおおきみ》・光仁天皇らの父。

◎ある本の歌——春日老《かすがのおゆ》

河上《かはのへ》の　つらつら椿《つばき》　つらつらに　見《み》れども飽《あ》かず　巨勢《こせ》の春野《はるの》は　五六

川べりの　つらつら椿《つばき》　つらつらと　見て見飽きない　巨勢《こせ》の春景は

「つらつら椿」とは、茂った葉の間に点々と連なって花をつけている椿の木。「つらつら（見る）」とは、熟視するさま。「巨勢」は奈良県御所《ごせ》市古瀬の一帯。春日老は文武・元明朝の中級官人。

◎大宝《たいほう》二年（七〇二）に、太上《だいじょう》天皇（持統）が三河国《みかわのくに》に行幸された時の歌——高市黒人《たけちのくろひと》

いづくにか　船泊《ふなは》てすらむ　安礼《あれ》の崎《さき》　漕《こ》ぎ廻《た》み行《ゆ》きし　棚《たな》なし小《を》船《ぶね》　五八

どこで今ごろ　泊っているだろう　先ほど安礼《あれ》の崎《さき》を　漕《こ》ぎ巡って行った

あの棚《たな》なし小船《おぶね》は

「安礼の崎」は所在未詳。「棚なし小船」は、棚（舷《げん》側の横板）もない貧弱な船。高市黒人は、持統・文武朝の歌人だが伝不詳。この歌のように、旅の不安を歌う短歌が多い。

◎慶雲《けいうん》三年（七〇六）に、難波宮《なにわのみや》に行幸された時に、
志貴皇子《しきのみこ》が作られた歌——志貴皇子

葦辺《あしべ》行《ゆ》く　鴨《かも》の羽《は》がひに　霜降《しもふ》りて　寒《さむ》き夕《ゆふへ》は　大和《やまと》し思《おも》ほゆ　六四

葦辺《あしべ》を行《ゆ》く　鴨《かも》の翼《つばさ》に　霜が降って　寒い晩には　郷里の大和《やまと》が思われる

文武天皇は、九月二十五日（太陽暦十一月九日）難波宮に行幸、翌月十二日に還幸した。この歌は、随行した志貴皇子が、行幸の地で旅愁・望郷の念を歌ったもの。

◎和銅《わどう》三年（七一〇）二月に、藤原宮《ふじわらのみや》から寧楽宮《ならのみや》（平城京）に遷《うつ》った時に、御輿《みこし》を長屋《ながや》の原《はら》に停《とど》めて、旧都藤原を振り返って作ったお歌――元明《げんめい》天皇

飛《と》ぶ鳥《とり》の　明日香《あすか》の里《さと》を　置《お》きて去《い》なば　君《きみ》があたりは　見《み》えずかも
あらむ　七八

〈飛ぶ鳥の〉明日香《あすか》の古京《こきょう》を　捨てて行ったら　あなたの辺りは　見えなく
なりはしまいか

元明天皇は天智天皇皇女で、草壁皇子《くさかべのみこ》の妃《きさき》。文武《もんむ》・元正《げんしょう》両天皇を生み、文武天皇の崩御後に即位（在位七〇七～一五）。和銅三年に平城京に遷都《せんと》する途中、長屋の原（天理市西部）で、夫や子の眠る地に対する惜別《せきべつ》の念を詠《よ》んだのであろう。

万葉集の風景 ①

大和三山《やまとさんざん》

まるで神さまが手のひらからそっと並べ置いたような、奈良盆地南部に点在する大和三山――畝傍山《うねびやま》、耳成山《みみなしやま》、香具山《かぐやま》。それぞれ標高は約一九九メートル、一三九メートル、一五二メートルと高くはないものの、東、北、西の三角の頂点に愛らしく並ぶ姿は古代人の想像力をかきたて、「香具山は畝傍雄雄しと耳梨と相争ひき……」（二二頁）の歌のように、男女の三角関係に見立てられてきた。

日本で初めて条坊制《じょうぼうせい》に基づいて造られた藤原京は、大和三山をその京域に擁し、この都城を築いた持統《じとう》天皇は「春過《はるす》ぎて夏来《なつきた》るらし白《しろ》たへの衣干《ころもほ》したり天《あめ》の香具山《かぐやま》」（三〇頁）と、香具山のさわやかな夏の到来を詠んでいる。香具山は多武峰《とうのみね》から峰つづきの端にあって耳成山のような整った山容ではないが、『伊予国風土記《いよのくにのふどき》』逸文《いつぶん》などによれば、天より降りてきた聖なる山と考えられていた。そのため「天の」という美称を持つ。『古事記』の天《あま》の岩屋《いわや》の記事にもその名が見られ、舒明《じょめい》天皇は「とりよろふ（頼もしい）天の香具山」と詠んで（一八頁）国見をしている。地図を見れば、奈良盆地の中央を南北に走る古代の「中ツ道《なかみち》」が香具山の山頂の少し東側を走っている。香具山は古代において基点となるような重要な場所だった。

甘樫丘《あまかしのおか》に上ると、耳成山を頂点として三角に並ぶ大和三山を一望することができる。夕闇《ゆうやみ》にぼんやりと浮かび上がる神話のような光景に、「大和しうるはし」……とあらためてため息が出るのである。

巻第二

巻二は、「相聞《そうもん》」（恋の歌、贈答の歌）と「挽歌《ばんか》」（人の死に関《かか》わる歌）の二部からなる。巻一の「雑歌《ぞうか》」とともに「三大部立《ぶだて》」を構成して、『万葉集』の核となる巻である。巻一同様、奈良遷都《せんと》以前の歌がほとんどで、巻末に僅《わず》かに奈良朝の歌を載せる。

相聞《そうもん》

◎磐姫《いわのひめ》皇后が仁徳《にんとく》天皇を思って作られた歌四首——磐姫皇后

君《きみ》が行《ゆ》き　日長《けなが》くなりぬ　山尋《やまたづ》ね　迎《むか》へか行《ゆ》かむ　待《ま》ちにか待《ま》たむ　八五

君の行幸《ぎょうこう》は　久しくなりました　山を尋ねて　お迎えに参りましょうか　ひたすら待ちましょうか

磐姫皇后は仁徳天皇（五世紀の大王）の皇后。非常に嫉妬《しっと》深く、しばしば天皇と衝突したことが『古事記』や『日本書紀』にみえる。八八番歌までの四首は、後世、磐姫に仮託して作られた連作。巻一の雄略御製歌《ゆうりゃくぎょせいか》（一七頁一番歌）とともに、巻頭を飾る古歌として置かれたものである。

◎同――磐姫皇后

かくばかり　恋《こ》ひつつあらずは　高山《たかやま》の　岩根《いはね》しまきて　死《し》なましものを　八六

これほどに　恋しいのだったら　高山の　岩を枕《まくら》にして　死んでしまう方がましです

◎同——磐姫皇后

ありつつも　君《きみ》をば待《ま》たむ　うちなびく　我《あ》が黒髪《くろかみ》に　霜《しも》の置《お》くまでに　八七

このままで　君を待ちましょう　垂らしたままの　わたしの黒髪に　霜が置くまでも

◎同——磐姫皇后

秋《あき》の田《た》の　穂《ほ》の上《うへ》に霧《き》らふ　朝霞《あさがすみ》　いつへの方《かた》に　我《あ》が恋止《こひや》まむ　八八

秋の田の　稲穂の上にかかっている　朝霧のように　いつになったら　わたしの恋は晴れるだろうか

第一首に、夫を待とうか、迎えに出ようかという迷いを歌い、第二首はその後者を選んで、待つ辛《つら》さよりは行き倒れになっても迎えに出たいと歌う。さらに第三首では、やはりいつまでも待つ方を選ぶと言って、結局第四首のように、いつまでも恋し続ける辛さを嘆くことに終わる。

◎天智天皇のお歌に、鏡王女《かがみのおおきみ》が唱和したお歌一首——鏡王女

秋山《あきやま》の　木《こ》の下隠《したがく》り　行《ゆ》く水《みづ》の　我《あれ》こそまさめ　思《おも》ほすよりは　九二

秋山の　木《こ》陰《かげ》をひそかに　流れて行く水のように　わたくしの方こそ深く思っているでしょう　あなたが思ってくださる以上に

鏡王女は、その墓が舒明《じょめい》天皇陵の域内にあることから推《お》して、舒明天皇の皇女ではないかといわれる。だとすると、天智天皇とは兄妹となる。のち藤原鎌足《ふじわらのかまたり》の正室となった（次歌参照）。

◎内大臣藤原卿（鎌足《かまたり》）が鏡王女《かがみのおおきみ》に求婚した時、鏡王女が内大臣に贈った歌一首——鏡王女

玉《たま》くしげ　覆《おほ》ふをやすみ　明《あ》けていなば　君《きみ》が名《な》はあれど　我《わ》が名《な》し

惜《を》しも

九三

〈玉くしげ〉覆《おお》い隠すのはたやすいと　明けてから帰られたら　あなたの名

はともかく　わたしの名が惜しゅうございます

当時の妻問婚《つまどい》は、男が夜訪れ、翌朝まだ暗いうちに帰っていくのが習わしであった。藤原鎌足は旧姓中臣連《なかとみのむらじ》。中大兄皇子《なかのおおえのみこ》（のちの天智天皇）とともに大化の改新の中心的役割を果たし、天智天皇八年（六六九）十月、鎌足薨去《こうきょ》の前日に、大織冠《たいしよくかん》と藤原朝臣《ふじわらのあそん》の姓を賜った。

◎内大臣藤原卿が鏡王女に返した歌一首——藤原鎌足

玉《たま》くしげ　みもろの山《やま》の　さな葛《かづら》　さ寝《ね》ずは遂《つひ》に　ありかつましじ

九四

〈玉くしげ〉　みもろの山の　さねかずら　さ寝ずにはとても　生きていられそうにありませぬ

鎌足の、ひたむきだが相手の都合を顧慮しない身勝手な態度が、むき出しの形で詠《よ》まれている。このあと王女は鎌足の正室となる。「みもろの山」は神のいます山の意で、ここでは三輪山《みわやま》か。

◎内大臣藤原卿が采女《うねめ》の安見児《やすみこ》を娶《めと》った時に作った歌一首――藤原鎌足

我《あれ》はもや　安見児《やすみこ》得《え》たり　皆人《みなひと》の　得《え》かてにすといふ　安見児《やすみこ》得《え》たり　九五

わたしは　安見児《やすみこ》を得たぞ　皆の者が　得がたいと言っている　安見児を得たぞ

諸国から天皇に奉られた采女は、諸臣には近づくことのできない存在であった。天皇の信頼厚い鎌足だからこそ、婚姻を許されたのであろう。それを誇り、喜ぶ歌。

◎天皇が藤原夫人《ふじわらのぶにん》に遣わされたお歌一首——天武天皇

我《わ》が里《さと》に　大雪降《おほゆきふ》れり　大原《おほはら》の　古《ふ》りにし里《さと》に　降《ふ》らまくは後《のち》　一〇三

わが里に　大雪が降ったよ　大原の　古ぼけた里に　降るのは後だね

「我が里」とは、天武天皇の皇居飛鳥浄御原宮《あすかのきよみはらのみや》（奈良県高市郡明日香村）。大原はそこから一キロメートル以内、飛鳥寺の東に当たる。藤原夫人は鎌足《かまたり》の娘、五百重娘《いおえのいらつめ》。夫人とは天皇の妻で、后・妃に継ぐ地位。この歌は藤原夫人が飛鳥の大原の実家にいた時の歌。共に雪を見られないことを残念に思う気持ちを、からかいの中にこめる。

◎藤原夫人が唱和した歌一首——藤原夫人

我《わ》が岡《をか》の　龗《おかみ》に言《い》ひて　降《ふ》らしめし　雪《ゆき》の摧《くだ》けし　そこに散《ち》りけむ　一〇四

わが岡の　竜神に頼んで　降らせた　雪のそのかけらが　そちらにこぼれたのでしょう

こちらこそ大雪の本家です、と言い返した戯《たわむ》れの歌。「龗」とは水神。蛇体で雨を降らせると信じられた。大原付近の岡《おか》に龗を祭る祠《ほこら》があったのであろう。

◎大津皇子《おおつのみこ》がひそかに伊勢《いせ》神宮に下り、帰ってくる時に、
大伯皇女《おおくのひめみこ》が作られた歌二首――大伯皇女

我《わ》が背子《せこ》を　大和《やまと》へ遣《や》ると　さ夜《よ》ふけて　暁露《あかときつゆ》に　我《あ》が立ち濡《ぬ》れし　一〇五

あの人を　大和《やまと》に帰し見送ろうとして　夜も更《ふ》けて　暁《あかつき》の露に　わたしは立ち濡《ぬ》れたことよ

大伯皇女は、天武天皇第四皇子大津皇子《おおつのみこ》の同母姉で、当時伊勢の斎宮《さいぐう》であった。大津皇子は文武にわたり多才で、人を引きつける魅力の持ち主であったが、朱鳥《あかみとり》元年（六八六）九月九日、天武天皇が崩御すると、謀反を起こし、十月二日に逮捕、翌三日に処刑された。この伊勢下向は、伊勢神宮への奉幣《ほうへい》のためか。伊勢神宮への奉幣は、皇位継承資格者以外には禁じられてい

た。この歌は、京に帰る弟を気遣い、見送りながらいつまでも立ち続けていたことを歌う。

◎同――大伯皇女

二人《ふたり》行《ゆ》けど　行《ゆ》き過《す》ぎ難《がた》き　秋山《あきやま》を　いかにか君《きみ》が　ひとり越《こ》ゆらむ　一〇六

二人で行っても　行き過ぎにくい　秋山を　どんなにしてあの人は　ひとり越えているとやら

物寂しい秋の山を一人越える弟への気遣いを歌うが、その背後には、謀反を起こそうとする弟の将来への不安があるのだろう。

◎大津皇子《おおつのみこ》が石川郎女《いしかわのいらつめ》に贈られたお歌一首――大津皇子

あしひきの　山《やま》のしづくに　妹待《いもま》つと　我立《あれた》ち濡《ぬ》れぬ　山《やま》のしづくに　一〇七

〈あしひきの〉山のしずくで　貴女《あなた》を待って　わたしは立ち濡《ぬ》れてしまったよ　山のしずくで

石川郎女の名をもつ女性は、『万葉集』内に多い。ここの石川郎女は、草壁皇子《くさかべのみこ》の愛人であった女性（五六頁一一〇番歌参照）。郎女に逢引《あいびき》をすっぽかされて恨み言を言う歌。

◎石川郎女が唱和した歌一首——石川郎女

我《あ》を待《ま》つと　君《きみ》が濡《ぬ》れけむ　あしひきの　山《やま》のしづくに　ならましものを　一〇八

わたしを待って　あなたが濡れたとおっしゃる〈あしひきの〉山のしずくに　なれたらよかったのに

――大津皇子の恨み言をはぐらかし、しなだれかかるように歌う。

◎大津皇子がひそかに石川郎女と関係を結んだ時に、津守連通《つもりのむらじとおる》がそのことを占い顕《あらわ》したので、皇子が作られた歌一首――大津皇子

大船《おほぶね》の　津守《つもり》が占《うら》に　告《の》らむとは　まさしに知《し》りて　我《わ》が二人寝《ふたりね》し　一〇九

〈大船の〉津守ふぜいの占いに　出るだろうとは　百も承知で　われわれは
二人で寝たのさ

――石川郎女との密通を占いで暴露されたことに対し、居直って詠《よ》んだ歌。大津皇子は奔放不羈《ほんぽうふき》な性格であったと伝えられる。津守連通は、当時有名な占い師であった。

◎日並皇子尊《ひなみしのみこのみこと》が石川郎女に遣わされたお歌一首――草壁皇子《くさかべのみこ》

大名《おほな》児《こ》を　彼方野《をちかたの》辺《へ》に　刈《か》る草《かや》の　束《つか》の間《あひだ》も　我《あれ》忘《わす》れめや　一一〇

大名児《おおなこ》を　向こうの野辺で　刈っている萱《かや》のように　束の間ほどに短い時間も　わたしは忘れるものか

日並皇子は、天皇（日）と並ぶ意で、皇太子草壁皇子に対する尊称。持統《じとう》天皇三年（六八九）に、即位しないまま二十八歳で薨去《こうきょ》した。大名児は、石川郎女の呼び名。以上の歌によって、郎女は草壁皇子の愛人であったが、大津皇子に寝取られたことが語られる。大津皇子の謀反事件の裏話である。

◎但馬皇女《たじまのひめみこ》が高市皇子《たけちのみこ》の宮に在《あ》った時に、穂積皇子《ほづみのみこ》を思って作られた歌一首——但馬皇女

秋《あき》の田《た》の　穂向《ほむ》きの寄《よ》れる　片寄《かたよ》りに　君《きみ》に寄《よ》りなな　言痛《こちた》くありとも　一一四

秋の田の　稲穂が一つ方向になびいている　そのようにひたむきにあなたに寄り添いたい　噂《うわさ》はひどくても

但馬皇女、高市皇子、穂積皇子はみな、天武天皇の皇子女で、異母きょうだいの間柄。「但馬皇女が高市皇子の宮に在った」とは、高市の妻だったということ。穂積皇子との間が露顕すれば大スキャンダルとなろうが、それでもひたすらに寄り添いたいと歌う。高市皇子は壬申《じんしん》の乱の際、指揮官として天武天皇方を勝利に導き、草壁皇子薨去《こうきょ》の翌年（六九〇）、太政大臣となった。

◎天皇の仰せで、穂積皇子《ほづみのみこ》が近江《おうみ》の志賀《しが》の山寺に遣わされた時に、但馬皇女《たじまのひめみこ》が作られた歌一首――但馬皇女

後《おく》れ居《ゐ》て　恋《こ》ひつつあらずは　追《お》ひ及《し》かむ　道《みち》の隈廻《くまみ》に　標結《しめゆ》へ我《わ》が背《せ》

一一五

あとに残って　恋い慕っているくらいなら　追いかけて行きたい　道の曲り角に　通せんぼの縄を張っておいてくださいあなた

「志賀の山寺」とは天智天皇創建の崇福寺《すうふくじ》（大津市滋賀里町にあった）。穂積皇子が遣わされた理由は不明だが、但馬皇女との恋愛が露顕し勅勘によって追放され、一時、僧となったとする説もある。なぜ「標結へ」と歌うのかにも諸説あるが、今は作者自身が思い余って追いかけて行き、破局を迎えてしまわないように、あなたに縄を張っておいてほしい、という意に解した。

◎但馬皇女が高市皇子《たけちのみこ》の宮に在《あ》った時に、ひそかに穂積皇子と関係を結び、そのことがすっかり顕《あらわ》れたので、作られた歌一首――但馬皇女

人言《ひとごと》を　繁《しげ》み言痛《こちた》み　己《おの》が世《よ》に　いまだ渡《わた》らぬ　朝川渡《あさかはわた》る　一一六

人の噂《うわさ》が　うるささに　これまで　渡らなかった　朝の川を遂《つい》に渡ることか

「川を渡る」には、止《や》みがたい恋の冒険、思いあまって情を通じる意が含まれる。二人の仲が露顕した今は、もう人の噂を気にすることもなく、恋を貫こうとする気持。

◎柿本朝臣人麻呂《かきのもとのあそみひとまろ》が石見国《いわみのくに》から妻と別れて
上京して来る時の歌二首と短歌より——柿本人麻呂

石見《いはみ》の海《うみ》　角《つの》の浦廻《うらみ》を　浦《うら》なしと　人《ひと》こそ見《み》らめ　潟《かた》なしと　人《ひと》こそ
見《み》らめ　よしゑやし　浦《うら》はなくとも　よしゑやし　潟《かた》はなくとも　い
さなとり　海辺《うみへ》をさして　にきたづの　荒磯《ありそ》の上《うへ》に　か青《あを》く生《お》ふる
玉藻《たまも》沖《おき》つ藻《も》　朝《あさ》はふる　風《かぜ》こそ寄《よ》せめ　夕《ゆふ》はふる　波《なみ》こそ来寄《きよ》れ　波《なみ》
のむた　か寄《よ》りかく寄《よ》る　玉藻《たまも》なす　寄《よ》り寝《ね》し妹《いも》を　露霜《つゆしも》の　置《お》きて
し来《く》れば　この道《みち》の　八十隈《やそくま》ごとに　万度《よろづたび》　かへり見《み》すれど　いや遠《とほ》
に　里《さと》は離《さか》りぬ　いや高《たか》に　山《やま》も越《こ》え来《き》ぬ　夏草《なつくさ》の　思《おも》ひしなえて
偲《しの》ふらむ　妹《いも》が門見《かどみ》む　なびけこの山《やま》　一三一

石見《いわみ》の海の　角《つの》の海辺を　浦がないと　人は見るだろうが　潟《かた》がないと　人
は見るだろうが　えいままよ　浦はなくても　えいままよ　潟はなくても

〈いさなとり〉海辺を目ざして　にきたづの　荒磯《あらいそ》の辺りに　青々と生《お》い茂る　玉藻《たまも》沖《おき》の藻は　朝吹きつける　風が寄せるだろう　夕方押し寄せる　波で寄って来よう　その波と一緒に　あちこちと寄る　玉藻のように　寄り添って寝た妻を　〈露霜の〉置いて来たので　この道の　曲がり目ごとに　何遍も　振り返って見るが　いよいよ遠く　里は遠のいてしまった　いよいよ高く　山も越えて来た　〈夏草の〉思いしおれて　わたしを偲《しの》んでいることであろう　妻の家の門口が見たい　平たくなれこの山よ

長歌《ちょうか》二首、反歌《はんか》二首ずつからなる「石見相聞歌《いわみそうもんか》」より最初の長歌一首、反歌二首を掲載。この妻は、人麻呂（「主要歌人紹介」参照）が石見国（島根県西部）に滞在していた間に通った現地妻か。冒頭から「玉藻なす」までが、「寄り寝し」を起こすための序。石見の海岸の景を叙しながら、残してきた妻の姿を喚起する効果を果たしている。

◎反歌《はんか》二首――柿本人麻呂

石見《いはみ》のや　高角山《たかつのやま》の　木《こ》の間《ま》より　我《あ》が振《ふ》る袖《そで》を　妹見《いもみ》つらむか　一三二

石見《いわみ》の国の　高角山《たかつのやま》の　木《こ》の間《ま》から　わたしが振った袖《そで》を　妻は見ただろうか

人麻呂の妻は、角《つの》の里（島根県江津市都野津町一帯）の住人だった。「高角山」はそこを見下ろす山で、角の境の山でもある。袖を振るのは、別れに際して心を通い合わせる動作。

◎同——柿本人麻呂

笹《ささ》の葉《は》は　み山《やま》もさやに　さやげども　我《あれ》は妹《いも》思《おも》ふ　別《わか》れ来《き》ぬれば　一三三

笹《ささ》の葉は　全山さやさやと　風に吹かれ乱れているが　それでもわたしは妻のことを思う　別れて来たので

別れの場面を歌う第一反歌に対して、この歌ははっきりと「別れて来た」と述べ、別れた後、笹の葉のそよぎに囲まれつつ、ひたすら妻を思うことを歌う。

挽歌《ばんか》

◎有間皇子《ありまのみこ》が自ら悲しんで松の枝を結ばれた時の歌二首——有間皇子

岩代《いはしろ》の　浜松《はままつ》が枝《え》を　引《ひ》き結《むす》び　ま幸《さき》くあらば　またかへり見《み》む　一四一

岩代《いわしろ》の　浜辺の松の枝を　引き結んで　幸い無事でいられたら　また立ち返って見ることもあろう

孝徳《こうとく》天皇皇子有間皇子は、斉明《さいめい》天皇四年冬（六五八）、天皇が紀伊《きい》の牟婁《むろ》の湯《ゆ》（和歌山県西牟婁郡白浜町の白浜温泉）に行幸する間に、蘇我赤兄《そがのあかえ》に騙《だま》されて謀反の意を漏らし、捕らえられた。この二首は、護送中、紀伊の岩代《いわしろ》（和歌山県日高郡みなべ町岩代）にて詠《よ》んだ絶唱。古代人は、紐《ひも》のみならず、木の枝や草の茎葉などを結ぶことによって何ものかと盟約し、何らかの願わしい事態が実現することを期待し予祝した。

◎同――有間皇子

家《いへ》にあれば　笥《け》に盛《も》る飯《いひ》を　草枕《くさまくら》　旅《たび》にしあれば　椎《しひ》の葉《は》に盛《も》る　一四二

家に居《い》れば　器《うつわ》に盛る飯《いい》を　〈草枕〉　旅にあるので　椎《しい》の葉に盛るのか

護送の旅の苦しさを、飯を椎の葉に盛ることに象徴させて歌う。家と旅とを対照させるのは、『万葉集』の旅の歌の類型である。

◎長忌寸奥麻呂《ながのいみきおきまろ》、結び松を見て哀《かな》しみ咽《むせ》んで作った歌二首より――長奥麻呂

岩代《いはしろ》の　崖《きし》の松《まつ》が枝《え》　結《むす》びけむ　人《ひと》はかへりて　また見《み》けむかも　一四三

岩代《いわしろ》の　崖《がけ》の松の枝を　結んだという　有間皇子《ありまのみこ》は立ち返って　また見たことであろうか

有間皇子事件から四十三年後の大宝《たいほう》元年（七〇一）、文武《もんむ》天皇の紀伊《きい》行幸の際、長奥麻呂も供奉《ぐぶ》していた。その折、往時に皇子が枝を結んだ松を見て詠《よ》んだ歌二首のうちの一首。若くして悲劇的な最期を遂げた皇子に対する後世の人々の深い同情が認められる。

◎天智天皇がご病気の時に、倭大后《やまとのたいこう》が奉られたお歌一首――倭大后

天《あま》の原《はら》　振《ふ》り放《さ》け見《み》れば　大君《おほきみ》の　御寿《みいのち》は長《なが》く　天足《あまた》らしたり　一四七

大空を　振り仰いで見ると　大君《おおきみ》の　お命は　とこしえに長く　空に満ち溢《あふ》れておられます

天智天皇皇后の倭大后は、天智の異母兄で天智に滅ぼされた古人大兄皇子《ふるひとのおおえのみこ》の娘。『日本書紀』天智紀十年（六七一）条に、天皇は九月に病に倒れ、十二月三日、近江宮《おうみのみや》に崩御したと記す。天皇の重体が続くなかで、その生命力は見渡す限り天空に満ち満ちて見え、宝寿無限なること疑いなし、と祈りをこめて詠《よ》んだ歌。

◎大后《たいこう》のお歌一首―― 倭大后《やまとのたいこう》

いさなとり　近江《あふみ》の海《うみ》を　沖離《おきさ》けて　漕《こ》ぎ来《く》る船《ふね》　辺《へ》に付《つ》きて　漕《こ》ぎ来《く》る船《ふね》　沖《おき》つ櫂《かい》　いたくなはねそ　辺《へ》つ櫂《かい》　いたくなはねそ　若草《わかくさ》の夫《つま》の　思ふ鳥立《とりた》つ

一五三

〈いさなとり〉近江《おうみ》の海を　沖から離れて　漕《こ》いで来る船よ　岸近く　漕いで来る船よ　沖辺の船の櫂《かい》も　ひどくはねないでおくれ　岸辺の船の櫂も　ひどくはねないでおくれ　〈若草の〉夫《つま》の君が　いつくしんでいらした鳥が飛び立っているではないの

天皇の崩御や皇族の薨去《こうきょ》では、殯宮《ひんきゅう》といって、本葬に先立って遺体を仮安置しておく場が設けられた。この期間は生死未分と考えられ、死者の復活を念じて歌舞・奏楽などが行われた。この歌も、その天智天皇崩御の殯宮の期間に詠《よ》まれたものであろう。「近江の海」は琵琶湖《びわこ》。

◎大津皇子《おおつのみこ》が亡くなった後に、大伯皇女《おおくのひめみこ》が伊勢《いせ》の斎宮《さいぐう》から上京した時に作られた歌二首――大伯皇女

神風《かむかぜ》の　伊勢《いせ》の国《くに》にも　あらましを　なにしか来《き》けむ　君《きみ》もあらなくに　一六三

〈神風の〉伊勢《いせ》の国にでも　いればよかったのに　なんで来たのだろう　あの方もいないのに

大津皇子事件と大伯皇女については五三頁一〇五番歌参照。大伯皇女は天武天皇三年（六七四）から朱鳥《あかみとり》元年（六八六）まで、斎宮として伊勢にいた。大津皇子が謀反のため処刑された翌月、大伯皇女が斎宮の任を解かれて都へ帰還する時の歌である。

◎同――大伯皇女

見《み》まく欲《ほ》り　我《あ》がする君《きみ》も　あらなくに　なにしか来《き》けむ　馬疲《うまつか》るるに　一六四

逢《あ》いたいと　思うあの方も　いないのに　なんで来たのだろう　馬が疲れるだけなのに

二首はほとんど繰り返しに近い。願わしいはずの帰京にも、弟の死によって、徒労感しか感じられないということが、歌い続けられている。

◎大津皇子の遺体を葛城《かつらぎ》の二上山《ふたがみやま》に移葬した時に、大伯皇女が悲しんで作られた歌二首――大伯皇女

うつそみの　人《ひと》なる我《あれ》や　明日《あす》よりは　二上山《ふたがみやま》を　弟《いろせ》と我《あ》が見《み》む　一六五

この世の　人であるわたしは　明日からは　二上山《ふたがみやま》を　弟として眺《なが》めるのか

大津皇子が処刑されたのは、磐余《いわれ》（奈良県桜井市南西部から橿原《かしはら》市東部にまたがる地）の訳語田《おさだ》。その地にあった遺体を、二上山（奈良県葛城市の西にある山）に移葬したのであろう。現在では、二上山東麓《とうろく》の鳥谷口《とりたにぐち》古墳がその墓所と見られている。この世の人間である自分には、山を弟と思って見るほかはないという不条理が、刑死直後と変わらぬ悲しみをもって嘆かれている。

◎同――大伯皇女

磯《いそ》の上《うへ》に　生《お》ふるあしびを　手折《たを》らめど　見《み》すべき君《きみ》が　ありといはなくに　一六六

磯《いそ》のほとりに　生《は》えているあしびを　折りたいが　お見せする相手のあなたが　いるわけではないのに

左注には、「右の一首は、今考えてみると、移葬の時の歌らしくない。ひょっとすると、伊勢《いせ》神宮から都に帰るときに、道のそばで花を見て、悲しみ咽《むせ》び泣いて、この歌を作られたものか」とある。大伯皇女の帰京は十一月十六日（太陽暦の十二月九日）で、あしびは咲いていなかっただろうから、やはり移葬の時の歌と考えられるが、あまりにも帰京の時の歌と調子が似ているので、編者がそう記したのであろう。皇女の悲しみが全く癒《い》えていないことが、そこに表れている。

◎日並皇子尊《ひなみしのみこのみこと》の殯宮《ひんきゅう》の時に、柿本朝臣人麻呂《かきのもとのあそみひとまろ》が作った歌一首と短歌より——柿本人麻呂

天地《あめつち》の　初《はじ》めの時《とき》の　ひさかたの　天《あま》の河原《かはら》に　八百万《やほよろづ》　千万神《ちよろづかみ》の
神集《かむつど》ひ　集《つど》ひいまして　神《かむ》はかり　はかりし時《とき》に　天照《あまで》らす　日女《ひるめ》の
尊《みこと》　天《あめ》をば　知《し》らしめすと　葦原《あしはら》の　瑞穂《みづほ》の国《くに》を　天地《あめつち》の　寄《よ》り合《あ》ひ
の極《きは》み　知《し》らしめす　神《かみ》の尊《みこと》と　天雲《あまくも》の　八重《やへ》かき分《わ》けて　神下《かむくだ》し
いませまつりし　高照《たかて》らす　日《ひ》の皇子《みこ》は　飛《と》ぶ鳥《とり》の　清御原《きよみ》の宮《みや》に
神《かむ》ながら　太敷《ふとし》きまして　天皇《すめろき》の　敷《し》きます国《くに》と　天《あま》の原《はら》　石門《いはと》を開《ひら》
き　神上《かむあが》り　上《あが》りいましぬ　我《わ》が大君《おほきみ》　皇子《みこ》の尊《みこと》の　天《あめ》の下《した》　知《し》らし
めしせば　春花《はるはな》の　貴《たふと》からむと　望月《もちづき》の　たたはしけむと　天《あめ》の下《した》
四方《よも》の人《ひと》の　大船《おほぶね》の　思《おも》ひ頼《たの》みて　天《あま》つ水《みづ》　仰《あふ》ぎて待《ま》つに　いかさま
に　思《おも》ほしめせか　つれもなき　真弓《まゆみ》の岡《をか》に　宮柱《みやばしら》　太敷《ふとし》きいまし
みあらかを　高知《たかし》りまして　朝言《あさこと》に　御言問《みことと》はさず　日月《ひつき》の　まねく
なりぬれ　そこ故《ゆゑ》に　皇子《みこ》の宮人《みやひと》　行《ゆ》くへ知《し》らずも

一六七

天地の　始まりの時のことで　〈ひさかたの〉　天《あま》の河原《かわら》に　八百万《やおよろず》　千万《ちよろず》の神々が　神の集まりに　集まられて　相談に　相談を重ねた時に　天照《あまて》らす日女《ひるめ》の尊《みこと》は　天の原を　お治めになるとて　葦原《あしわら》の　瑞穂《みずほ》の国を　天と地の寄り合う遠い果てまでも　お治めになる　神の御子《みこ》として　天雲の　八重《やえ》かき分けて　天《あま》つ神《かみ》が　地上にご降臨願った　〈高照《たかて》らす〉　日《ひ》の御子《みこ》の子孫であられる天武《てんむ》天皇は　〈飛ぶ鳥の〉　清御《きよみ》原《はら》の宮に　おん自ら　御殿を営まれて　この国は代々の天皇が　お治めになる国だとして　天の原の　岩戸《いわと》を開き　天に登り　お隠れになった　わが大君《おおきみ》　日並皇子尊《ひなみしのみこのみこと》が　天下を　お治めになったとしたら　春の花のように　お栄えあるであろうと　満月のようにお見事であろうと　天下の　四方八方の人が　〈大船《おおぶね》の〉　頼りに思って　〈天《あま》つ水《みず》〉　仰ぎ見待っていたのに　どのように　考えられてか　縁《えん》もない　真弓《まゆみ》の岡《おか》に　宮柱《みやばしら》を　しっかりと立て　殯宮《ひんきゅう》を　高く営まれて　朝のお言葉ものたまわれぬまま　月日も　あまた積ったので　そのために　皇子《みこ》の宮人《みやびと》たちは　途方に暮れている

日並皇子（草壁皇子《くさかべのみこ》。五六頁一一〇番歌参照）は、持統天皇三年（六八九）、皇太子のまま二十八歳で薨去《こうきょ》した。「日女の尊」は天照大神《あまてらすおおみかみ》。長歌前半は、父天武《てんむ》天皇のことを降臨した神とあがめ歌い、後半に、その天下を継承するはずだった草壁皇子が、期待も空しく亡くなったことを嘆く。

◎反歌《はんか》二首――柿本人麻呂

ひさかたの　天見《あめみ》るごとく　仰《あふ》ぎ見《み》し　皇子《みこ》の御門《みかど》の　荒《あ》れまく惜《を》しも　一六八

〈ひさかたの〉天を見るように　仰ぎ見た　皇子の宮殿の　荒れゆくのが惜しい

主を失った場所が荒廃してゆくことを嘆くのは、この歌の後、一つの類型となってゆく。草壁皇子の殯宮《ひんきゅう》（殯宮については六六頁参照）は、皇子の自邸島の宮（奈良県高市郡明日香村島庄にあった）から西に離れた真弓の岡（明日香村真弓）に営まれた。

◎同――柿本人麻呂

あかねさす　日《ひ》は照《て》らせれど　ぬばたまの　夜《よ》渡《わた》る月《つき》の　隠《かく》らく惜《を》しも　一六九

〈あかねさす〉日は照らしているが〈ぬばたまの〉夜空を渡る月が　隠れるのが惜しい

「日並」を称号として持つ皇子の薨去《こうきょ》を、月の隠れることにたとえて誄《しのびごと》としている。「あかねさす日」には、草壁皇子の代わりに正式に即位した母持統天皇がたとえられているのであろう。

◎ある本の歌の一首――柿本人麻呂

島《しま》の宮《みや》　勾《まがり》の池《いけ》の　放《はな》ち鳥《どり》　人目《ひとめ》に恋《こ》ひて　池《いけ》に潜《かづ》かず　一七〇

島《しま》の宮《みや》の　勾《まがり》の池の　放《はな》ち鳥《どり》は　亡き人をお慕いして　池に潜《もぐ》ろうともしない

「島の宮」は、奈良県高市郡明日香村島庄にあった草壁皇子《くさかべのみこ》の宮殿。シマは、造り庭、築山《つきやま》の意。『日本書紀』推古《すいこ》天皇三十四年の条に、蘇我馬子《そがのうまこ》が庭に池を作り、池中に小島を設けたところから、馬子を島大臣《しまのおおおみ》と呼んだとある。これを修復したものであろう。その「勾の池」で飼っていた水鳥も、皇子薨去《こうきょ》を悲しみ、人恋しさに潜らないでいると歌う。

◎但馬皇女《たじまのひめみこ》が亡くなった後、穂積皇子《ほづみのみこ》が、雪の降る冬の日、皇女の御墓を遥《はる》かに見やって悲しみ、涙を流して作られた歌一首——穂積皇子

降《ふ》る雪《ゆき》は　あはにな降《ふ》りそ　吉隠《よなばり》の　猪養《ゐかひ》の岡《をか》の　寒《さむ》からまくに　二〇三

降る雪よ　どっと降るでないぞ　吉隠《よなばり》の　猪養《いかい》の岡《おか》が　寒かろうから

高市皇子《たけちのみこ》の妻だった但馬皇女と異母兄穂積皇子とのスキャンダル（五七頁一一四〜五九頁一一六番歌参照）は、人の耳目をそばだたせたようである。但馬皇女は和銅《わどう》元年（七〇八）六月に薨去《こうきょ》した。「吉隠の猪養の岡」は、奈良の初瀬《はつせ》峡谷の奥に位置し、但馬皇女の墓所があるところである。

◎柿本朝臣人麻呂《かきのもとのあそみひとまろ》が、その妻が死んだ後に泣血哀慟《きゅうけつあいどう》して作った歌二首と短歌より——柿本人麻呂

天飛《あまと》ぶや　軽《かる》の道《みち》は　我妹子《わぎもこ》が　里《さと》にしあれば　ねもころに　見《み》まく
欲《ほ》しけど　止《や》まず行《い》かば　人目《ひとめ》を多《おほ》み　まねく行《い》かば　人知《ひとし》りぬべみ
さね葛《かづら》　後《のち》も逢《あ》はむと　大船《おほぶね》の　思《おも》ひ頼《たの》みて　玉《たま》かぎる　磐垣淵《いはかきふち》の
隠《こも》りのみ　恋《こ》ひつつあるに　渡《わた》る日《ひ》の　暮《く》れぬるがごと　照《て》る月《つき》の
雲隠《くもがく》るごと　沖《おき》つ藻《も》の　なびきし妹《いも》は　もみち葉《ば》の　過《す》ぎて去《い》にきと

玉梓《たまづさ》の　使《つか》ひの言《い》へば　梓弓《あづさゆみ》　音《おと》に聞《き》きて　言《い》はむすべ　せむすべ知《し》らに　音《おと》のみを　聞《き》きてあり得《え》ねば　我《あ》が恋《こ》ふる　千重《ちへ》の一重《ひとへ》も　慰《なぐさ》もる　心《こころ》もありやと　我妹子《わぎもこ》が　止《や》まず出《い》で見《み》し　軽《かる》の市《いち》に　我《あ》が立《た》ち聞《き》けば　玉《たま》だすき　畝傍《うねび》の山《やま》に　鳴《な》く鳥《とり》の　声《こゑ》も聞《きこ》えず　玉桙《たまほこ》の　道行《みちゆ》き人《びと》も　ひとりだに　似《に》てし行《ゆ》かねば　すべをなみ　妹《いも》が名呼《なよ》びて　袖《そで》そ振《ふ》りつる　二〇七

〈天飛《あまと》ぶや〉　軽《かる》の道《みち》は　妻の住む　里なので　念入りに　見たいとは思うけれど　絶えず行ったら　人の目もあり　しげしげと行ったら　人が知りそうだし　〈さね葛《かずら》〉　後にでも逢《あ》おうと　〈大船の〉　将来を期して　〈玉かぎる〉　岩垣淵《いわかきふち》のように　人知れず　恋い慕っていたところ　空を渡る日が暮れてゆくように　照る月が　雲に隠れるように　〈沖《おき》つ藻《も》の〉　寄り添って寝た妻は　〈もみち葉の〉　はかなくなってしまったと　〈玉梓《たまずさ》の〉　使いが言うので　〈梓弓《あずさゆみ》〉　話を聞いて　言いようも　しようもなくて　話だけを　聞

いておれないので　逢いたさの　千分の一だけなりとも　気が晴れる　こともあろうかと　妻が　よく出て見ていた　軽《かる》の市《いち》に　たたずんで耳をすますと〈玉だすき〉　畝傍《うねび》の山に　鳴く鳥のように　もう声も聞えず〈玉桙《たまほこ》の〉通行人も　一人とて　似ていないので　仕方なく　妻の名を呼んで　袖《そで》を振ったことよ

人麻呂が、妻の死を、血の涙を流して悲しんだ歌（「泣血哀慟歌《きゆうけつあいどうか》」）、長歌《ちようか》二首の内、第一首のみ掲載。人麻呂の妻は、離れて「軽の道」に暮らしていた。「軽の道」は、現在の近鉄吉野線橿原《かしはら》神宮駅の東から次の岡寺駅の東まで、南北に走る国道一六九号とほぼ一致する。いわゆる下《しも》ツ道《みち》の一部で、東西に通ずる山田道《やまだみち》と交わる辺りに市がたった。人麻呂はそこに、亡き妻の姿を探すのである。大和三山《やまとさんざん》の一つである畝傍山《うねびやま》もこの近く。「磐垣淵」は、岩が垣のように囲んでいる淵。

◎短歌二首――柿本人麻呂

秋山《あきやま》の　黄葉《もみち》を繁《しげ》み　惑《まと》ひぬる　妹《いも》を求《もと》めむ　山道《やまぢ》知《し》らずも

秋山の　もみじがいっぱいなので　迷い込んでしまった　妻を捜しに行く
その山道も分からない

この反歌二首は「短歌」と題されている。人麻呂の後期の作品に多い題である。

◎同――柿本人麻呂

もみち葉《ば》の　散《ち》り行《ゆ》くなへに　玉梓《たまづさ》の　使《つか》ひを見《み》れば　逢《あ》ひし日《ひ》思《おも》ほ
ゆ

二〇九

もみじが　散ってゆく折に　〈玉梓《たまずさ》の〉使いを見かけると　妻と逢《あ》った日の
ことが思い出される

「使ひ」とは、妻が人麻呂のところに連絡係としてよく遣わした使用人。その後たまたま路上で見かけ、妻との思い出がよみがえってきたのである。第一反歌《はんか》に「黄葉を繁み」とあり、この歌に「もみち葉の散り行く」というところに、次第に時が流れてゆくことが示されている。

◎吉《き》備《び》津采女《つのうねめ》が死んだ時に、柿本朝臣人麻呂《かきのもとのあそみひとまろ》が作った歌一首と短歌――柿本人麻呂

秋山《あきやま》の　したへる妹《いも》　なよ竹《たけ》の　とをよる児《こ》らは　いかさまに　思《おも》ひ
居《を》れか　栲縄《たくなは》の　長き命《いのち》を　露《つゆ》こそば　朝《あした》に置《お》きて　夕《ゆふへ》には　消《き》ゆと
いへ　霧《きり》こそば　夕《ゆふへ》に立《た》ちて　朝《あした》には　失《う》すといへ　梓弓《あづさゆみ》　音聞《おとき》く我《われ》
も　凡《おほ》に見《み》し　こと悔《くや》しきを　しきたへの　手枕《たまくら》まきて　剣大刀《つるぎたち》　身《み》
に副《そ》へ寝《ね》けむ　若草《わかくさ》の　その夫《つま》の子《こ》は　さぶしみか　思《おも》ひて寝《ぬ》らむ
悔《くや》しみか　思《おも》ひ恋《こ》ふらむ　時《とき》ならず　過《す》ぎにし児《こ》らが　朝露《あさつゆ》のごと
夕霧《ゆふぎり》のごと　二一七

〈秋山の〉　赤く美しい乙女《おとめ》　〈なよ竹の〉　しなやかなあの娘《こ》は　どのように思い込んでか　〈栲縄《たくなわ》の〉　長かるべき命なのに　露なら　朝置いて　夕方には　消えるというし　霧なら　夕方立って　朝は　なくなるというが　〈梓《あずさ》弓《ゆみ》〉　死んだという噂《うわさ》を聞いたわたしでさえ　これまで軽い気持で見ていたことが悔しいほどなのに　〈しきたえの〉　手枕《たまくら》をして　〈剣大刀《つるぎたち》〉　身に添

えて寝たであろう　〈若草の〉　その夫《つま》の君《きみ》は　淋《さび》しく思って　寝ていることであろうか　悔しく思って　恋い慕っていることであろうか　思いがけなく死んでいったあの娘《こ》が　朝露のようで　夕霧のようで

吉備津采女は、備中国《びっちゅうのくに》都宇郡（岡山市・倉敷市）出身の采女（四一頁五一番歌参照）で、人麻呂の活躍した藤原《ふじわら》京時代には、既に伝説的存在であったと思われる。次の二一八番歌に「志賀《しが》津《つ》の児《こ》」とあるが、志賀（滋賀県大津市北部）は生前の居住地であろう。また、二一九番歌の「大津《おおつ》の児《こ》」という名も、彼女が近江朝の人であったことを示す。天皇への献上物である采女には恋愛の自由もなく、自殺の原因は「若草のその夫の子」との結婚と関係があろう。

◎短歌二首――柿本人麻呂

楽浪《ささなみ》の　志《し》賀《が》津《つ》の児《こ》らが　罷《まか》り道《ぢ》の　川瀬《かはせ》の道《みち》を　見《み》ればさぶしも　二一八

楽浪《ささなみ》の　志《し》賀《が》津《つ》の采女《うねめ》が　みまかって行った道の　川瀬の道を　見ると淋《さび》しい

「志賀津の児ら」は吉備津采女をさす。「罷り道」は、死へ赴く道。「川瀬の道」は歩いて渡れる浅瀬で、そこからだんだん深みや湖中に進んで入水《じゆすい》したのであろう。「楽浪」は琵琶湖《びわこ》西南岸の一帯かという。

◎同——柿本人麻呂

そら数《かぞ》ふ　大津《おほつ》の児《こ》が　逢《あ》ひし日《ひ》に　凡《おほ》に見《み》しくは　今《いま》ぞ悔《くや》しき　二一九

〈そら数う〉大津《おおつ》の采女《うねめ》を　見かけた日に　心に留めずに見たことが　今では悔しい

長歌が近江《おうみ》朝に身を置いて歌っているのに対して、反歌二首（この二首も「短歌」と題される。七七頁二〇八番歌参照）はどちらも、人麻呂の同時代である持統《じとう》朝から、近江朝を回想する形で歌っていると見られる。

◎柿本朝臣人麻呂《かきのもとのあそみひとまろ》が石見国《いわみのくに》にあって死期が近づいた時に、
自ら悲しんで作った歌一首――柿本人麻呂

鴨山《かもやま》の　岩根《いはね》しまける　我《あれ》をかも　知《し》らにと妹《いも》が　待《ま》ちつつあるらむ　二二三

鴨山《かもやま》の　岩を枕《まくら》に伏している　わたしなのに　知らずに妻は　待っていることであろうか

「岩根しまける」は、死に直面し岩を枕にして横たわっていること。しかし、題詞にいう人麻呂の臨終の地を石見国（島根県西部）とすることを疑う説もある。次の二二四番歌の依羅《よさみ》や石川《いしかわ》という地名が河内国《かわちのくに》にもあり、鴨山も大和《やまと》をはじめ山城《やましろ》・三河《みかわ》など各地にありふれた地名だというのがその理由である。

◎柿本朝臣人麻呂が死んだ時に、妻の依羅娘子《よさみのおとめ》が作った歌二首――依羅娘子

今日今日《けふけふ》と　我《あ》が待《ま》つ君《きみ》は　石川《いしかは》の　貝《かひ》に交《ま》じりて　ありといはずや

も

二二四

今日こそ今日こそと　わたしが待っているあなたは　石川の　貝に混じっている　というではないの

—依羅娘子は人麻呂の妻の一人。河内国に依羅（依網《よさみ》とも書く）の郷名が見えるところから、その地の女かとする説もある。

◎同——依羅娘子

直《ただ》に逢《あ》はば　逢《あ》ひかつましじ　石川《いしかは》に　雲立《くもた》ち渡《わた》れ　見《み》つつ偲《しの》はむ

二二五

直《じか》に逢《あ》うのは　とてもできないだろう　石川《いしかわ》に　雲よ立ちわたれ　せめて眺めてあの方を偲《しの》ぼう

—雲を霊魂の立ち現れたものとする古代的な観想が、この歌の背景にはあるのだろう。

◎霊亀《れいき》元年（七一五）九月に、志貴親王《しきのみこ》が亡くなった時に作った歌一首と短歌——笠金村《かさのかなむら》

梓弓《あづさゆみ》　手《て》に取《と》り持《も》ちて　ますらをの　さつ矢手挟《やたばさ》み　立《た》ち向《む》かふ　高《たか》
円山《まとやま》に　春野焼《はるのや》く　野火《のび》と見《み》るまで　燃《も》ゆる火《ひ》を　何《なに》かと問《と》へば　玉《たま》
桙《ほこ》の　道来《みちく》る人《ひと》の　泣《な》く涙《なみた》　小雨《こさめ》に降《ふ》れば　白《しろ》たへの　衣《ころも》ひづちて
立《た》ち留《と》まり　我《われ》に語《かた》らく　なにしかも　もとなとぶらふ　聞《き》けば　音《ね》
のみし泣《な》かゆ　語《かた》れば　心《こころ》そ痛《いた》き　天皇《すめろき》の　神《かみ》の皇子《みこ》の　出《い》でましの
手火《たひ》の光《ひかり》そ　そこば照《て》りたる
二三〇

梓弓《あずさゆみ》を　手に取り持って　ますらおが　矢を指に挟《はさ》み　狙《ねら》いを定める　的《まと》——
その高円山《たかまどやま》に　春野を焼く　野火《のび》かと見えるほど　燃えている火を　あれは
何だと尋ねると　〈玉桙《たまほこ》の〉　道をやって来る人が　泣く涙は　雨のように流
れ　〈白たえの〉　衣もぐしょぐしょになって　立ち止まり　わたしに言うこ
とには　どうして　気軽に尋ねるのか　聞くのも　涙　語るのも　つらい
天皇の　神の御子《みこ》志貴親王の　ご葬列の　送り火の光が　あんなにも照って

いるのだよ

志貴皇子（四一頁五一番歌参照）の薨去《こうきょ》は、『続日本紀《しょくにほんぎ》』によれば霊亀《れいき》二年八月十一日で、題詞とは一年の開きがある。一説に、事実としては元年九月に薨《こう》じたが、同月に元正天皇の即位があったために薨奏が遅れたかとする。高円山は奈良市東南の山。志貴皇子の宮殿は西北麓《せいほくろく》の白《びゃく》毫寺《ごうじ》町の辺りにあり、墓所（春日宮天皇陵）は東南麓《とうなんろく》の田原にあった。志貴皇子は二品《にほん》で薨じており、喪葬令《そうそうりょう》によれば大規模な鼓吹隊《くすいたい》が随行する。おそらく千人を超える大葬列の灯《とも》す松明《たいまつ》の火が、高円山の野焼きのように見えたのであろう。この歌は、事情を知らぬ者がそれを見てわけを尋ね、葬儀の参列者が涙ながらに事情を語るという構成を取る点に特徴がある。笠金村については、「主要歌人紹介」参照。

◎短歌《たんか》二首——笠金村

高円《たかまと》の　野辺《のへ》の秋萩《あきはぎ》　いたづらに　咲《さ》きか散《ち》るらむ　見《み》る人《ひと》なしに　二三一

高円《たかまど》の　野辺の秋萩《あきはぎ》は　むなしく　咲いては散っていることだろうか　見る

人もないままに

◎同——笠金村

三笠山《みかさやま》　野辺《のへ》行《ゆ》く道《みち》は　こきだくも　繁《しげ》く荒《あ》れたるか　久《ひさ》にあらなくに　二三二

三笠山《みかさやま》の　野辺を行く道は　これほどにも　ひどく荒れたものか　時も経《た》たないのに

反歌二首は、長歌が夜の野辺の景であったのに対して、昼の景を歌う。いずれも皇子が亡くなったことによって、人の気配のなくなった野辺の空虚感、寂《さび》しさを捉《とら》えている。

万葉集の風景　②

岩代《いわしろ》の結び松

『日本書紀』に記された有間《ありま》皇子の悲劇の舞台は、太平洋に面した南紀の白浜。古代から別天地として知られる南紀のうららかな風光は、皇子の哀しみの影をいっそう濃く浮かび上がらせる。

　父の軽皇子《かるのみこ》が大化の改新によって孝徳《こうとく》天皇となると、有間皇子には皇位継承の可能性が生じた。しかし実権を握る中大兄皇子《なかのおおえのみこ》と不和であった皇子は父が亡くなると身の危険を感じ、狂気を装う。皇子は病の療養のために牟婁《むろ》の湯《ゆ》へ行き、「かの地を見ただけで、病も自然に治ってしまいます」と斉明《さいめい》天皇に告げる。牟婁の湯は現在の和歌山県西牟婁《にしむろ》郡の白浜温泉でもっとも古い湯崎地区。かつては海岸に自然湧出し、今も全国屈指の名湯としてにぎわっている。勧められるままに斉明天皇がこの温泉に行幸している間に皇子は挙兵を決意するが、蘇我赤兄《そがのあかえ》の裏切りによって逮捕されてしまった。

　白浜の行幸先へ護送される途次、岩代（和歌山県日高郡みなべ町）で悲嘆にくれながら皇子が詠んだ歌は「岩代《いはしろ》の浜松《はままつ》が枝《え》を引き結びま幸《さき》くあらばまたかへり見む」（六三頁）——皇子は無事の帰還を祈って、浜辺の松の枝を結んだ（写真はみなべ町に建つ碑）。古代、松の枝や草の端を結び合わせると魂がそこに込められ、命の安全、身の幸運が約束されるという俗信があった。しかし有間皇子は深い詮《せん》議《ぎ》もないまま藤白坂《ふじしろさか》（和歌山県海南市）で絞首となる。結ばれた松は解かれることなく、十九歳の命は南紀の陽光のなかに消えた。

巻第三

巻三は、巻一・二の補遺的な性格を持ち、雑歌《ぞうか》・譬喩歌《ひゆか》・挽歌《ばんか》の三部からなる。譬喩歌は恋に関する際どいことを、物にたとえて歌うもので、相聞《そうもん》の部の代わりに置かれている。時代も、古くは聖徳太子《しょうとくたいし》の歌とされるものから、万葉最末期の大伴家持《おおとものやかもち》らの歌まで、幅広い。

雑歌《ぞうか》

◎天皇が雷丘《いかずちのおか》にお出ましになった時に、

柿本朝臣人麻呂《かきのもとのあそみひとまろ》が作った歌一首——柿本人麻呂

大君《おほきみ》は　神《かみ》にしませば　天雲《あまくも》の　雷《いかづち》の上《うへ》に　廬《いほ》りせるかも　二三五

わが大君《おおきみ》は　神でいらっしゃるので　天雲《あまくも》の　雷《いかずち》の上に　仮宮《かりみや》を造っていらっしゃる

題詞にいう天皇は、天武、持統、文武のいずれかであろうが、不明。「大君は神にしませば」は、天皇及び皇子を神として尊び、その超人的行為を、神なればこそ可能なのだと表現する成句。天皇を天《あま》つ神《かみ》の子とする考えは、天武天皇以後、一層強化されるようになる。「雷丘」は奈良県高市郡明日香村にある、高さ約一〇《メートル》ほどの小さな丘。『日本霊異記』は、ここで雄略天皇の命を受けた小子部栖軽《ちいさこべのすがる》が雷を捕らえたと伝える。その雷の名を持つ丘の上に立つ天皇は、雷神をも従える神だと歌うのである。

◎柿本朝臣人麻呂《かきのもとのあそみひとまろ》の旅の歌八首より――柿本人麻呂

玉藻《たまも》刈《か》る　敏馬《みぬめ》を過《す》ぎて　夏草《なつくさ》の　野島《のしま》の崎《さき》に　船近付《ふねちかづ》きぬ　二五〇

玉藻《たまも》を刈る　敏馬《みぬめ》を過ぎて　夏草の茂る　野島《のしま》の崎《さき》に　船は近づいた

「玉藻刈る」は、藻（玉は美称）を刈っている実景を、地名敏馬（神戸市灘区岩屋町付近）の修飾語としたもの。「野島」は淡路島の西側の、淡路市野島。人が玉藻を刈る地から、夏草の生い茂る地への移動に、旅愁を感ずるのである。

◎同――柿本人麻呂

淡路《あはぢ》の　野島《のしま》の崎《さき》の　浜風《はまかぜ》に　妹《いも》が結《むす》びし　紐吹《ひもふ》き返《かへ》す　二五一

淡路《あわじ》の　野島《のしま》の崎《さき》の　浜風に　妹《いも》が結んでくれた　紐《ひも》を吹き返させている

男女が逢《あ》って別れる時、互いに着物の紐を結び、また逢う日まで解かないことを誓う風習があ

―った。その紐が風に翻るのを見て、「妹」を思うのである。

燈火《ともしび》の　明石大門《あかしおほと》に　入《い》らむ日《ひ》や　漕《こ》ぎ別《わか》れなむ　家《いへ》のあたり見《み》ず　二五四

◎同――柿本人麻呂

〈燈火《ともしび》の〉明石《あかし》の海峡に　さしかかる日には　大和《やまと》とも漕《こ》ぎ別れることであろうか　家の辺りも見られないで

―明石は畿内《きない》の西端、これより出れば「天離《あまざか》る鄙《ひな》」で、旅人の不安が募る所であった。

天離《あまざか》る　鄙《ひな》の長道《ながち》ゆ　恋《こ》ひ来《く》れば　明石《あかし》の門《と》より　大和島《やまとしま》見ゆ　二五五

◎同――柿本人麻呂

〈天離《あまざか》る〉遠い鄙《ひな》からの道のりを　恋しく思いながらやって来ると　明石《あかし》の

海峡から　大和《やまと》の山々が見えてきた

―前歌とは逆に、西方からようやく畿内に入ってきたという思いが歌われる、東上の作。

◎柿本朝臣人麻呂《かきのもとのあそみひとまろ》が近江国《おうみのくに》から上って来る時に、宇治川《うじがわ》の辺《ほと》りまでやって来て作った歌一首――柿本人麻呂

もののふの　八十《やそ》宇治《うぢ》川《かは》の　網代木《あじろき》に　いさよふ波《なみ》の　行《ゆ》くへ知《し》らず
も　二六四

〈もののふの〉八十《やそ》宇治川《うじがわ》の　網代木《あじろぎ》に　いざよう波も　同じく行方《ゆくえ》が分らないことよ

―「もののふの」は、八十ウヂの枕詞。モノノフ（文武百官）が多くの氏族に分かれている（八十《やそ》氏《うじ》）ところから、分流の多い「八十宇治川」にかけた。「網代」は、秋から冬にかけて、逆八の

字形に木を打ち並べ、狭めた端に簀《す》を設けて氷魚《ひお》（鮎《あゆ》の稚魚）を捕る仕掛で、特に宇治川の網代は有名であった。「いさよふ」は、網代木に波が遮《さえぎ》られて停滞することをいう。「もののふの八十氏」は、「いさよふ波」のように消えていった、近江朝の多くの氏族に対する哀惜《あいせき》の念を暗示するか。

◎長忌寸奥麻呂《ながのいみきおきまろ》の歌一首——長奥麻呂

苦《くる》しくも　降《ふ》り来《く》る雨か　三輪《みわ》の崎《さき》　狭野《さの》の渡《わた》りに　家《いへ》もあらなくに　二六五

あいにく　降って来た雨だ　三輪《みわ》の崎《さき》の　佐野《さの》の辺りに　家の者もいないのに

長忌寸奥麻呂は伝不詳。旅の歌、即興の作に優れる。「三輪の崎佐野の渡り」は、今の和歌山県新宮市三輪崎・佐野の辺り。「家」は、家人、家族の意で、特に旅先の夫が留守居の妻をさしていうことが多い。

◎柿本朝臣人麻呂《かきのもとのあそみひとまろ》の歌一首——柿本人麻呂

近江《あふみ》の海《うみ》　夕波千鳥《ゆふなみちどり》　汝《な》が鳴《な》けば　心《こころ》もしのに　古《いにしへ》思《おも》ほゆ

二六六

近江《おうみ》の海の　夕波千鳥《ゆうなみちどり》よ　おまえが鳴くと　胸がきゅっとなるほど　昔のことが偲《しの》ばれる

「夕波千鳥」とは、夕方の波打ち際に餌《えさ》をあさりながら鳴いている千鳥。「心もしのに」は、胸がせつなくなるほどにの意。「古思ほゆ」は、近江朝時代を懐かしんでいう。昔も今も変わらずに鳴く千鳥であるが、それが昔を偲んで鳴いているように聞えるのである。

◎志貴皇子《しきのみこ》のお歌一首——志貴皇子

むささびは　木末《こぬれ》求《もと》むと　あしひきの　山《やま》の猟夫《さつを》に　あひにけるかも

二六七

むささびは　梢《こずえ》を極めようとして　〈あしひきの〉　山の猟師《りょうし》に　やられてしまった

むささびは、高所から斜め下にしか滑空《かっくう》できないので、その前に必ず梢《こずえ》に駆け登る。猟師はその時を待って、真下から射落とすという。この歌は暗に、大津皇子《おおつのみこ》など、高い地位を望んで身を滅ぼした人々に対する寓意《ぐうい》を込めて詠《よ》んだ歌かという。志貴皇子は四一頁五一番歌・八四頁二二〇番歌参照。

◎高市連黒人《たけちのむらじくろひと》の旅の歌八首より――高市黒人

旅《たび》にして　もの恋《こひ》しきに　山下《やまもと》の　赤《あけ》のそほ船《ぶね》　沖《おき》を漕《こ》ぐ見《み》ゆ　二七〇

旅に出て　そぞろ家が恋しい時　先ほど山裾《やますそ》にいた　朱塗りの船が　沖の辺りを漕《こ》いで行くのが見える

――本歌以下、八首のうち六首を掲載。高市黒人は四二頁五八番歌参照。

◎同――高市黒人

桜田《さくらだ》へ　鶴鳴《たづな》き渡《わた》る　年魚市潟《あゆちがた》　潮干《しほひ》にけらし　鶴鳴《たづな》き渡《わた》る　二七一

桜田《さくらだ》の方へ　鶴《つる》が鳴いて飛んで行く　年魚市潟《あゆちがた》では　潮《しお》が干《ひ》たらしい　鶴が鳴いて飛んで行く

――「桜田」は、『和名抄《わみようしよう》』に尾張国《おわりのくに》「愛智郡作良」と見える地名サクラの付近の田の意であるが、そのまま地名として用いたものであろう。「年魚市潟」は、尾張国愛智郡の海岸の潟をなしていた地域。名古屋市熱田区および南区の西方一帯に当たる。

◎同――高市黒人

四極山《しはつやま》　うち越《こ》え見《み》れば　笠縫《かさぬひ》の　島漕《しまこ》ぎ隠《かく》る　棚《たな》なし小船《をぶね》　二七二

四極山《しはつやま》を　越えて見渡すと　笠縫《かさぬい》の　島に漕《こ》ぎ隠れて行くのが見える　船棚《ふなだな》もない小船が

「棚なし小船」（四二頁五八番歌参照）は岸に沿って漕ぐので、すぐに島に隠れて見えなくなってしまうのである。「四極山」「笠縫の島」は、ともに摂津《せっつ》説と三河《みかわ》説の両説がある。

◎同――高市黒人

我《わ》が船《ふね》は　比良《ひら》の湊《みなと》に　漕《こ》ぎ泊《は》てむ　沖辺《おきへ》な離《さか》り　さ夜《よ》ふけにけり　二七四

この船は　比良《ひら》の湊《みなと》に　停泊しよう　沖の方に漕《こ》ぎ離れるな　もう夜も更けたぞ

「比良の湊」は琵琶湖《びわこ》西岸の港。西には武奈《ぶな》ヶ岳を主峰とする比良《ひら》山地が連なっている。夜の舟行の不安を歌った歌。

◎同——高市黒人

妹《いも》も我《あれ》も　一《ひと》つなれかも　三河《みかは》なる　二見《ふたみ》の道《みち》ゆ　別《わか》れかねつる　二七六

妻もわたしも　一つであるからか　三河国《みかわのくに》の　二見《ふたみ》の道から　別れられない

「二見の道」とは、浜名湖の南、今切《いまぎり》の渡しを通る東海道の本道と、それを避けて湖北の細江《ほそえ》を通る姫街道の分岐点。一心同体である妻と、ここで別れなければいけないのに別れられないのである。数字の一、二、三を詠《よ》み込んだ、遊戯性の濃い歌。

◎同——高市黒人

早来《はやき》ても　見《み》てましものを　山背《やましろ》の　高《たか》の槻群《つきむら》　散《ち》りにけるかも　二七七

もっと早く来て　見るべきだった　山城《やましろ》の　多賀《たか》の槻《つき》の林は　もう散ってしまっている

―「高」は、京都府綴喜《つづき》郡井手町多賀。「槻」は、欅《けやき》の古名で、秋の黄葉が美しい。

◎伊勢国《いせのくに》に行幸《ぎようこう》された時に、安貴王《あきのおおきみ》が作った歌一首――安貴王

伊勢《いせ》の海《うみ》の　沖《おき》つ白波《しらなみ》　花《はな》にもが　包《つつ》みて妹《いも》が　家《いへ》づとにせむ　三〇六

伊勢《いせ》の海の　沖の白波は　花であればよいのに　包んで妻への　おみやげにしよう

安貴王は志貴皇子《しきのみこ》の孫で、春日王《かすがのおおきみ》の子。この歌は、養老《ようろう》二年（七一八）二月の美濃《みの》行幸に随行した時の作か。美濃国の養老の滝に行幸、ついでに伊勢・尾張《おわり》などにも足を延ばした。伊勢の荒い波は、万葉人にとって驚異的であった。泡立つ白波を花に見立てて興ずる歌。

◎山部宿禰《やまべのすくね》赤人《あかひと》が富士山《ふじのやま》を遠く見やって作った歌一首と短歌——山部赤人

天地《あめつち》の　分《わか》れし時《とき》ゆ　神《かむ》さびて　高《たか》く貴《たふと》き　駿河《するが》なる　富士《ふじ》の高嶺《たかね》を
天《あま》の原《はら》　振《ふ》り放《さ》け見《み》れば　渡《わた》る日《ひ》の　影《かげ》も隠《かく》らひ　照《て》る月《つき》の　光《ひかり》も見《み》
えず　白雲《しらくも》も　い行《ゆ》きはばかり　時《とき》じくそ　雪《ゆき》は降《ふ》りける　語《かた》り継《つ》ぎ
言《い》ひ継《つ》ぎ行《ゆ》かむ　富士《ふじ》の高嶺《たかね》は　三一七

天と地が　分かれた時から　神々《こうごう》しくて　高く貴い　駿河《するが》の国の　富士《ふじ》の高嶺《たかね》を　大空はるかに　振り仰いで見ると　空を渡る太陽の　姿も隠れ　照る月の　光も見えず　白雲も　よけて行き　絶え間なく　雪は降っている　語り伝え　言い継いでゆこう　この富士の高嶺は

山部赤人は、「主要歌人紹介」参照。叙景に優れた作品が多い。この長歌《ちょうか》では、神性を持った「高く貴き」富士（原文は「不尽」と書く）を中心に据え、それに圧倒される周辺の物を描くことで、その偉大さを表す。

◎反歌《はんか》――山部赤人

田子《たご》の浦《うら》ゆ　うち出《い》でて見《み》れば　ま白《しろ》にそ　富士《ふじ》の高嶺《たかね》に　雪《ゆき》は降《ふ》りける　三一八

田子《たご》の浦《うら》越しに　うち出《い》でて見ると　真っ白に　富士《ふじ》の高嶺《たかね》に　雪が降っている

「うち出でて」は、視界が遮《さえぎ》られていた所から、急に広々とした所に出ることをいう。当時の田子の浦は、富士川西岸の、興津《おきつ》の東方から由比《ゆい》を経て蒲原《かんばら》に至る海岸（現在の田子の浦は富士川東岸）。この歌は、薩埵峠《さつたとうげ》の鞍部《あんぶ》から下りかけた辺りで、正面に金丸山《かなまるやま》越しに富士を仰ぎ、右に駿河《するが》湾を眺めて詠《よ》んだものであろう。反歌では、開けた視界の中に広がる、雪の富士の真っ白な印象を描き取る。『新古今集』には「たごの浦にうち出でて見れば白妙《しろたへ》の富士の高嶺に雪は降りつつ」の形で所収。

◎神丘《かみおか》に登って、山部宿禰赤人《やまべのすくねあかひと》が作った歌一首と短歌――山部赤人

みもろの　神奈備山《かむなびやま》に　五百枝《いほえ》さし　しじに生《お》ひたる　つがの木《き》の
いや継《つ》ぎ継《つ》ぎに　玉葛《たまかづら》　絶《た》ゆることなく　ありつつも　止《や》まず通《かよ》はむ
明日香《あすか》の　古《ふる》き都《みやこ》は　山高《やまだか》み　川《かは》とほしろし　春《はる》の日《ひ》は　山《やま》し見《み》が欲《ほ》
し　秋《あき》の夜《よ》は　川《かは》しさやけし　朝雲《あさくも》に　鶴《たづ》は乱《みだ》れ　夕霧《ゆふぎり》に　かはづは
騒《さわ》く　見《み》るごとに　音《ね》のみし泣《な》かゆ　古《いにしへ》思《おも》へば　三二四

神のいます　神奈備山《かんなびやま》に　枝を広げ　隙間《すきま》なく生《お》い茂っている　つがの木の名のように　つぎつぎに　〈玉葛《たまかずら》〉絶えることなく　このようにして　通《かよ》って来たい　明日香《あすか》の　古い都は　山は気高く　川も雄大である　春の日は山が見事で　秋の夜は　川音がすがすがしい　朝雲に　鶴《つる》は乱れ飛び　夕霧に　蛙《かわず》はしきりに鳴く　何を見ても　泣けてくる　当時のことを思うと

――「古き都」は、天武《てんむ》・持統《じとう》両天皇の皇宮であった飛鳥浄御原宮《あすかのきよみはらのみや》。「川とほしろし」（「とほしろし」

は雄大の意）」と歌われる川は、飛鳥川（明日香川）のこと。旧都の荒廃を悲しむ心が、変わらない自然に触れることによって、かき立てられることを歌う。

◎反歌《はんか》――山部赤人

明日香川《あすかがは》　川淀《かはよど》去《さ》らず　立《た》つ霧《きり》の　思《おも》ひ過《す》ぐべき　恋《こひ》にあらなくに　三二五

明日香川《あすかがわ》の　川淀《かわよど》を離れず　立つ霧のように　すぐ消え失せるような　わたしの恋ではないのだ

霧はいずれは消えてゆくものだが、名残惜しそうになかなか川淀を離れない。往時に対する自分の思いは、その霧のように離れがたく、また消えがたいと歌う。

◎大宰少弐《だざいのしょうに》小野老朝臣《おののおゆあそん》の歌一首――小野老

あをによし　奈良《なら》の都《みやこ》は　咲《さ》く花《はな》の　薫《にほ》ふがごとく　今盛《いまさか》りなり　三二八

〈あおによし〉奈良《なら》の都は　咲く花が　爛漫《らんまん》たるように　今真っ盛りでした

藤原京から奈良の平城京へ遷都《せんと》したのは和銅《わどう》三年（七一〇）。大伴旅人《おおとものたびと》が神亀《じんき》四年（七二七）頃《ころ》から天平《てんぴょう》二年（七三〇）まで大宰帥《だざいのそち》として大宰府に赴任しており、小野老はその配下にあった。この歌は、新体制国家建設の理想に燃えていた当時の平城京の姿をよく示している。公務で上京していた小野老が大宰府に帰っての報告であろう。

◎防人《さきもりの》司《つかさの》佑《じょう》大伴四綱《おおとものよつな》の歌二首より――大伴四綱

藤波《ふぢなみ》の　花《はな》は盛《さか》りに　なりにけり　奈良《なら》の都《みやこ》を　思《おも》ほすや君《きみ》　三三〇

藤《ふじ》の花は　今満開に　なりました　奈良の都を　恋しく思われますか帥《そち》も

大伴四綱は、大伴旅人が大宰帥《だざいのそち》であった頃《ころ》、防人司佑（防人司の三等官）として旅人の配下にあった人物。小野老の前歌をうけて、旅人に望郷の心を問うた歌である。二首のうち一首を掲載。

◎帥《そち》の大伴旅人卿《おおとものたびときょう》の歌五首より——大伴旅人

我《わ》が盛《さか》り　またをちめやも　ほとほとに　奈良《なら》の都《みやこ》を　見《み》ずかなりなむ　三三一

わたしの元気だった頃が　また戻って来ることがあろうか　ひょっとして奈良の都を　見ずに終わるのではなかろうか

先の大伴四綱《おおとものよつな》の歌に和した歌。辺地に派遣され、かつ望郷の念やみがたく、同族の四綱から問いかけられて、つい本音が出たというところ。五首のうち三首を掲載。大伴旅人は「主要歌人紹介」参照。神亀四年（七二七）頃、六十余歳という高齢で大宰帥として九州・大宰府に下った。

◎同――大伴旅人

浅茅原《あさぢはら》　つばらつばらに　物思《ものおも》へば　古《ふ》りにし里《さと》し　思《おも》ほゆるかも　三三三

〈浅茅原《あさじはら》〉つくづくと　物思いに沈んでいると　明日香の古京が　思い出されるなあ

「浅茅原」は類音によって「つばらつばら」を起こす枕詞《まくらことば》。同時にチガヤの生える荒廃した旧都を暗示する。奈良の都への思いは、ついで昔の都を回顧させる。

◎同――大伴旅人

忘《わす》れ草《ぐさ》　我《わ》が紐《ひも》に付《つ》く　香具山《かぐやま》の　古《ふ》りにし里《さと》を　忘《わす》れむがため　三三四

忘れ草を　わたしの下紐《したひも》に付ける　香具山《かぐやま》の　古い京《みやこ》を　忘れるために

「忘れ草」はヤブカンゾウのことで、一名「忘憂草」。身につけると悲しみや憂いを忘れるという俗信があった。香具山のふもとの飛鳥《あすか》・藤原京《ふじわらきょう》は、旧都であると同時に、旅人自身の故郷でもある。帰れない故郷は、悲しみの源にほかならない。

◎山上憶良臣《やまのうえのおくらのおみ》が宴会から退出する歌一首——山上憶良

憶良《おくら》らは　今《いま》は罷《まか》らむ　子《こ》泣《な》くらむ　それその母《はは》も　我《あ》を待《ま》つらむぞ　三三七

憶良《おくら》めは　もうおいとまします　子供が泣いておりましょう　それその母親も　わたしを待っていることでしょうから

山上憶良は、「主要歌人紹介」参照。大宰帥大伴旅人《だざいのそちおおとものたびと》を主人とする宴から退出する時の歌か。子守のために帰宅します、と歌うのは、憶良がしばしば見せる自己の戯画化の一面。

◎大宰帥大伴卿《だざいのそちおおともきょう》が酒をほめ讃《たた》える歌十三首より——大伴旅人

験《しるし》なき　物《もの》を思《おも》はずは　一坏《ひとつき》の　濁《にご》れる酒《さけ》を　飲《の》むべくあるらし　三三八

くだらない　物思いをするくらいなら　一杯の　濁った酒を　飲むべきであろう

酒の徳を歌った連作。十三首の冒頭の歌。酒は宴席で飲むことを歌う場合が多い。これらの歌のように、手酌《てじやく》で独《ひと》り酌《く》み飲むことを歌うのは当時として異例であり、おそらく漢籍に見る独酌《どくしやく》の趣にならったものであろう。「験なき物を思はずは」に、憂いの多い現実が暗示されている。

◎同——大伴旅人

古《いにしへ》の　七《なな》の賢《さか》しき　人《ひと》たちも　欲《ほ》りせしものは　酒《さけ》にしあるらし　三四〇

古《いにしえ》の　竹林《ちくりん》の七賢人《しちけんじん》も　欲しがったものは　酒であったらしい

竹林の七賢人は、中国魏晋《ぎしん》の頃《ころ》（二六五～四一九）、酒を飲み琴を弾じ、竹林で清談《せいだん》（老荘思想を語り合うこと）した、阮籍《げんせき》をはじめとする七人の隠士。

◎同――大伴旅人

なかなかに　人《ひと》とあらずは　酒壺《さかつほ》に　成《な》りにてしかも　酒《さけ》に染《し》みなむ　三四三

なまじっか　人間でいるよりは　酒壺《さかつぼ》に　なってしまいたい　そして酒にどっぷり浸ろう

呉《ご》の鄭泉《ていせん》という酒飲みが、「自分が死んだら酒壺を焼く窯《かま》の前に葬ってくれ。数百年後、土になって酒壺に作られ、酒にひたりたい」と遺言したという、中国の故事（琱玉集《ちょうぎょくしゅう》）による。

◎同——大伴旅人

あな醜《みにく》　賢《さか》しらをすと　酒飲《さけの》まぬ　人《ひと》をよく見《み》ば　猿《さる》にかも似《に》る　三四四

ああみっともな　偉そうにして　酒を飲まない　人をよく見たら　猿《さる》に似ているかな

歌が進むにつれ、酔いが回ってくる趣。酒を飲まない人に対する痛罵《つうば》は、素面《しらふ》の時に味わっている鬱屈《うっくつ》と表裏している。

◎同——大伴旅人

この世《よ》にし　楽《たの》しくあらば　来《こ》む世《よ》には　虫《むし》に鳥《とり》にも　我《われ》はなりなむ　三四八

この世で　酒さえ飲んで楽しかったら　あの世では　虫にでも鳥にでも　わたしはなってしまってもかまわない

――仏教的な輪廻《りんね》の思想に基づく。来世、飲酒の悪業《あくごう》によって畜生界《ちくしょうかい》に落ちても、酒の力で今生《こんじょう》の楽しみを味わいたいと歌う。

◎同――大伴旅人

生《い》ける者《ひと》　遂《つひ》にも死《し》ぬる　ものにあれば　この世《よ》にある間《ま》は　楽《たの》しく　をあらな　三四九

生きている者は　いずれは死ぬと　決っているから　この世にある間は　酒飲んで楽しくやろう

――これも仏教的な無常観に基づく表現。諦観《ていかん》の上に成り立つ享楽《きょうらく》思想である。

◎同——大伴旅人

黙居《もだを》りて　賢《さか》しらするは　酒飲《さけの》みて　酔《ゑ》ひ泣《な》きするに　なほ及《し》かずけり　三五〇

むっつりとして　偉そうにするのは　酒を飲んで　酔い泣きをするのに　やはり及ばぬわ

十三首の連作をまとめる最後の歌。世間的に体裁を繕うのは、酒を飲んで感情を解放するのにやはり及ばないと結論付ける。

◎沙弥満誓《さみまんぜい》の歌一首——満誓沙弥《まんぜいさみ》

世《よ》の中《なか》を　何《なに》に喩《たと》へむ　朝開《あさびら》き　漕《こ》ぎ去《い》にし船《ふね》の　跡《あと》なきごとし　三五一

世の中を　何にたとえたらよかろう　朝湊《みなと》を　漕《こ》ぎ出した船の　跡がないようなものだ

満誓沙弥は、俗名笠朝臣麻呂《かさのあそみまろ》。養老《ようろう》七年（七二三）、筑紫《つくし》観世音寺《かんぜおんじ》の別当として大宰府《だざいふ》に赴き、その四年後に帥《そち》として下った大伴旅人と交遊した。無常を様々に喩《たと》えることは、仏典などに頻出する。平安時代、源順《みなもとのしたごう》がこの「世の中を何に喩へむ」の形を利用して、連作を作っている。

◎湯原王《ゆはらのおおきみ》が吉野《よしの》で作った歌一首――湯原王

吉野《よしの》なる　夏実《なつみ》の川《かは》の　川淀《かはよど》に　鴨《かも》そ鳴《な》くなる　山影《やまかげ》にして　三七五

吉野《よしの》にある　夏実《なつみ》の川の　川淀《かわよど》で　鴨《かも》が鳴いている　あの山の陰で

湯原王は志貴皇子《しきのみこ》の子で、天智天皇の孫。優雅にして清新な自然詠に最大の特徴を持つ。この歌にも、鴨の声に誘われて山影に引き込まれてゆくかのような余情がある。「夏実の川」は、吉

―野の離宮のあった宮滝《みやたき》のやや上流。

譬《ひ》喩《ゆ》歌《か》

◎大宰大監大伴宿禰百代《だざいのだいげんおおとものすくねももよ》の梅の歌一首――大伴百代

ぬばたまの　その夜《よ》の梅《うめ》を　た忘《わす》れて　折《を》らず来《き》にけり　思《おも》ひしものを　三九二

〈ぬばたまの〉　あの夜の梅を　ついうっかり　折らないで来た　愛していたのに

―愛していたのに逢《あ》わずじまいの恋を後悔する歌。女性を梅にたとえる。大伴百代は、大伴旅人《たびと》が大宰帥《だざいのそち》であった頃《ころ》、大宰大監（大宰府の三等官）としてその配下にあった人物。その後、美作守《みまさかのかみ》、豊前守《ぶぜんのかみ》などを歴任した。

◎満誓沙弥《まんぜいさみ》の月の歌一首――満誓沙弥

見《み》えずとも　誰恋《たれこ》ひざらめ　山《やま》の端《は》に　いさよふ月《つき》を　外《よそ》に見《み》てしか　三九三

見えなくても　誰《だれ》もが見たがる　山の端《は》に　ためらっているいざよいの月を　遠目にでも見たいものだ

山の稜線から、出ようかもう少し待とうかとためらっているように見える十六夜《いざよい》の月に、恥じらう娘をたとえた歌。満誓沙弥は一一二頁三五一番歌参照。

挽歌《ばんか》

◎上宮聖徳皇子《かみつみやしょうとくのみこ》が竹原井《たかはらのい》にお出かけになった時に、竜田山《たつたやま》の死人を見て悲しんで作られたお歌一首――聖徳太子

家《いへ》ならば　妹《いも》が手《て》まかむ　草枕《くさまくら》　旅《たび》に臥《こ》やせる　この旅人《たびと》あはれ　四一五

家にいたら　妻の手を枕《まくら》とするだろうに　〈草枕〉　旅に出て倒れている　この旅人は哀れだ

この歌と同種の説話が、『日本書紀』推古《すいこ》天皇二一年（六一三）十二月の条に見える。そこでは、聖徳太子が片岡《かたおか》（奈良県香芝市今泉か）に赴いた折、道のほとりに飢えた者（実は仙人）を見て、飲食物を与え衣服を脱ぎ掛けて歌をうたったことになっている。この歌はその時の歌が伝承される間に短歌形式になったものであろう。「竹原井」は大阪府柏原市高井田の地。「竜田山」は、信貴山《しぎさん》の南から柏原市にまたがる山地一帯。

◎大津皇子《おおつのみこ》が処刑される時に、磐余《いわれ》の池の堤で涙を流して作られた歌一首――大津皇子

百伝《ももづた》ふ　磐余《いはれ》の池《いけ》に　鳴《な》く鴨《かも》を　今日《けふ》のみ見《み》てや　雲隠《くもがく》りなむ　四一六

〈百伝《ももづた》う〉磐余《いわれ》の池に　鳴いている鴨《かも》を　今日だけ見て　死んでいくのか

大津皇子事件については五三頁一〇五番歌参照。若くして非業の死を遂げた皇子の辞世の歌。「磐余の池」は、香具山《かぐやま》の東北にあり、皇子が処刑された訳語田舎《おさだのいえ》（皇子の邸宅だったたか）の近く。

◎神亀《じんき》五年（七二八）、大宰帥大伴卿《だざいのそちおおともきょう》が亡き妻を慕って作った歌三首より――大伴旅人《たびと》

愛《うつく》しき　人《ひと》のまきてし　しきたへの　我《あ》が手枕《たまくら》を　まく人《ひと》あらめや　四三八

いとしい　妻が枕《まくら》にして寝た　〈しきたえの〉　わたしの腕を　枕にする人が　あろうか

三首のうちの一首を掲載。左注には「死別後、数十日経って作った歌」とある。大伴旅人の妻、大伴郎女《いらつめ》が大宰府で没したのは、赴任後数か月後の神亀五年初夏の頃《ころ》だったらしい。「まく」（枕にする）という語の反復に、まだ妻の体温の記憶が濃厚に残っていることが窺《うかが》われる。

◎天平《てんぴょう》二年（七三〇）十二月に、大宰帥《だざいのそち》大伴卿が
帰京の途についた時に作った歌五首より――大伴旅人《たびと》

我妹子《わぎもこ》が　見《み》し鞆《とも》の浦《うら》の　むろの木《き》は　常世《とこよ》にあれど　見《み》し人《ひと》そなき　四四六

わが妻が　見た鞆《とも》の浦《うら》の　むろの木は　今も変らずにあるが　これを見た人はいない

大伴旅人が大納言となって帰京したときの五首のうち二首を掲載。「鞆の浦」は、今の広島県福山市鞆町の海岸。「むろ」とは杜松《ねず》で、備後地方ではモロキと呼ばれ、寿命をつかさどる木とされている。往路、旅人と郎女の夫妻はこの鞆の浦に上陸し、この木を眺めたのであろう。聖な

――る樹木の永遠とそれを見た妻の不在とを対照させる。

◎同――大伴旅人

妹《いも》と来《こ》し　敏馬《みぬめ》の崎《さき》を　帰《かへ》るさに　ひとりし見《み》れば　涙《なみた》ぐましも　四四九

妻と来た　敏馬《みぬめ》の崎《さき》を　帰りがけに　ひとりで見ると　涙が出そうだ

――左注に「敏馬の崎に立ち寄った日に作った歌」とある。「敏馬」は九〇頁二五〇番歌参照。

◎故郷の家に還《かえ》ってから、すぐ作った歌三首より――大伴旅人

人《ひと》もなき　空《むな》しき家《いへ》は　草枕《くさまくら》　旅《たび》にまさりて　苦《くる》しかりけり　四五一

人もいない　むなしい家は　〈草枕〉　旅にもまして　苦しいものだ

帰宅してからの詠《えい》。三首より二首を掲載。「家」とは建物ではなく、家族のいる所の意。旅人は、帰京する前に「都《みやこ》なる荒れたる家にひとり寝《ね》ば旅にまさりて苦しかるべし」（都の荒れたわが家にひとりで寝たら旅で寝るよりなおいっそうつらいだろう）と歌っており、この歌では、それが本当になってしまったことを嘆いている。

◎同——大伴旅人

我妹子《わぎもこ》が　植《う》ゑし梅《うめ》の木《き》　見《み》るごとに　心《こころ》むせつつ　涙《なみた》し流《なが》る　四五三

わが妻が　植えた梅の木を　見るたびに　胸がせつなく　涙は流れる

平城遷都《へいじょうせんと》の直後に旅人が自邸の林泉《りんせん》を築造したとして、帰京した天平《てんぴょう》二年はその二十年後にあたる。庭のそこかしこに残る、妻との日々の記憶が、旅人をさいなむ。

◎天平十一年（七三九）六月、大伴宿禰家持《おおとものすくねやかもち》が
死んだ妾《おみなめ》を悲しんで作った歌一首――大伴家持

今《いま》よりは　秋風寒《あきかぜさむ》く　吹《ふ》きなむを　いかにかひとり　長《なが》き夜《よ》を寝《ね》む　四六二

これからは　秋風も寒く　吹くだろうに　どんなにしてひとりで　秋の夜長
を明かしたものであろうか

大伴家持は、「主要歌人紹介」参照。天平十一年は、家持二十二歳。この年は、六月中に立秋を迎えた。秋風の寒さがひときわしみる秋、その夜長をどうやって独り寝すればよいのか、と嘆く。妾が誰《だれ》かは不明だが、「妾」の字を用いたのは、後妻の坂上大嬢《さかのうえのだいじょう》にはばかったからか。

◎また家持が、軒下の雨落ち石のそばのなでしこの花を見て作った歌一首――大伴家持

秋《あき》さらば　見《み》つつ偲《しの》へと　妹《いも》が植《う》ゑし　やどのなでしこ　咲《さ》きにける
かも　四六四

秋が来たら　見てわたしを偲《しの》んでくださいと言って　妻が植えた　庭のなでしこの　花が咲きはじめた

なでしこは、家持によって何度も歌われているが、擬人化したり、この歌のように、人と重ね合わされたりすることが多い。「撫《な》でし子」という名前を持つことと関連しよう。

◎月が替ってから、秋風を悲しんで家持が作った歌一首——大伴家持

うつせみの　世《よ》は常《つね》なしと　知《し》るものを　秋風寒《あきかぜさむ》み　偲《しの》びつるかも　四六五

〈うつせみの〉世がはかないものだとは　知っているが　秋風が寒いので
妻を思い出す

現世が無常であることは、仏教の浸透によって、もはや常識であった。しかし、その理《ことわり》を知ってはいても悲しみが癒《いや》されるわけではない。寒い秋風に当たれば、亡き人を偲ばないではいられないのである。

◎天平《てんぴょう》十六年（七四四）二月、安積皇子《あさかのみこ》が亡くなられた時に、
内舎人《うどねり》の大伴宿禰家持《おおとものすくねやかもち》が作った歌六首より――大伴家持

かけまくも　あやに恐《かしこ》し　我《わ》が大君《おほきみ》　皇子《みこ》の尊《みこと》　もののふの　八十伴《やそとも》の男《を》を　召《め》し集《つど》へ　率《あども》ひたまひ　朝狩《あさがり》に　鹿猪《しし》踏《ふ》み起《おこ》し　夕狩《ゆふがり》に　鶉《と》雉《り》踏《ふ》み立《た》て　大御馬《おほみま》の　口抑《くちおさ》へ止《と》め　御心《みこころ》を　見《め》し明《あき》らめし　活道山《いくぢやま》木立《こだち》の茂《しげ》に　咲《さ》く花《はな》も　うつろひにけり　世《よ》の中《なか》は　かくのみならし　ますらをの　心振《こころふ》り起《おこ》し　剣大刀《つるぎたち》　腰《こし》に取《と》り佩《は》き　梓弓《あづさゆみ》　靫《ゆき》取《と》り負《お》ひて　天地《あめつち》と　いや遠長《とほなが》に　万代《よろづよ》に　かくしもがもと　頼《たの》めりし　皇子《みこ》の御門《みかど》の　五月蠅《さばへ》なす　騒《さわ》く舎人《とねり》は　白《しろ》たへに　衣取《ころもと》り着《き》て　常《つね》なりし　笑《ゑ》まひ振舞《ふるまひ》　いや日異《ひけ》に　変《か》はらふ見《み》れば　悲《かな》しきろかも　四七八

口にするだに　あまりに恐れ多い　わが大君《おおきみ》　安積皇子《あさかのみこ》が　あまたの　部族のますらおを　呼び集め　引き連れて　朝狩《あさがり》に　鹿猪《しし》を踏み立て起し　夕狩

に　鶏雉《とり》を驚かし飛び立たせられ　ご愛馬の　手綱《たづな》を控え　眺《なが》めては　御心を晴らされた　活道山《いくじやま》の　木々の茂みに　咲いていた花も　散ってしまった世の中は　こうもはかないものであるらしい　ますらおの　心を奮い起し　剣大刀《つるぎたち》を　腰に取り佩《は》き　梓弓《あずさゆみ》を手に持ち　靫《ゆぎ》を背負って　天地を　共に久しく　いつまでも　こうあっていただきたいと　頼みにしていた　皇子《みこ》の宮殿の〈五月蝿《さばえ》なす〉活気に満ちていた舎人《とねり》たちは　いま真っ白に　喪服をまとい　絶えることのなかった　笑顔も仕草も　日に日に　変るのを見ると悲しいことだなあ

安積皇子は、聖武《しょうむ》天皇と県犬養広刀自《あがたのいぬかいのひろとじ》との間に生れた皇子。天平十六年閏《うるう》正月十一日、恭仁京《くにきょう》から難波《なにわ》京へ遷都《せんと》の移動中、脚の病を発して恭仁京に戻り、十三日に十七歳で没した。藤原氏から出た光明《こうみょう》皇后の子には、阿倍《あべ》内親王（のちの孝謙《こうけん》天皇）しかおらず、有力な皇位継承候補者を除く目的で毒殺されたとする説もある。反藤原の点で結ばれた橘《たちばな》・大伴両氏は安積皇子に期待を寄せていたようで、皇子の急逝は家持にとっても大打撃であった。活道山《いくじやま》は恭仁京の近くの山であろう。そこに咲く春の花が散ることに、若くして亡くなった皇子を重ね合わせて悼《いた》んでいる。「内舎人」は、高官の子弟が任じられた、最高級の舎人（従者）。題詞の「六首」の内訳は、長歌＋反歌《はんか》二首が二組。ここでは「三月二十四日作」と左注にある、後の一組を載せた。

◎反歌《はんか》――大伴家持

愛《は》しきかも　皇子《みこ》の尊《みこと》の　あり通《がよ》ひ　見《め》しし活道《いくぢ》の　道《みち》は荒《あ》れにけり　四七九

なんということだ　安積皇子が　よく通い　見られた活道《いくじ》への　道は荒れてしまった

生前に皇子が遊んだ地が、その死とともに荒廃してゆくことは、笠金村《かさのかなむら》の志貴皇子《しきのみこ》挽歌《ばんか》にも歌われている（八六頁二三二番歌参照）。

◎同——大伴家持

大伴《おほとも》の　名《な》に負《お》ふ靫《ゆきお》帯びて　万代《よろづよ》に　頼《たの》みし心《こころ》　いづくか寄《よ》せむ　四八〇

大伴氏代々の　名誉ある靫《ゆぎ》を腰につけ　万代《よろずよ》もと　頼りに思っていたこの心を　今後はどなたに寄せたらよいか

大伴家持は、自己の氏族「大伴氏」の「名」を、皇位継承に関《かか》わる重大事の起った時に詠《よ》むことが多い。これはその最初の例。

万葉集の風景 〈3〉

雷丘《いかずちのおか》

古代の人々は空にとどろく雷をどのように考えていたのだろうか。もちろん自然現象とはとらえず、空を切り裂くような稲妻の形から大蛇を想像したようで、『日本書紀』雄略《ゆうりゃく》天皇の記事に、天皇の要請で少子部連蜾蠃《ちいさこべのむらじすがる》が三輪山の神を捕まえたところ、「雷虺虺《かみなりひび》きて」「目精赫赫《まなこかかや》く」大蛇の姿であったという。雷の古称「いかずち」の語源はたけだけしい魔物を意味する「厳《いか》つ霊《ち》」と考える説があり、大蛇は雷とともに現れる厳つ霊と考えられたのだろう。やがて「いかつち」は雷そのものをさすようになったようで、平安時代の『日《に》本霊異記《ほんりょういき》』では、神でなく雷そのものを捕らえる話に変化して、同じく「小子部栖軽《ちいさこべのすがる》」が雄略天皇の命によって雷の落ちた場所に行き、籠《かご》に入れると光を放ち、パッと輝いていたという。ここではもう大蛇ではなく、雷そのものとして描かれている。

この雷が落ちた場所は現在の奈良県高市《たかいち》郡明日香《あすか》村雷にある「雷丘」と考えられ、雷丘に行幸があったときに柿本人麻呂《かきのもとのひとまろ》が「大君《おほきみ》は神にしませば天雲《あまくも》の雷の上に廬《いほ》りせるかも」（八九頁）と詠んでいる。雷丘はとても雷が落ちるとは思えない一〇《メートル》ほどの小さな丘であるが、天皇が行幸するほど神聖な、神（雷）の依《よ》りつく神奈備《かむなび》の山と考えられていたのかもしれない。現在の雷丘は二つに分断され、間を山田道《やまだみち》が走っている。ポンポンと二つの雷さまの頭が並んでいるような、少し愛らしい風景である。

巻第四

一巻すべて相聞歌《そうもんか》の巻である。恋の歌であるが、必ずしも現実の恋愛関係を直接反映しているわけではなく、同性同士など親しい間柄の贈答を、恋歌にしたてて歌っている場合も多い。時代は初期万葉から最末期までを広く含む。

相聞《そうもん》

◎額田王《ぬかたのおおきみ》が近江《おうみの》天皇（天智天皇）をお慕いして作った歌一首――額田王

君《きみ》待《ま》つと　我《あ》が恋《こ》ひ居《を》れば　我《わ》が屋戸《やど》の　簾動《すだれうご》かし　秋《あき》の風《かぜ》吹《ふ》く　四八八

大君《おおきみ》のお出ましを待って　わたしが恋い慕っておりますと　わが家の戸のすだれを動かして　秋の風が吹いております

天智天皇は、近江遷都《せんと》後に即位したことから近江天皇ともいう。額田王は、もと天智天皇の弟、大海人皇子《おおしあまのみこ》（天武天皇《てんむ》）の妻であったが（二七頁二〇・二一番歌参照）、この歌によれば、後に天智天皇の寵愛《ちょうあい》を受けたことになる。ただしこの歌は、待つ女の情を歌う漢詩（閨怨詩《けいえん》）に類似の表現があり、実際の人間関係とは関係のない創作かもしれない。

◎鏡王女《かがみのおおきみ》が作った歌一首——鏡王女

風《かぜ》をだに　恋《こ》ふるはともし　風《かぜ》をだに　来《こ》むとし待《ま》たば　何《なに》か嘆かむ　四八九

風をでも　恋い慕うとは羨《うらや》ましいことです　風をでも　来るかと待つのでしたら　何を嘆くことがありましょう

鏡王女は四九頁九二番歌・五〇頁九三番歌参照。巻八にも前の額田王歌と並んで重出するので（一六〇六・一六〇七番歌）、額田王歌とともに一組の歌と見られる。「あの方ではなく秋の風がやってきました」という額田王歌に対して、「秋の風でも来ると思って待てるのなら羨ましい」と答えたことになる。ただしそこにズレも感じられ、語法的にも問題が多い。

◎柿本朝臣人麻呂《かきのもとのあそみひとまろ》の歌四首より——柿本人麻呂

み熊野《くまの》の　浦《うら》の浜木綿《はまゆふ》　百重《ももへ》なす　心《こころ》は思《おも》へど　直《ただ》に逢《あ》はぬかも　四九六

み熊野《くまの》の　浦の浜木綿《はまゆう》のように　百重《ももえ》にも　心では思っているが　直《じか》には逢《あ》えないものだね

四首のうち前の二首は男歌、後の二首は女歌という構成の贈答歌。ただし四首とも人麻呂の創作であろう。対応し合う一首目（男歌）と四首目（女歌）を掲載。「浜木綿」は、葉鞘《ようしょう》が幾重にも重なっていることから、「百重」の序詞《じょことば》とした。

◎同――柿本人麻呂

百重《ももへ》にも　来《き》しかぬかもと　思《おも》へかも　君《きみ》が使《つか》ひの　見《み》れど飽《あ》かざらむ　四九九

何度でも　来てくれればよいと　思うせいでしょうか　あなたの使いが　いくら見ても飽きることがないのは

一首目の「百重なす」を受けて、「百重にも」と答える。相手の言葉尻を捉《とら》えるのは、贈答歌の呼吸である。「心は思へど直に逢はぬかも」という男に対して、来られないのなら、せめて何度でも使いを送って下さい、と反発しつつ促している。

◎柿本朝臣人麻呂《かきのもとのあそみひとまろ》の歌三首——柿本人麻呂

娘子《をとめ》らが　袖布留山《そでふるやま》の　瑞垣《みづかき》の　久《ひさ》しき時ゆ　思《おも》ひき我《あれ》は　五〇一

乙女《おとめ》が　袖《そで》を振るという名の布留山《ふるやま》の　年を経た神垣《かみがき》のように　久しい前から　思っていたのだよわたしは

「布留山」は、物部《もののべ》氏の祖神、饒速日命《にぎはやひのみこと》を祭る石上神宮《いそのかみじんぐう》（奈良県天理市）をさす。「娘子らが袖ふる」が「布留山」を起こす序、さらに「布留山の瑞垣の」までが「久しき」の序となる二重の序になっている。そして最初の序「娘子らが袖ふる」は、恋の相手を暗示する。

◎同——柿本人麻呂

夏野《なつの》行《ゆ》く　小鹿《をしか》の角《つの》の　束《つか》の間《ま》も　妹《いも》が心《こころ》を　忘《わす》れて思《おも》へや　五〇二

夏の野を行く　雄鹿《おじか》の短い角のように　ちょっとの間も　そなたの心が　忘

れられようか

第二句までは、「束の間」を起こす序。鹿の角は雄にしかなく、毎年春生え替る。初夏の頃《ころ》はまだ短いので、時間の短さを表すツカノマにかけた。「忘れて思ふ」は、思わなくなること。

◎同――柿本人麻呂

玉衣《たまぎぬ》の　さゐさゐしづみ　家《いへ》の妹《いも》に　物言《ものい》はず来《き》にて　思《おも》ひかねつも　五〇三

〈玉衣《たまぎぬ》の〉ざわめきの中に沈んで　家の妻と　語り合うこともなく来てしまったので　もう恋しくてたまらない

「玉衣」は真珠や管玉《くだたま》などをビーズ状に縫い付けた服か。「さゐさゐ」は、ざわめきを表す擬声語。玉衣の玉が触れ合ってザワザワと音を立てることから、旅立ち前のざわめきの意に転じるのであろう。「しづみ」はざわめきの中に沈み埋もれることをいうか。

◎阿倍女郎《あべのいらつめ》の歌一首――阿倍女郎

我《わ》が背子《せこ》が　着《け》せる衣《ころも》の　針目《はりめ》落《お》ちず　こもりにけらし　我《あ》が心《こころ》さへ　五一四

あなたが　着ていらっしゃる衣《ころも》の　縫い目の一つ一つに　入ってしまったようでございます　わたしの心までも

◎中臣朝臣東人《なかとみのあそみあずまと》が阿倍女郎に贈った歌一首――中臣東人

ひとり寝《ね》て　絶《た》えにし紐《ひも》を　ゆゆしみと　せむすべ知《し》らに　音《ね》のみしそ泣《な》く　五一五

ひとり寝をして　切れてしまった紐《ひも》が　不吉に思われて　どうしたらよいかわからず　咽《むせ》び泣いているのだよ

◎阿倍女郎が答えた歌一首――阿倍女郎

我《あ》が持《も》てる　三《み》つ合《あ》ひに搓《よ》れる　糸《いと》もちて　付《つ》けてましもの　今《いま》そ悔《くや》しき　五一六

わたしが持っております　三つ搓《よ》りの　糸を使って　しっかり付けてあげればよかったのに　残念です

離れて暮らす阿倍女郎と中臣東人とが、贈った衣をめぐって、心を通わせる三首。中臣東人は、中臣宅守《やかもり》（二六一頁三七二四番歌参照）の父。天平《てんぴょう》四年（七三二）に兵部大輔《ひょうぶたいふ》になり、のち刑《ぎょ》部卿《うぶきょう》まで進んだ。阿倍女郎は、阿倍氏（大和国十市郡安倍、現在の奈良県桜井市を根拠地とする豪族）出身の女性だが、伝不詳。

◎大伴《おおともの》郎女《いらつめ》の歌四首より——大伴坂上郎女《さかのうえのいらつめ》

佐保川《さほがは》の　小石《こいし》踏《ふ》み渡《わた》り　ぬばたまの　黒馬《くろ》の来《く》る夜《よ》は　年《とし》にもあらぬか　五二五

佐保川《さほがわ》の　小石を踏み渡って　〈ぬばたまの〉　黒馬が来る夜《よ》は　一年じゅう
あってほしいものです

この大伴郎女は、左注によれば、坂上の里（佐保の西の地）に住んでいたので、坂上郎女と呼ばれたという。「主要歌人紹介」参照。左注はさらに、初め穂積皇子《ほづみのみこ》に愛されたが、皇子の薨去《こうきょ》後、藤原麻呂《ふじわらのまろ》（不比等《ふひと》の第四子）に求婚されたと記す。これは麻呂の歌に和する歌。四首のうち、第一首と第三首を掲載。「佐保川」は、奈良市内を流れる川で、郎女の家はその近くにあった。

◎同——大伴坂上郎女　五二七

来《こ》むと言《い》ふも　来《こ》ぬ時《とき》あるを　来《こ》じと言《い》ふを　来《こ》むとは待《ま》たじ　来《こ》じ
と言《い》ふものを

来《こ》ようと言っても　来ない時があるのに　来ないと言うのを　来られるだろ
うと思って待ったりなどしまい　来ないと言うのに

来ないとわかっているのに、待ってしまう自分に、自ら言い聞かせる趣。「来」の反復によって冗談めかして自嘲《じちょう》的に歌うことで、その実、相手の来訪を促している。求婚後間もなく、麻呂の来訪は途絶えたようである。

◎笠女郎《かさのいらつめ》が大伴宿禰家持《おおとものすくねやかもち》に贈った歌二十四首より――笠女郎

君《きみ》に恋《こ》ひ　いたもすべなみ　奈良山《ならやま》の　小松《こまつ》が下《もと》に　立《た》ち嘆《なげ》くかも　五九三

あなたに逢《あ》いたくて　どうにもならず　奈良山《ならやま》の　小松《こまつ》の本《もと》に　立って嘆息していいます

笠女郎は、若き日の大伴家持の愛人の一人。二十四首のうち六首を掲載。「奈良山」は奈良市一条大路の北方背後に連なる丘陵。家持の住む佐保の地に近い。

◎同――笠女郎

我《わ》がやどの　夕影草《ゆふかげくさ》の　白露《しらつゆ》の　消《け》ぬがにもとな　思《おも》ほゆるかも　五九四

家の庭の　夕影草《ゆうかげぐさ》の　白露《しらつゆ》のように　消え入らんばかりにむしょうに　あなたのことが思われます

「夕影草」は夕方の光の中に見える草。家持の来訪がない夕べ、庭を眺めて、草の露を見つつ歌っている趣。

◎同――笠女郎

恋《こひ》にもそ　人《ひと》は死《し》にする　水無瀬川《みなせがは》　下《した》ゆ我痩《あれや》す　月《つき》に日《ひ》に異《け》に　五九八

恋ででも　人は死ぬもののようです　〈水無瀬川《みなせがわ》〉　じわじわとわたしは痩《や》せてゆきます　月日を追ってだんだんと

「水無瀬川」は、表面は涸《か》れているが、その下に水が伏流している川。ここは、人目にはそれとわからぬままに、心の奥ではひそかに思い続けている気持で冠した比喩《ひゆ》の枕詞《まくらことば》。恋に痩せ細り、ついには死んでしまう、というのは、恋の苦しさを訴える類型。

◎同――笠女郎

夕《ゆふ》されば　物思《ものもひ》増《ま》さる　見《み》し人《ひと》の　言問《ことと》ふ姿《すがた》　面影《おもかげ》にして　六〇二

夕方になると　物思いも増さってきます　お逢《あ》いした方の　何かおっしゃるさまが　面影《おもかげ》に立って

夕方は、男が訪れる時間であった。来るはずはないと思っても、夕方になるとどうしても、来てくれた日の姿を思い出してしまうというのである。

◎同――笠女郎

相思《あひおも》はぬ　人《ひと》を思《おも》ふは　大寺《おほてら》の　餓鬼《がき》の後《しりへ》に　額《ぬか》つくごとし　六〇八

思ってもくれない　人を思うのは　大寺《おおでら》の　餓鬼《がき》のそれも後ろから　最敬礼するようなものですね

「大寺」とは国家の経済的援助により経営される寺で、平城京の大安寺《だいあんじ》、薬師寺、元興寺《がんごうじ》、興福寺などをさす。「餓鬼」は貪欲《どんよく》の報いとして飢渇に苦しむ亡者。空しい片思いは、仏ならぬ餓鬼の、しかもその背後から礼拝するようなもの、と自嘲《じちょう》する。

◎同――笠女郎

心《こころ》ゆも　我《あ》は思《おも》はずき　また更《さら》に　我《わ》が故郷《ふるさと》に　帰《かへ》り来《こ》むとは　六〇九

まったく　思ってもみませんでした　いまさらに　わたしの故郷の飛鳥《あすか》に　帰って来ようなどとは

平城遷都《へいじょうせんと》後、「故郷」とは、普通旧都飛鳥・藤原京の地域をさす。左注には、家持《やかもち》と別れた後で贈ってきた歌である、とある。家持との恋に破れ、女郎は飛鳥に帰ったらしい。

◎大伴宿禰家持《おおとものすくねやかもち》が答えた歌二首より――大伴家持

なかなかに　黙《もだ》もあらましを　なにすとか　相見《あひみ》そめけむ　遂《と》げざらまくに　六一二

いっそのこと　話しかけずにいればよかったのに　どんなつもりで　逢《あ》いそめたのだろう　添い遂げられそうにないのに

笠女郎から二十四首もの歌を贈られながら、家持側の歌は「別れた後で贈ってきた歌」に和する二首のみで、そのうちの一首を掲載。「黙もあらましを」とは、笠女郎に言葉をかけたばかりに苦しい恋をするようになったことを悔いていう。最初家持の方から接近しておきながら、今では後悔している様子である。

◎大伴坂上郎女《おおとものさかのうえのいらつめ》の怨恨《うらみ》の歌一首と短歌――大伴坂上郎女

おしてる　難波《なには》の菅《すげ》の　ねもころに　君《きみ》が聞《き》こして　年深《としふか》く　長《なが》くし

言《い》へば まそ鏡《かがみ》 磨《と》ぎし心《こころ》を 許《ゆる》してし その日《ひ》の極《きは》み 波《なみ》のむた なびく玉藻《たまも》の かにかくに 心《こころ》は持《も》たず 大船《おほぶね》の 頼《たの》める時《とき》に ちはやぶる 神《かみ》か放《さ》けけむ うつせみの 人《ひと》か障《さ》ふらむ 通《かよ》はしし 君《きみ》も来《き》まさず 玉梓《たまづさ》の 使《つか》ひも見《み》えず なりぬれば いたもすべなみ ぬばたまの 夜《よる》はすがらに 赤《あか》らひく 日《ひ》も暮《く》るるまで 嘆《なげ》けども 験《しるし》をなみ 思《おも》へども たづきを知《し》らに たわやめと 言《い》はくも著《しる》く 手《た》童《わらは》の 音《ね》のみ泣《な》きつつ たもとほり 君《きみ》が使《つか》ひを 待《ま》ちやかねてむ

六一九

〈おしてる〉 難波《なにわ》の菅《すげ》の根の そのねんごろに あなたがおっしゃって いつまでも 末長く愛しますと言われるので 〈まそ鏡〉 磨《と》ぎ澄ましてきた心を あなたゆえに解いてしまった あの日からというものは 波のまにまに揺れ動く藻《も》のように あちらこちらと思い迷う 心は持たず 〈大船の〉 頼りにしておりましたのに 〈ちはやぶる〉 神が引き離されたのでしょうか 世間の 人が妨げているのでしょうか 通《かよ》って来られた あなたも見えず

〈玉梓《たまずさ》の〉使いも来なく なってしまったので どうすることもできず
〈ぬばたまの〉夜は一晩じゅう 〈赤らひく〉昼は日の暮れるまで 嘆いて
も その甲斐《かい》もないし 思いわずらっても しかたがないので たおやめと
いう語のとおり 赤子のように 声をあげて泣き続け おろおろしながら
あなたのお使いを 待ち焦《こが》れています

「難波の菅の」は「ねもころ」（こまごまと丁寧に）を起こす序で、意味の上からも、その根が複雑に絡み合っているさまによってかけたのであろう。この歌は、娘の坂上大嬢《さかのうえのだいじょう》と家持（坂上郎女の甥《おい》に当たる）がいったん結婚したものの間もなく疎遠になり、悲しむ娘に代わって家持を恨んだ歌とする説もある。

◎反歌《はんか》——大伴坂上郎女

六二〇
はじめより 長《なが》く言《い》ひつつ 頼《たの》めずは かかる思《おも》ひに あはましもの
か

最初から　いつまでもなどと　頼りにさせるようなことさえおっしゃらなかったら　こうした嘆きに　遭いますまいに

上《かみ》三句は、長歌《ちょうか》の「ねもころに　君が聞こして　年深く　長くし言へば」に対応する。頼みにさせておいて、裏切ったことに対する「怨恨《えんこん》」なのである。

◎広河女王《ひろかわのおおきみ》の歌二首より――広河女王

恋草《こひぐさ》を　力車《ちからぐるま》に　七車《ななくるま》　積《つ》みて恋《こ》ふらく　我《わ》が心《こころ》から

六九四

恋草を　力車《ちからぐるま》の　七台に　積むほど重荷の恋をするのも　自分の心から

広河女王は、天武天皇皇子である穂積皇子《ほづみのみこ》の孫娘。「力車」とは大型の荷車。「恋草」は、払いがたい恋の思いを、草の生い茂るしつこさにたとえる。さらに恋の苦しみを、その「恋草」を荷車に七台積むほどの苦労だと言う。自分自身のせいなのに、どうにもできないと自嘲《じちょう》する歌。

◎大伴宿禰家持《おおとものすくねやかもち》が紀女郎《きのいらつめ》に報《こた》えて贈った歌一首——大伴家持

ひさかたの　雨《あめ》の降《ふ》る日《ひ》を　ただひとり　山辺《やまへ》に居《を》れば　いぶせかりけり　七六九

〈ひさかたの〉雨の降る日に　ただひとり　山辺に居ますと　気もめいりますす

聖武天皇《しようむ》は、天平十二年（七四〇）、藤原広嗣《ひろつぐ》が九州で反乱を起こすと、平城京を脱出し、そのまま山城の三香原《みかのはら》（現在の京都府木津川市加茂町）へと都を移した。恭仁京《くにきよう》である。天皇直属の内舎人《うどねり》だった大伴家持（当時二十三歳）は、この後四年間をその小盆地で過ごすことになる。この時期の家持は、山住まいの鬱情《うつじよう》を歌うことが多い。紀女郎は、家持の愛人の一人。平城京に留まっていたのであろう。

巻第五

巻頭に「雑歌《ぞうか》」の二字がある写本が多いが、古い系統の伝本にはなく、それが本来の姿であろう。全体の前半を大伴旅人《おおとものたびと》・山上憶良《やまのうえのおくら》を中心とする大宰府《だざいふ》政庁の官人の間で作られた歌、後半は山上憶良の作品を主軸に編まれている。旅人・憶良が大宰府で出会った神亀《じんき》五年（七二八）から、憶良の亡くなる天平《てんぴょう》五年（七三三）までの歌が、おおむね日付順に配列される。漢文で書かれた序や書状、長大な自哀の散文など、他巻に例のない内容が多く収められているのが特徴である。

雑歌《ぞうか》

◎大宰帥大伴旅人卿《だざいのそちおおとものたびとぎょう》が、訃報《ふほう》を受け、これに報《こた》えた歌一首――大伴旅人

不幸が重なり、訃報が相次いで来ます。ただただ心も崩れんばかりの悲しみを抱き、ひたすら腸《はらわた》も断ち切られるばかりの嘆きの涙を流しております。それでも、ご両所（誰《だれ》をさすか不明）のお力添えを得て、いくばくもない余命をやっと繋《つな》いでいるような有様です。「筆では言わんとすることを述べ尽すことができない」というのは、昔の人も今の人も共に憾《うら》みとするところです。　敬具

世《よ》の中《なか》は　空《むな》しきものと　知《し》る時《とき》し　いよよますます　悲《かな》しかりけり

神亀五年（七二八）六月二十三日　七九三

世の中は　空しいものだと　思い知った今こそ　いよいよ益々《ますます》　悲しく思われることです

神亀《じんき》五年初夏に、旅人の妻、大伴郎女《いらつめ》が没した（一一七頁四三八番歌参照）。そして、今また誰かの訃報に接したのである。亡くなったのは弟宿奈麻呂《すくなまろ》かと言われる。「世の中は空しきもの」という命題は、仏教でいう「世間虚仮《せけんこけ》」に似る。相次ぐ親族の死に、それはこういうことだったのか、と思い知った時に、それが救済になるどころか、ますます悲しみが深くなったと歌う。

◎日本《にほん》挽歌《ばんか》一首――山上憶良《やまのうえのおくら》

大君《おほきみ》の　遠《とほ》の朝廷《みかど》と　しらぬひ　筑紫《つくし》の国《くに》に　泣《な》く子《こ》なす　慕《した》ひ来《き》ま
して　息《いき》だにも　いまだ休《やす》めず　年月《としつき》も　いまだあらねば　心《こころ》ゆも
思《おも》はぬ間《あひだ》に　うちなびき　臥《こ》やしぬれ　言《い》はむすべ　せむすべ知《し》らに
石木《いはき》をも　問《と》ひ放《さ》け知《し》らず　家《いへ》ならば　かたちはあらむを　恨《うら》めしき
妹《いも》の命《みこと》の　我《あれ》をばも　いかにせよとか　にほ鳥《どり》の　二人並《ふたりなら》び居《ゐ》　語《かた》ら
ひし　心《こころ》そむきて　家離《いへざか》りいます

七九四

大君《おおきみ》の　遠い政庁《せいちょう》の　〈しらぬい〉　筑紫《つくし》の大宰府《だざいふ》に　泣く子のように　慕って来られて　一息《ひといき》さえ　入れる間《ま》もなく　年月《としつき》も　まだ経《た》たぬうち　死なれるなど夢にも　思わない間《あいだ》に　ぐったりと　臥《ふ》してしまわれたので　言うすべも　するすべも分らず　石や木に　尋ねることもできず　家にいたら　無事だったろうに　恨めしい　妻が　このわたしに　どうしろという気なのか　にお鳥《どり》のように　二人並んで　夫婦の語らいをした　誓いを反故《ほご》にして

家を離れて行ってしまわれた

左注に「神亀《じんき》五年（七二八）七月二十一日に筑前国守《ちくぜんのくにのかみ》山上憶良上る《たてまつ》」とあり、憶良が、妻を失った大伴旅人に同情し、なり代って詠《よ》み、献上した歌と考えられる。任地で妻を失った悲しみを、なぜ家を離れたのかと、かきくどくことで表現する。「家」と「旅」とを対照させるのは、旅の歌の基本形である。「にほ鳥」は、カイツブリ。雌雄仲睦《むつ》まじいとされる水鳥。

◎反歌《はんか》――山上憶良

妹《いも》が見《み》し　楝《あふち》の花《はな》は　散《ち》りぬべし　我《わ》が泣《な》く涙《なみた》　いまだ干《ひ》なくに　七九八

妻が見た　楝《おうち》の花は　もう散ってしまいそうだ　わたしの泣く涙は　まだ乾かないのに

「楝」は初夏の花で、かなり長い間咲いている。妻が生前見たその楝が散りそうになるまでに時間が経っても、悲しみの涙が乾かない、と歌う。五首の反歌のうち第三首を掲載。

◎心の迷いを直させる歌一首と序――山上憶良《やまのうえのおくら》

ある人がいて、父母を尊敬することは知っているが、孝養を尽そうとせず、妻子のことは考えないで、あたかも脱ぎ捨てた履物《はきもの》よりもこれを軽んじ、倍俗《ばいぞく》先生（隠遁《いんとん》者）と自称している。盛んな意気は空の青雲の上にも上《のぼ》らんばかりだが、自分自身は相変らず世の塵《ちり》の中にいる。仏道修行を積んだ聖者《しょうじゃ》というべき証拠もまだなく、山沢《さんたく》に亡命した民《たみ》とはこんな人のことか。そこで、三綱《きんこう》（君臣・父子・夫婦の道）を示し、五教《ごきょう》（父は義、母は慈、兄は友、弟は順、子は孝）をさらに説くべく、こんな歌を遣《おく》り、その迷いを直させることにする。その歌というのは、

父母《ちちはは》を　見《み》れば尊《たふと》し　妻子《めこ》見《み》れば　めぐし愛《うつく》し　世《よ》の中《なか》は　かくぞ
理《ことわり》　もち鳥《どり》の　かからはしもよ　行《ゆ》くへ知《し》らねば　うけ沓《ぐつ》を　脱《ぬ》き
棄《つ》るごとく　踏《ふ》み脱《ぬ》きて　行《ゆ》くちふ人《ひと》は　石木《いはき》より　生《な》り出《で》し人《ひと》か
汝《な》が名告《の》らさね　天《あめ》へ行《ゆ》かば　汝《な》がまにまに　地《つち》ならば　大君《おほきみ》います
この照《て》らす　日月《ひつき》の下《した》は　天雲《あまくも》の　向伏《むかぶ》す極《きは》み　たにぐくの　さ渡《わた》る
極《きは》み　聞《き》こし食《を》す　国《くに》のまほらぞ　かにかくに　欲《ほ》しきまにまに　然《しか》
にはあらじか

父母を　見れば尊《たっと》いし　妻子を見れば　いとしくかわいい　世の中は　こうあってあたりまえ　もち鳥のように　離れずにかかりあいたいものだ　一寸先は闇《やみ》なのだから　穴のあいた沓《くつ》を　脱ぎ捨てるように　家族のきずなを振り切って　行くという人は　石や木から　出てきた人なのか　おまえは何という名だ　天へ行ったら　勝手にすればよかろうが　地上には　大君《おおきみ》がいらっしゃるのだぞ　この照らしている　日や月の下は　天雲《あまくも》の　たなびく果てまで　ひきがえるの　這《は》いまわる地の果てまでも　大君の　治められる　秀《すぐ》れた国だ　あれこれと　自分勝手に　そうすべきではあるまい

次の「子供らを思う歌」などとともに、筑前守《ちくぜんのかみ》であった憶良が、筑前国内を視察する間に作った歌。修行と称して生業を営まず、山野に逃亡する反俗の庶民を教え諭す。しかし歌うのは、儒教倫理よりも、家族を思う情への訴えである。「もち鳥」は、とりもちで捕らえた鳥で、家族の離れがたさの比喩《ひゆ》である。しかし、それは鳥もちのように面倒なものでもあろう。生活苦にあえぎ、現世《げんせ》のしがらみを逃れたいと思う民衆の心境は、憶良にも十分わかっていたのである。

◎子供らを思う歌一首と序―― 山上憶良《やまのうえのおくら》

釈迦《しやか》如来《によらい》がまさに金口《きんこう》(釈迦の口のこと)でお説きになったことには、「衆生《しゆじよう》を平等に思うことは、わが子羅睺羅《らごら》(釈迦が在俗当時にもうけた子)を思うのと同じだ」と。また、お説きになったことには、「愛ゆえの迷いは子に優《まさ》るものはない」と。釈迦のような無上の大《だい》聖人《しようにん》でさえ、やはり子に愛着《あいじやく》する心がおありなのだ。まして、世間一般の人々で、誰《だれ》が子ゆえの闇《やみ》に迷わずにいられようか。

瓜食《うりは》めば　子ども思《おも》ほゆ　栗食《くりは》めば　まして偲《しぬ》はゆ　いづくより　来《きた》
りしものそ　まなかひに　もとなかかりて　安眠《やすい》しなさぬ　八〇二

瓜《うり》を食べると　子供らが思い出される　栗《くり》を食べると　なおさら偲《しの》ばれる
何の因果で　生れて来たのか　眼前に　むやみにちらついて　眠らせないの
は

先の「心の迷いを直させる歌(八〇〇番歌)」を引き継いで、子を持つことの喜びと苦しみとを歌う。「いづくより来りしもの」は、仏教的な世界観に基づく。子は、たまたまこの世で出会った存在に過ぎないのに、なぜこんなに心をとらえてしまうのか、と歌う。

◎反歌《はんか》――山上憶良

銀《しろかね》も　金《くがね》も玉《たま》も　なにせむに　優《まさ》れる宝《たから》　子《こ》に及《し》かめやも　八〇三

銀も　金も珠玉も　どうして　子に優《まさ》る宝といえよう　子に及ぼうか

――子が金銀や玉よりも貴く大切な宝だと思うのは、あるいは迷妄かもしれない、しかしその迷妄に生きるのが人間なのだという信念が、背景をなすのであろう。

◎梅花《ばいか》の歌三十二首と序より

天平《てんぴょう》二年（七三〇）正月十三日、大宰帥大伴旅人卿《だざいのそちおおとものたびときょう》の邸宅に集まって宴会を開く。折しも、初春の正月の佳《よ》い月で、気は良く風は穏やかである。梅は鏡の前の白粉《おしろい》のように白く咲き、蘭《らん》は匂《にお》い袋のように香っている。そればかりではない、夜明けの峰には雲がたなびき、松はその霞の羅《ベール》をまとって蓋《きぬがさ》をさしかけたように見え、夕方の山の頂《いただき》には霧がかかって、鳥はその霧の薄絹《うすぎぬ》に封じ込められて林の中に迷っている。庭には今年生れた蝶《ちょう》が舞っており、空には去年の雁《かり》が帰って行く。そこで、天を屋根にし地を敷物にし、互いに膝《ひざ》を近づけ盃《さかずき》をまわす。一堂の内では言うことばも忘れるほど楽しくなごやかであり、外の大気に向っては心をくつろがせる。さっぱりとして各自気楽に振舞い、愉快になって各自満ち足りた思いでいる。もし文筆によらないでは、どうしてこの心の中を述べ尽すことができようか。諸君よ、落梅の詩歌を所望したいが、昔も今も風流を愛することには変りがないのだ。ここに庭の梅を題として、まずは短歌を作りたまえ。

正月《むつき》立《た》ち　春《はる》の来《きた》らば　かくしこそ　梅《うめ》を招《を》きつつ　楽《たの》しき終《を》へめ

大弐《だいに》紀卿《ききょう》（紀男人《きのおひと》）　八一五

正月になり　春が来たなら　こうやって　毎年梅を迎えて　歓《かん》を尽しましょう

――歌群冒頭の歌。作者は主人《あるじ》大伴旅人に次ぐ高位の官人で、当日の主賓である。盛大な宴を言祝《ことほ》いで主人に挨拶《あいさつ》しながら、一同に楽しみを尽すことを呼びかける。

春《はる》されば　まづ咲《さ》くやどの　梅《うめ》の花《はな》　ひとり見《み》つつや　春日暮《はるひく》らさむ

筑前守山上大夫《ちくぜんのかみやまのうえだいぶ》（山上憶良《おくら》）　八一八

春になると　まず咲く家の　梅の花を　独《ひと》り見ながら　春の日を暮すことか

序文に言う「落梅の詩歌」とは、中国の楽府《がふ》（歌謡）「梅花落」をさし、それは本来、異郷で独り見る梅を歌うものであった。主人旅人もそれを意識しているが、憶良はその意図を汲《く》んで、あえて淋《さび》しい庭にぽつんと咲く梅に向かい合う孤独を歌ったのだと考えられる。

我《わ》が園《その》に　梅《うめ》の花散《はなち》る　ひさかたの　天《あめ》より雪《ゆき》の　流《なが》れ来《く》るかも

主人《あるじ》（大伴旅人《おおとものたびと》）　八二二

わが園に　梅の花が散る〈ひさかたの〉天から雪が　流れてくるのだろうか

「雪の流れ来る」は詩語「流雪」の翻訳語。梅花と雪との見立ては、漢詩に由来する。春の花である梅が散るのが、雪のように見える、というところに、「梅花落」と同じく、異郷にあることへの思いが込められている。

◎貧窮問答《ひんきゅうもんどう》の歌一首と短歌――山上憶良《やまのうえのおくら》

風交《かぜま》じり　雨降《あめふ》る夜《よ》の　雨交《あめま》じり　雪降《ゆきふ》る夜《よ》は　すべもなく　寒《さむ》くし
あれば　堅塩《かたしほ》を　取《と》りつづしろひ　糟湯酒《かすゆざけ》　うちすすろひて　しはぶ
かひ　鼻《はな》びしびしに　然《しか》とあらぬ　ひげ掻《か》き撫《な》でて　我《あれ》を除《お》きて　人《ひと》
はあらじと　誇《ほこ》ろへど　寒《さむ》くしあれば　麻衾《あさぶすま》　引《ひ》き被《かがふ》り　布肩衣《ぬのかたぎぬ》　有《あ》
りのことごと　着襲《きそ》へども　寒《さむ》き夜《よ》すらを　我《われ》よりも　貧《まづ》しき人《ひと》の
父母《ちちはは》は　飢《う》ゑ寒《こ》ゆらむ　妻子《めこ》どもは　乞《こ》ふ乞《こ》ふ泣《な》くらむ　この時《とき》は
いかにしつつか　汝《な》が世《よ》は渡《わた》る
天地《あめつち》は　広《ひろ》しといへど　我《あ》がためは　狭《さ》くやなりぬる　日月《ひつき》は　明《あか》し
といへど　我《あ》がためは　照《て》りや給《たま》はぬ　人皆《ひとみな》か　我《あ》のみや然《しか》る　わく
らばに　人《ひと》とはあるを　人並《ひとなみ》に　我《あれ》もなれるを　綿《わた》もなき　布肩衣《ぬのかたぎぬ》の
海松《みる》のごと　わわけ下《さ》がれる　かかふのみ　肩《かた》にうち掛《か》け　伏《ふ》せ廬《いほ》の

曲《ま》げ盧《いほ》の内《うち》に　直土《ひたつち》に　藁解《わらと》き敷《し》きて　父母《ちちはは》は　枕《まくら》の方《かた》に　妻子《めこ》どもは　足《あと》の方《かた》に　囲《かく》み居《ゐ》て　憂《うれ》へ吟《さまよ》ひ　かまどには　火気《ほけ》吹《ふ》き立《た》てず　甑《こしき》には　蜘蛛《くも》の巣《す》かきて　飯炊《いひかし》く　ことも忘《わす》れて　ぬえ鳥《どり》の　のどよひ居《を》るに　いとのきて　短《みじか》き物《もの》を　端切《はしき》ると　言《い》へるがごとく　しもと取《と》る　里長《さとをさ》が声《こゑ》は　寝屋処《ねやど》まで　来立《きた》ち呼《よ》ばひぬ　かくばかり　すべなきものか　世《よ》の中《なか》の道《みち》

八九二

風に交じって　雨が降る晩　雨に交じって　雪の降る晩　どうしようもないほど　寒いので　堅塩《かたしお》を　少しずつつまんで口に入れ　糟湯酒《かすゆざけ》を　ちびちびすすって　咳《せ》き込んでは　鼻水をすすり　ろくに生《は》えてもいない　ひげを掻《か》き撫《な》でては　おれほどの　人物はあるまいと　反《そ》り返ってはみるが　寒いので　麻の夜具を　引きかぶって　粗末な肩衣《かたぎぬ》など　あるもの全部　着重ねても　寒い晩だのに　わたしよりも　貧しい人の　父母は　飢《う》え寒がっていよう　妻や子は　何か下されと泣いていよう　こんな時は　どんなにして　君

は世を渡っているか
天地《あめつち》は　広いというが　わたしには　狭くなったのか　日月《ひつき》は　明るいというが　わたしには　照ってくださらぬのか　人皆《みな》こうなのか　わたしだけこうなのか　運良く　人に生れて　人並みに　健全ではあるが　綿《わた》もない　粗末な肩衣の　海松《みる》のように　裂けて下がった　ぼろだけを　肩に掛け　伏《ふ》せ盧《いお》の　曲《ま》げ盧《いお》の内に　地べたに　藁《わら》を解き敷き　父母は　上座の方に　妻や子は　下手《しもて》の方に　身を寄せ合って　ぼやいてうめき　竈《かまど》には　煙も出ていないし　甑《こしき》には　蜘蛛《くも》が巣をつくり　米を蒸す　すべも忘れて　ぬえ鳥のように　ぼそぼそとものを言っている時に　それでなくても　短い物を　切り縮めると　いう諺《ことわざ》のように　鞭《むち》を持つ　里長《さとおさ》めの声は　寝床まで　来てわめき立てる　こうも　辛《つら》く苦しいものか　世の中の道というものは

「いかにしつつか汝が世は渡る」までが、問い。「糟湯酒」は酒粕《さけかす》を湯で溶かした飲み物。「肩衣」は袖無《そでな》しの衣。問う者もまた貧しく、惨めである。しかしプライドだけは高い。憶良の戯画化された自画像であろう。後半は極貧者の答え。「海松」は海藻。「伏せ盧」はいわゆる竪穴《たてあな》式住居。「甑」は米を蒸すための蒸し器。幸運に恵まれて人と生れたはずなのに、なぜこのよう

な悲惨な生活をしなければならないのか。その上に「短いものの端を切る」という当時の諺《ことわざ》そのままに、鞭を持った役人が徴税《ちようぜい》におしかける。この世の不条理を描ききっている。

◎（反歌）――山上憶良

世《よ》の中《なか》を　憂《う》しとやさしと　思《おも》へども　飛《と》び立《た》ちかねつ　鳥《とり》にしあらねば　八九三

世の中は　いやなものだ消え入りたいと　思うけれど　さて飛び去ることもできない　鳥ではないので

「鳥」は自由の象徴。人間は鳥より尊いもののはずなのに、鳥の自由を持たない。どんなに苦しくても、この地上で生き続けなければならないのである。先の「心の迷いを直させる歌（惑情を反《かへ》さしむる歌）」（一五〇頁八〇〇番歌）のモチーフがここに展開されている。

◎男の子の、名を古日《ふるひ》という子を慕う歌三首 長歌一首と短歌二首より――作者不詳

世《よ》の人《ひと》の　尊《たふと》び願《ねが》ふ　七種《ななくさ》の　宝《たから》も我《われ》は　なにせむに　我《わ》が中《なか》の　生《うま》れ出《い》でたる　白玉《しらたま》の　我《あ》が子古日《こふるひ》は　明星《あかぼし》の　明《あ》くる朝《あした》は　しきたへの　床《とこ》の辺《へ》去《さ》らず　立《た》てれども　居《を》れども　共《とも》に戯《たはぶ》れ　夕星《ゆふつづ》の　夕《ゆふへ》になれば　いざ寝《ね》よと　手《て》を携《たづさ》はり　父母《ちちはは》も　うへはなさがり　さきくさの　中《なか》にを寝《ね》むと　愛《うつく》しく　しが語《かた》らへば　いつしかも　人《ひと》となり出《い》でて　悪《あ》しけくも　良《よ》けくも見《み》むと　大船《おほぶね》の　思《おも》ひ頼《たの》むに　思《おも》はぬに　横《よこ》しま風《かぜ》の　にふふかに　覆《おほ》ひ来《き》ぬれば　せむすべの　たどきを知《し》らに　白《しろ》たへの　たすきを掛《か》け　まそ鏡《かがみ》　手《て》に取《と》り持《も》ちて　天《あま》つ神《かみ》　仰《あふ》ぎ乞《こ》ひ禱《の》み　国《くに》つ神《かみ》　伏《ふ》して額《ぬか》つき　かからずも　かかりも　神《かみ》のまにまにと　立《た》ちあざり　我乞《あれこ》ひ禱《の》めど　しましくも　良《よ》けくはなしに　やくやくに　かたちつくほり　朝《あさ》な朝《さ》な　言《い》ふこと止《や》み　たまきはる　命絶《いのちた》えぬれ　立《た》ち躍《をど》り　足《あし》すり叫《さけ》び　伏《ふ》し仰《あふ》ぎ　胸打《むねう》ち嘆《なげ》き

手《て》に持《も》てる　我《あ》が子《こ》飛《と》ばしつ　世《よ》の中《なか》の道《みち》

世の人が　尊《たっと》び愛《め》でる　七種《ななくさ》の　宝もわたしは　なんで欲しかろう　われわれ夫婦の間に　生れて来た　白玉のような　わが子古日《ふるひ》は　〈明星《あかぼし》の〉　朝ともなれば　〈しきたえの〉　床《とこ》の辺りを離れず　立っても　すわっても　共にたわむれ　〈夕星《ゆうつづ》の〉　夕方ともなれば　さあいっしょに寝てよと　手を取って　「お父さんもお母さんも　そばを離れないでね　〈さきくさの〉　真ん中でぼく寝るんだよ」　と　かわいらしく　あの子が言うものだから　いつになったら　一人前になって　良くも悪くも　見とどけてやることができようと　〈大船の〉　頼りに思っている時に　思いがけなく　無常の暴風が　急に吹きつけてきたので　どうしたらよいか　手立ても分らず　〈白たえの〉　たすきを掛け　鏡を手に取り持って　天の神を　仰いではご加護を祈り　地の神を　伏しては頭をすりつけて拝み　いかように　なろうと　神の思《おぼ》し召《め》しのままだと　とり乱して　わたしは祈りつづけたが　少しの間も　良くはならずに　だんだんと　姿は変り　朝毎《ごと》に　言う言葉も止ってしまい　〈たまきわる〉　命は絶えてしまった　跳《と》び上がり　じだんだを踏み　地に伏し天を

仰ぎ　胸をたたいて嘆き　掌中《しょうちゅう》の玉の　わが子を失った　ああこれが世の中の道なのか

子をどんな宝よりも大事だと思うのは、「子供らを思う歌」（一五三頁八〇三番歌）に等しい。また最後に「世の中の道」の不条理を嘆くのは、先の「貧窮問答《ひんきゅうもんどう》の歌」と同じ。どれだけ可愛がり、大事に思っても、無常の理《ことわり》は、容赦なく我が子を連れ去ってしまう。

◎反歌《はんか》——作者不詳

若《わか》ければ　道行《みちゆ》き知《し》らじ　賂《まひ》はせむ　したへの使《つか》ひ　負《お》ひて通《とほ》らせ　九〇五

幼いから　あの世への道も行けまい　何でも遣《や》ろう　冥途《めいど》の使いよ　あの子を背負って行っておくれ

反歌二首のうち、第一首。幼子は、あの世への道行きまでも案じさせる。今は冥福《めいふく》を祈るのみだが。左注には、山上憶良の作風に似るので並べ載せた、とある。

万葉集の風景 4

大宰府《だざいふ》政庁跡

「遠《とお》の朝廷《みかど》」と称された大宰府政庁は、現在の福岡県太宰府市にその跡を残す。対馬《つしま》海峡を挟んで朝鮮半島に接近するこの地は古くから軍事と外交を司る朝廷の出先機関として、または九州の九国三島の行政を管理する地方官庁として独特の文化圏を築き上げていた。

推古《すいこ》天皇十七年（六〇九）にはすでに「筑紫大宰」の名前が見えるが、「大宰府」として大きな変革を迎えたのは天智天皇二年（六六三）の白村江《はくそんこう》の戦い以降である。朝廷は友好関係にあった百済《くだら》を復興させるため朝鮮半島に派兵するが、白村江で唐・新羅《しらぎ》連合軍に大敗し、日本侵略という恐怖にさらされる。そこで防衛のための水城《みずき》を築き、防人《さきもり》という兵士も配備して軍事的な強化をはかった。防人は遠い東国からも徴兵されたため、家族をおいて見知らぬ地へと旅立つ哀《かな》しみは『万葉集』の防人歌に多く採られている。神亀《じんき》四年（七二七）頃《ごろ》に大宰府の長官として派遣されたのが大伴旅人《おおとものたびと》。赴任後まもなく妻を亡くした旅人の詩情は高まり、筑前国司《ちくぜんこくし》であった山《やまの》上憶良《うえのおくら》らと宴《うたげ》を催しては歌を詠み、この地に文学の花を咲かせた。「この府は人・物殷繁《いんはん》にして、天下《あめのした》の一都会なり」（『続日本紀《しょくにほんぎ》』）といわれた大宰府政庁も、今は野原となって石碑が建つばかり。春には桜と木蓮《もくれん》の花々が、紅白の垂れ幕のように旧跡を取り囲む。観世《かんぜ》音寺《おんじ》の日本最古の梵鐘《ぼんしょう》が響けば、みやこ人の郷愁に似た思いが胸に迫ってくる。

巻第六

一巻すべて雑歌《ぞうか》の巻。聖武《しょうむ》天皇即位（神亀《じんき》元年〈七二四〉）前後の吉野行幸《よしのぎょうこう》の歌に始まり、紀伊国《きいのくに》や播磨印南野《はりまいなみの》などに行幸があった際の従駕《じゅうが》の歌が並ぶ。この巻にも大宰府関係の歌が収められているが、巻五とは資料が異なると思われる。天平《てんぴょう》十二年（七四〇）の藤原広嗣《ふじわらのひろつぐ》の反乱、恭仁京《くにきょう》への遷都《せんと》、そして同十七年の平城京《へいじょうきょう》への還都《かんと》と続く、聖武朝の歌を、時代順に配列する。大伴家持の記録を中心とする巻。

雑歌《ぞうか》

◎養老《ようろう》七年（七二三）五月、元正《げんしょう》天皇が吉野《よしの》の離宮に行幸《ぎょうこう》された時に、笠朝臣金村《かさのあそみかなむら》が作った歌一首と短歌――笠金村

滝《たき》の上《うへ》の　三船《みふね》の山《やま》に　みづ枝《え》さし　しじに生《お》ひたる　とがの木《き》の
いや継《つ》ぎ継《つ》ぎに　万代《よろづよ》に　かくし知《し》らさむ　み吉野《よしの》の　秋津《あきづ》の宮《みや》は
神《かむ》からか　貴《たふと》くあるらむ　国《くに》からか　見《み》が欲《ほ》しからむ　山川《やまかは》を　清《きよ》み
さやけみ　うべし神代《かみよ》ゆ　定《さだ》めけらしも　九〇七

滝のほとりの　三船《みふね》の山に　みずみずしい枝を広げて　びっしり生い茂って
いる　とがの木の名のように　つぎつぎに重ねて　万代《よろずよ》に　こうして行幸さ
れ滞在なさるであろう　このみ吉野の　秋津《あきづ》の宮は　神そのものなので　こ
うも貴いのだろうか　土地柄で　こうも見飽きないのだろうか　山も川も
清くすがすがしいので　道理で神代《かみよ》以来　ここに宮を定められたのだろう

吉野は、天武《てんむ》天皇が壬申《じんしん》の乱で勝利を収める基《もとい》となった土地であり、その後天武天皇を始祖とする皇統の聖地とされた。久々の男子の天皇である聖武《しょうむ》天皇の即位を控え、養老七年に行幸が

行われた。この長歌の表現はその皇統を強く意識している。笠金村については「主要歌人紹介」参照。「三船の山」は、吉野町宮滝にあった吉野離宮から、吉野川をはさんで正面左手に見える山。

◎反歌《はんか》二首――笠金村

年《とし》のはに　かくも見《み》てしか　み吉野《よしの》の　清《きよ》き河内《かふち》の　激《たぎ》つ白波《しらなみ》　九〇八

毎年来て　こうして見たいものだ　吉野川の　清い河内《こうち》の　渦巻《うずま》き流れる白波を

長歌にも歌われた吉野の山水の清らかさが、「激つ白波」に代表されて歌われている。自然の美を捉《とら》えるのが、奈良時代の讃歌《さんか》の特徴である。

◎同――笠金村

山高《やまだか》み　白木綿花《しらゆふばな》に　落《お》ち激《たぎ》つ　滝《たき》の河内《かふち》は　見《み》れど飽《あ》かぬかも　九〇九

山が高くて　白木綿花《しらゆうばな》のように　激しく渦巻き流れる　滝の河内は　見飽きることがない

「見れど飽かぬ」は、柿本人麻呂《かきのもとのひとまろ》に始まる讃歌の伝統的な表現である。聖武天皇の治世は、天武・持統天皇の盛時の再現でなければならない。その時代に活躍した人麻呂の表現が踏襲される所以《ゆえん》である。「白木綿花」は、楮《こうぞ》の樹皮を漂白したものを花にたとえた表現。

◎神亀《じんき》元年（七二四）十月五日、聖武《しょうむ》天皇が紀伊国《きいのくに》に行幸《ぎょうこう》された時に、
山部宿禰赤人《やまべのすくねあかひと》が作った歌一首と短歌――山部赤人

やすみしし　わご大君《おほきみ》の　常宮《とこみや》と　仕《つか》へ奉《まつ》れる　雑賀野《さひかの》ゆ　そがひに
見《み》ゆる　沖《おき》つ島《しま》　清《きよ》き渚《なぎさ》に　風吹《かぜふ》けば　白波騒《しらなみさわ》き　潮干《しほふ》れば　玉藻刈《たまもか》
りつつ　神代《かみよ》より　然《しか》そ貴《たふと》き　玉津島山《たまつしまやま》

九一七

〈やすみしし〉　わが大君《おおきみ》の　万代《よろずよ》の宮として　造られた　雑賀野《さいかの》の離宮から
かなたに見える　沖の島の　清い渚《なぎさ》に　風が吹くと　白波が立ち騒ぎ　潮《しお》が
干《ひ》ると　海人《あま》は玉藻《たまも》を刈っている　神代《かみよ》の昔から　こうも貴い　この玉津島《たまつしま》
山《やま》は

聖武《しょうむ》天皇は和歌浦《わかのうら》の風光を賞し、「弱浜《わかのはま》」の名を改めて「明光浦《あかのうら》」とせよと命じたと『続日本紀《しょくにほんぎ》』にある。「玉津島山」とは、雑賀野（現在の和歌山市内南部）にあった離宮から沖に見えた島々。和歌浦一帯は当時、大半が海中にあり、権現山、船頭山、妙見山などと今日呼ばれる小山のいくつかは、島であったという。そこの自然の美しくも華やかな景色を讃《たた》える。山部赤人については、「主要歌人紹介」参照。

◎反歌《はんか》二首——山部赤人

沖《おき》つ島《しま》　荒礒《ありそ》の玉藻《たまも》　潮干満《しほひみ》ち　い隠《かく》り行《ゆ》かば　思《おも》ほえむかも　九一八

沖《おき》の島《しま》の　荒磯《あらいそ》の玉藻《たまも》が　満ち潮《しお》に　隠れてしまったら　名残惜しくなるこ

とだろうなあ

――長歌《ちょうか》に歌われた潮の干満が、反歌二首にも歌われる。第一首は、満ち潮で美しい藻が見えなくなってしまうことの名残惜しさを歌う。

◎同――山部赤人

若《わか》の浦《うら》に　潮満《しほみ》ち来《く》れば　潟《かた》をなみ　葦辺《あしへ》をさして　鶴鳴《たづな》き渡《わた》る　九一九

若《わか》の浦《うら》に　潮が満ちてくると　干潟《ひがた》がなくなったので　葦辺《あしべ》をさして　鶴《つる》が鳴き渡る

――第二首は、満潮になろうとする時の景色を大きく写し出す。「潟をなみ」は「(餌をさがす)干潟がなくなったので」の意であるが、後世「片男波《かたおなみ》」という地名と誤解された。

◎山部宿禰赤人《やまべのすくねあかひと》が作った歌二首と短歌より——山部赤人

やすみしし　わご大君《おほきみ》の　高知《たかし》らす　吉野《よしの》の宮《みや》は　たたなづく　青垣《あをかき》隠《ごも》り　川並《かはなみ》の　清《きよ》き河内《かふち》そ　春《はる》へには　花咲《はなさ》きをり　秋《あき》へには　霧《きり》立《た》ち渡《わた》る　その山《やま》の　いやますますに　この川《かは》の　絶《た》ゆることなく　ももしきの　大宮人《おほみやひと》は　常《つね》に通《かよ》はむ

九二三

〈やすみしし〉　わが大君《おおきみ》が　高々と造られた　吉野《よしの》の離宮は　並み重なる青垣山《あおがきやま》に囲まれ　川の流れの　清い河内《こうち》だ　春ごろは　花が咲き乱れ　秋ごろは　霧が立ち渡る　あの山々のように　引き続いて　この川のように　絶えることがなく　〈ももしきの〉　大宮人《おおみやびと》は　いつまでも　通い訪れることであろう

笠金村《かさのかなむら》の吉野讃歌（一六五頁九〇七番歌）と同様、聖武天皇即位前後の吉野行幸に供奉《ぐぶ》しての作。やはり金村の歌と同じく、柿本人麻呂《かきのもとのひとまろ》の吉野讃歌を踏襲するが、山の景と川の景を、整然とした対句《ついく》で歌ってゆくのが特徴である。二首ある長歌のうちの第一首。

◎反歌《はんか》二首——山部赤人

み吉野《よしの》の　象山《きさやま》の際《ま》の　木末《こぬれ》には　ここだも騒《さわ》く　鳥《とり》の声《こゑ》かも　九二四

み吉野《よしの》の　象山《きさやま》の谷間の　梢《こずえ》には　こんなにもいっぱい鳴き騒いでいる　鳥の声々よ

吉野の宮滝《みやたき》周辺に天皇の離宮があった。「象山」は宮滝の南正面にある山。これと、その東にある三船山との間に喜佐谷《きさたに》があり、その谷あいを象《きさ》の小川が流れている。反歌二首は、長歌《ちょうか》で対《つい》にされた山と川とをそれぞれ歌い、また第一首が昼間、第二首が夜の景と分担して歌っている。

◎同——山部赤人

ぬばたまの　夜《よ》のふけゆけば　久木生《ひさぎお》ふる　清《きよ》き川原《かはら》に　千鳥《ちどり》しば鳴《な》く　九二五

〈ぬばたまの〉夜がふけてゆくと　久木《ひさぎ》の生い茂る　清い川原に　千鳥《ちどり》がしきりに鳴いている

「久木」は染料に用いられた木だが、詳しくは不明。「千鳥」は群れる鳥であり、それが「しば鳴く」のは、第一首で歌われた昼の吉野の賑《にぎ》わいが、深夜にいたるまで続いていることを表すのであろう。

◎山上臣憶良《やまのうえのおみおくら》の病気が重くなった時の歌一首――山上憶良

士《をのこ》やも　空《むな》しくあるべき　万代《よろづよ》に　語《かた》り継《つ》ぐべき　名《な》は立《た》てずして　九七八

男子たるものが　空しく終わってよいものか　万代《よろずよ》に　語り伝えるに足る　名は立てないで

右の一首は左注によれば、山上憶良が病気の重くなった時に、藤原八束《ふじわらのやつか》が河辺東人《かわべのあずまと》を使者として容態を尋ねさせた時の歌だという。憶良は返事をし終わってしばらくしてから、涙を拭《ふ》き悲嘆して、この歌を口ずさんだと伝える。名門出身でない憶良は、官位に恵まれなかったが、最期まで、世の中で活躍し、名を後世に残そうという志を捨てなかった。「士」は、中国では志を持って徳行を積む人のことで、そのような自己規定は、憶良の高いプライドを表している。

◎大伴坂上郎女《おおとものさかのうえのいらつめ》が元興寺《がんごうじ》の里を詠《よ》んだ歌一首――大伴坂上郎女

故郷《ふるさと》の　明日香《あすか》はあれど　あをによし　奈良《なら》の明日香《あすか》を　見《み》らくし良《よ》しも　九九二

故郷の　明日香《あすか》の元興寺《がんごうじ》はそれなりによいが　〈あおによし〉奈良《なら》の明日香の新元興寺を　見るのは格別によいものだ

蘇我馬子《そがのうまこ》が明日香に建てた元興寺（法興寺《ほうこうじ》）は、奈良遷都《せんと》後の養老《ようろう》二年（七一八）に奈良に移建された。郎女の兄旅人《たびと》は、明日香を生れ故郷として、そこを訪れることを望んだが（一〇六頁三三三番歌参照）、若い坂上郎女は、旧都明日香に執着せず、新しい奈良の元興寺の方がいいと歌っている。大伴坂上郎女は「主要歌人紹介」参照。

◎大伴宿禰家持《おおとものすくねやかもち》の三日月《みかづき》の歌一首――大伴家持

振《ふ》り放《さ》けて　三日月《みかづき》見《み》れば　一目《ひとめ》見《み》し　人《ひと》の眉引《まよび》き　思《おも》ほゆるかも

九九四

振り仰いで　三日月を見ると　一目《ひとめ》見た　あの人の眉《まゆ》のさまが　思い出される

大伴家持はこの時十六歳で、年代の確実な最初の作。三日月と女性の描き眉との見立ては、漢詩に基づく。題からして、実際の体験ではなく、三日月の題で歌った詠物歌《えいぶつか》と推測される。

◎冬十一月、左《さ》大弁葛城王《だいべんかつらぎのおおきみ》たちが姓橘《たちばな》の氏《うじ》を賜った時の
聖武《しょうむ》天皇のお歌一首――聖武天皇

橘《たちばな》は　実《み》さへ花《はな》さへ　その葉《は》さへ　枝《えだ》に霜《しも》置《お》けど　いや常葉《とこは》の木《き》

一〇〇九

橘は　実まで花まで　その葉まで　枝に霜が置いても　いよいよ栄える木で
あるぞ

天平《てんぴょう》八年（七三六）十一月九日、葛城王（橘諸兄《たちばなのもろえ》）が母方の姓橘氏を継ぐことが認められた。橘諸兄は、光明《こうみょう》皇后の異父兄で、時に五十三歳。光明皇后の宮で元正《げんしょう》太上天皇と聖武天皇を迎えて宴会をしたとき、聖武天皇が橘を祝って作った歌。これ以後、最高権力者へとかけのぼる諸兄の出発を記念する歌として載せられている。

巻第七

『万葉集』には作者不詳の歌も多く、それを集める巻もある。巻七はその最初の巻で、雑歌《ぞうか》、譬喩歌《ひゆか》、挽歌《ばんか》の三部を持ち、巻三と同様の構成を取る。「……を詠む」「……に寄せる」など、素材によって分類された雑歌・譬喩歌が大部分を占める。それぞれの項目の最初には、「柿本朝臣人麻呂《かきのもとのあそみひとまろ》歌集」から採録された歌が置かれることが多く、その歌集の歌が古歌として規範的に扱われたことがわかる。

雑歌《ぞうか》

◎天を詠《よ》む――柿本人麻呂《かきのもとのひとまろ》歌集

天《あめ》の海《うみ》に　雲《くも》の波立《なみた》ち　月《つき》の舟《ふね》　星《ほし》の林《はやし》に　漕《こ》ぎ隠《かく》る見《み》ゆ　一〇六八

天の海に　雲の波が立ち　月の舟は　星の林に　漕《こ》ぎ入り隠れようとしている

広大で青い天空を海に、雲を波に、月を舟に、星を林にたとえた。見立ては漢詩に由来するが、このように連続させることは詩にも例を見ない。「柿本人麻呂歌集」は『万葉集』編纂《へんさん》の原資料の一つ。「主要歌人紹介」参照。

◎月を詠む――作者不詳

水底《みなそこ》の　玉《たま》さへさやに　見《み》つべくも　照《て》る月夜《つくよ》かも　夜《よ》の更《ふ》け行《ゆ》けば　一〇八二

水底の　玉まではっきりと　見えるほどに　照っている月だなあ　夜が更けてゆくと

―月の光を、透明な水の中に沈む玉を照らし出すものとして歌う。光線を美的に描き取るのは、奈良時代の歌の特徴で、この歌も奈良時代の作であろう。

◎雲を詠《よ》む――柿本人麻呂《かきのもとのひとまろ》歌集

あしひきの　山川《やまがは》の瀬《せ》の　鳴《な》るなへに　弓月《ゆつき》が岳《たけ》に　雲《くも》立《た》ち渡《わた》る　一〇八八

〈あしひきの〉山川《やまがわ》の瀬が　鳴り響くのに合わせて　弓月《ゆつき》が岳《たけ》に　雲が立ち渡ってゆく

―「山川」は山中を流れる川で、ここは、穴師《あなし》山《やま》と三《み》輪《わ》山《やま》との間を流れて初瀬《はつせ》川《がわ》に入る、巻向川《まきむくがわ》

（痛足川《あなし》）の早瀬をいう。「弓月が岳」は巻向山。「柿本人麻呂歌集」には、この辺りの地名を含む歌が多く、「巻向歌群」と呼ばれる。大自然が生動し始める一瞬を鋭く捉《とら》えた歌。

◎山を詠む――柿本人麻呂歌集

鳴《な》る神《かみ》の　音《おと》のみ聞《き》きし　巻向《まきむく》の　檜原《ひばら》の山《やま》を　今日見《けふみ》つるかも

一〇九二

〈鳴る神の〉噂《うわさ》にだけは聞いていた　巻向《まきむく》の　檜原《ひばら》の山を　今日初めて見た

「鳴る神の」は「音に聞く」にかかる枕詞《まくらことば》、雷の音響を畏怖《いふ》していう呼称。「巻向の檜原」は、奈良県桜井市巻向周辺の檜林《ひのきばやし》。噂に聞いていた檜林の見事さを目にした感動を歌う。これも「巻向歌群」の一首。

◎河を詠《よ》む――作者不詳

音《おと》に聞《き》き　目《め》にはいまだ見《み》ぬ　吉野川《よしのがは》　六田《むつた》の淀《よど》を　今日《けふ》見《み》つるかも　一一〇五

噂《うわさ》に聞き　目にはまだ見ていなかった　吉野川《よしのがわ》の　六田《むつた》の淀《よど》を　今日見ることができた

前歌と同じ発想。「六田の淀」は、近鉄吉野線の六田《むだ》駅の一帯における吉野川の川淀。吉野は、しばしば「見れど飽かぬ」と呼ばれる（一六六頁九〇九番歌参照）名勝であり、聖地であった。

◎大和琴《やまとごと》を詠む――作者不詳

琴《こと》取れば　嘆《なげ》き先立《さきだ》つ　けだしくも　琴《こと》の下樋《したび》に　妻《つま》や隠《こも》れる　一一二九

琴を取ると　ついため息が出る　ひょっとして　琴の下樋《したび》の中に　妻が隠れ

ているのではないか

亡き妻を思う歌か、あるいは久しく逢《あ》わない妻を思って詠んだ歌か。「下樋」は、琴の表板と裏板の間にある空洞部。琴が神や霊魂との交会のための祭器としても用いられたことは『古事記』や『日本書紀』にも見える。琴の音が、何かを語っていると考えられたのである。

◎時に臨んで——作者不詳

道《みち》の辺《へ》の　草深百合《くさぶかゆり》の　花笑《はなゑ》みに　笑《ゑ》みしがからに　妻《つま》と言《い》ふべしや　一二五七

道ばたの　草深《くさぶか》ゆりの　花のように　微笑《ほほえ》んだぐらいのことで　妻と言って　しまっていいの

「草深百合」は、茂みの中に咲くゆりで、初夏、淡紅色の花が咲くささゆりか。行きずりに微笑んだぐらいのことで、それを好意の表れと誤解した男への返事。

◎ある所において感慨をもよおして作る――柿本人麻呂歌集

巻向《まきむく》の　山辺《やまへ》とよみて　行《ゆ》く水《みづ》の　水沫《みなあわ》のごとし　世人我等《よひとわれら》は　一二六九

巻向《まきむく》の　山辺を響かせて　流れて行く川の　泡のようなものだ　命ある身の　われわれは

人の生を泡沫《ほうまつ》のようだと観ずるのは、仏教に基づく。山川を行く水の泡を見てそれを思ったのである。これも「巻向歌群」の一首で、そこには人の死を歌ったものが多く含まれている。

◎旋頭歌《せどうか》――柿本人麻呂歌集

春日《はるひ》すら　田《た》に立《た》ち疲《つか》る　君《きみ》は哀《かな》しも　若草《わかくさ》の　妻《つま》なき君《きみ》は　田《た》に立《た》ち疲《つか》る　一二八五

春の日も　田に立ち疲れている　あなたはお気の毒だ　〈若草の〉　妻がない
あなたは　田に立ち疲れている

独身の農夫に同情する人の歌。からかって詠《よ》んだとも考えられる。旋頭歌《せどうか》は、五七七・五七七の六句から成る形式の歌で、『万葉集』全体で六十二首あり、うち三十五首が「柿本人麻呂歌集」から採ったもの。人麻呂歌集の旋頭歌には、この作のように庶民的な生活に基づく歌が多い。

譬喩歌《ひゆか》

◎玉に寄せる――柿本人麻呂《かきのもとのひとまろ》歌集

海神《わたつみ》の　手《て》に巻《ま》き持《も》てる　玉故《たまゆゑ》に　磯《いそ》の浦廻《うらみ》に　潜《かづ》きするかも　一三〇一

海神《わたつみ》が　手に巻き持っている　玉のために　磯《いそ》の浦辺で　難儀して水に潜《もぐ》ることか

――恋の相手の女性を玉に、それを守る親か夫を海神にたとえ、その女性を手に入れるための苦労や危険を、磯で潜水することに比喩《ひゆ》する。このような比喩の連鎖が、譬喩《ひゆ》歌の特徴である。

◎草に寄せる――作者不詳

月草《つきくさ》に　衣《ころも》は摺《す》らむ　朝露《あさつゆ》に　濡《ぬ》れての後《のち》は　うつろひぬとも　一三五一

月草《つきくさ》で　衣は摺《す》り染《ぞ》めにしよう　朝露《あさつゆ》に　濡《ぬ》れたそのあとは　色があせても

――「月草」はツユクサ。夏から秋にかけて開く小さな藍色《あいいろ》の花を摺り染めにするが、色があせやすい。この歌は、魅力的だが移り気な相手に、かりそめでもいいから近づきたいと歌うもの。

万葉集の風景 ⑤

吉野宮滝《よしのみやたき》

古くから山岳修行者が神との出会いを求めて入り込んでいった、奈良の吉野。どこまでも続く吉野の青い峰々の先に人知の及ばない世界があると信じていたのだろうか、人々は吉野に強い神性を感じ、記紀神話では「国《くに》つ神《かみ》」が現れる場所として描かれている。『日本書紀』によると、斉明《さいめい》天皇二年（六五六）に「吉野宮《よしののみや》」が造営され、以来「吉野離宮」として行幸が重ねられた。離宮跡とされるのは、吉野町の宮滝。青根ヶ峰から流れ出る象《きさ》の小川《おがわ》（喜佐《きさ》谷川《たにがわ》）と吉野川が合流する地には、縄文、弥生時代の遺跡も発見されている。「宮滝」といっても吉野川に瀑布《ばくふ》はなく、この場合の「滝」はたぎって流れる水のこと。「滝の都」と言われるように、宮滝は両側に岩が切り立ち、当時は相当の水量が激しく流れていたようだ。喜佐谷川が注ぐ場所は緑色の深い淵となっており、『万葉集』では「夢のわだ」と美しい名前で詠まれている（写真）。まるで龍神のすみか。

喜佐谷川の源流となる青根ヶ峰は水を配る「水分《みくまり》」の山として知られ、中腹には吉野水分神社が鎮まる。古来、吉野では雨乞いの祭《さい》祀《し》が行われており、吉野離宮もそのための行宮《かりみや》であったのかもしれない。天武天皇はここで壬申《じんしん》の乱の兵を挙げ、その妻、持統天皇は三一回も行幸した。天武天皇が詠んだ「よき人のよしとよく見てよしと言ひし吉野よく見よよき人よく見」（二七番歌、本書不収）——吉野はその名の通り、日本人にとって「よき野」であった。

巻第八

春夏秋冬の四季で分類し、それぞれを雑歌《ぞうか》・相聞《そうもん》の二部に分つという特徴を持つ。『古今和歌集』以降の勅撰《ちょくせん》和歌集は四季の歌から始まるが、その先蹤《せんしょう》となる構成である。時代的には額田王《ぬかたのおおきみ》の歌など初期万葉歌も一部に含むが、概《おおむ》ね奈良時代の歌人の作であり、その意味でも『古今和歌集』に近いと言うことができる。

春の雑歌《ぞうか》

◎志貴皇子《しきのみこ》の懽《よろこ》びのお歌一首――志貴皇子

石走《いはばし》る　垂水《たるみ》の上《うへ》の　さわらびの　萌《も》え出《い》づる春《はる》に　なりにけるかも　一四一八

岩の上をほとばしり流れる　垂水《たるみ》のほとりの　さわらびが　萌《もえ》え出る春に　なったなあ

「垂水」は、滝の意。「さわらび」は、わらびの新芽で、春、萌え出た芽を食用にする。「懽びのお歌」と題にあるが、春の到来自体が喜びなのか、あるいは何らかの慶事を春に託したのか、詳しくはわからない。いずれにせよ、水量を増したであろう滝と、そのほとりのわらびの芽吹きに、春の到来を象徴させた着眼は見事である。志貴皇子は、四一頁五一番歌参照。

◎鏡王女《かがみのおおきみ》の歌一首――鏡王女

神奈備《かむなび》の　磐瀬《いはせ》の社《もり》の　呼子鳥《よぶこどり》　いたくな鳴《な》きそ　我《あ》が恋増《こひま》さる　一四一九

神奈備《かんなび》の　磐瀬《いわせ》の森の　呼子《よぶこ》鳥《どり》よ　そんなにひどくは鳴いてくれるな　恋しさが増すから

カムナビは、神のいます所の意。「磐瀬の社《もり》」は所在不詳。「呼子鳥」は、『古今和歌集』にも見える。カッコウ説もあるが、明らかでない。子を呼ぶように聞えるその鳴き声を聞くと、恋しさが募ると歌うのである。鏡王女は四九頁九二番歌参照。

◎山部宿禰《やまべのすくね》赤人《あかひと》の歌四首――山部赤人

春《はる》の野《の》に　すみれ摘《つ》みにと　来《こ》し我《われ》そ　野《の》をなつかしみ　一夜《ひとよ》寝《ね》にける　一四二四

春の野に　すみれを摘《つ》もうと思って　来たわたしは　野を去り難《がた》くなって　一晩寝てしまった

—暖かい春の野の心地よさを、野宿に託して歌っている。山部赤人は、「主要歌人紹介」参照。

◎同——山部赤人

あしひきの　山桜花《やまさくらばな》　日並《ひなら》べて　かくし咲《さ》けらば　はだ恋《こ》ひめやも　一四二五

〈あしひきの〉山の桜花が　幾日《いくにち》も　こんなに咲いていたら　ひどく恋しくは思わないだろう

—桜花を、すぐ散ってしまうからこそ、恋しく思うと歌う。平安朝の美意識に近いものが感じられよう。

◎同——山部赤人

我《わ》が背子《せこ》に　見《み》せむと思《おも》ひし　梅《うめ》の花《はな》　それとも見《み》えず　雪《ゆき》の降《ふ》れれば　一四二六

あの方《かた》に　お見せしようと思っていた　梅の花は　どれがそれとも分らない
雪が枝に積っているので

——白い梅の花と雪とを見比べつつ、冬から春へ移ろうとして移りきらない早春の季節感を、恋の情趣とともに詠《よ》む。

◎同——山部赤人

明日《あす》よりは　春菜《はるな》摘《つ》まむと　標《し》めし野《の》に　昨日《きのふ》も今日《けふ》も　雪《ゆき》は降《ふ》りつつ
一四二七

明日からは　春菜《はるな》を摘《つ》もうと思って　標《しめ》をした野に　昨日も今日も　雪は降り続いている

——前の歌と同じく、冬と春とが交錯する早春の景を描いて春を待望する思いを歌う。この四首は後世に至るまで評価が高いが、確かにその凝《こ》った捉《とら》え方は、平安時代の好みに合っただろう。

◎厚見王《あつみのおおきみ》の歌一首――厚見王

かはづ鳴《な》く　神奈備川《かむなびかは》に　影見《かげみ》えて　今《いま》か咲《さ》くらむ　山吹《やまぶき》の花《はな》　一四三五

蛙《かわず》の鳴く　神奈備川《かんなびがわ》に　影を映して　今頃《いまごろ》咲いていることであろうか　山吹《やまぶき》の花が

「神奈備川」は、カムナビ（一八七頁一四一九番歌参照）を流れる川で、ここは飛鳥のカムナビの辺りを流れる飛鳥川（明日香《あすか》川）か。厚見王は系統不詳。清冽《せいれつ》な水に映る山吹の花の影と、カハヅ（カジカガエルか）の声とを配した印象鮮明な歌で、後世にも名高い。

春の相聞《そうもん》

◎大伴宿禰家持《おおとものすくねやかもち》が坂上家《さかのうえのいえ》の大嬢《だいじょう》に贈った歌一首——大伴家持

我《わ》がやどに　蒔《ま》きしなでしこ　いつしかも　花《はな》に咲《さ》きなむ　なそへつつ見《み》む　一四四八

わが家《や》の庭に　蒔《ま》いたなでしこは　いつになったら　花が咲くことだろうか　そしたらあなたと見なして眺めよう

家持と坂上大嬢はいとこの関係にあるが、いったん結婚した後、何年か離別していた（一四二一頁六一九番歌参照）。この歌がどの時期のものかははっきりしないが、早く咲いてほしいと願うナデシコには、まだ幼い坂上大嬢の面影が窺《うかが》える。

夏の雑歌《ぞうか》

◎大宰帥大伴卿《だざいのそちおおともきょう》が答えた歌一首——大伴旅人《たびと》

橘《たちばな》の　花散《はなぢ》る里《さと》の　ほととぎす　片恋《かたこひ》しつつ　鳴《な》く日《ひ》しそ多《おほ》き　一四七三

橘《たちばな》の　花が散る里の　ほととぎすは　せんない片思いをしながら　鳴く日が多いことです

大伴旅人は、大宰府への赴任直後に、伴っていた妻を失った（一一七頁四三八番歌参照）。弔問に訪れた勅使らとともに、山に遊んだ時、そこに鳴いていたホトトギスに、勅使が「卯《う》の花と連れ立ってやってきたのかと聞いてみたいものだ」と歌った。その歌に、ホトトギスになりかわって答える形で、妻を亡くした悲しみを歌っている。

夏の相聞《そうもん》

◎大伴坂上郎女《おおとものさかのうえのいらつめ》の歌一首――大伴坂上郎女

夏《なつ》の野《の》の　繁《しげ》みに咲《さ》ける　姫百合《ひめゆり》の　知《し》らえぬ恋《こひ》は　苦《くる》しきものそ　一五〇〇

夏の野の　繁《しげ》みに咲いている　ひめゆりのように　相手に知ってもらえない　恋は　苦しいものです

実際の恋に基づいた歌であるかどうかは不明。姫百合は、数個、束状に花をつける。片恋の苦しさを、草の茂みにひっそりと咲くその花の閉塞感《へいそくかん》に象徴させる、序詞《じょことば》の技法が巧みである。

秋の雑歌《ぞうか》

◎岡本天皇《おかもとのてんのう》のお歌一首——舒明《じよめい》天皇

夕《ゆふ》されば　小倉《をぐら》の山《やま》に　鳴《な》く鹿《しか》は　今夜《こよひ》は鳴《な》かず　寝《い》ねにけらしも　一五一一

夕方になるといつも　小倉《おぐら》の山に　鳴いていた鹿《しか》が　今夜は鳴かない　どうやら寝たらしいな

「小倉の山」は所在不詳。一説に、桜井市今井谷の辺りか、という。舒明天皇は、実質的に万葉の歴史が始まった時期の天皇（一八頁二番歌参照）。ただしこの歌には作者を雄略《ゆうりやく》天皇とする異伝歌（一六六四番歌）もある。「鳴く鹿」は、恋の情緒を漂わせている。

◎山上臣憶良《やまのうえのおみおくら》が秋の野の花を詠《よ》んだ歌二首——山上憶良

秋《あき》の野《の》に　咲《さ》きたる花《はな》を　指折《およびを》り　かき数《かぞ》ふれば　七種《ななくさ》の花《はな》　一五三七

秋の野に　咲いている花を　指を折って　数えてみると　七種《ななくさ》ある花

◎同――山上憶良

萩《はぎ》の花《はな》　尾花葛花《をばなくずはな》　なでしこが花《はな》　をみなへし　また藤袴《ふぢばかま》　朝顔《あさがほ》が花《はな》　一五三八

萩《はぎ》の花　尾花《おばな》に葛《くず》の花　なでしこの花　おみなえし　それに藤袴《ふじばかま》　朝顔《あさがお》の花

二首一組で、最初に秋の七草を指を折って数え上げることを歌い、この二首目で実際に数えてみせる。「また藤袴」の「また」は考えている間を表現するのであろう。子供に対して歌っているような印象で、憶良らしいとも言える（一五二頁八〇二番歌参照）。朝顔の花については、①牽牛子《けにごし》（今日の朝顔）、②木槿《むくげ》（アオイ科の落葉低木）、③桔梗《ききょう》などの説がある。

◎湯原王《ゆはらのおおきみ》の鳴く鹿《しか》を詠んだ歌一首――湯原王

秋萩《あきはぎ》の　散《ち》りのまがひに　呼《よ》び立《た》てて　鳴《な》くなる鹿《しか》の　声《こゑ》の遥《はる》けさ　一五五〇

秋萩《あきはぎ》の　散り乱れている辺りで　妻を呼び誘って　鳴いている雄鹿の　声の遠くまで聞えることよ

湯原王については一一三頁三七五番歌参照。秋萩が散る近景に、遥《はる》かに聞える鹿の声を配する。鹿とともに萩の落花を惜しんでいる情調もあり、奈良時代を代表する季節の歌である。

◎湯原王《ゆはらのおおきみ》の蟋蟀《こおろぎ》の歌一首——湯原王

夕月夜《ゆふづくよ》　心《こころ》もしのに　白露《しらつゆ》の　置《お》くこの庭《には》に　こほろぎ鳴《な》くも　一五五二

夕月夜《ゆうづきよ》の　胸がせつなくなるばかりに　白露《しらつゆ》の　置くこの庭に　こおろぎが鳴いている

「蟋蟀」は、今日のコオロギ類のみならず、スズムシ、マツムシ、キリギリスなど、秋に鳴く虫を広くさしたか。「心もしのに」のシノニは、隙間《すきま》もないほどにの意で、胸がいっぱいになること。月夜や白露の映像にコオロギの声という視覚・聴覚の組み合わせは、前の、萩と鹿鳴《ろくめい》の歌に似る。「心もしのに」という心情を漂わせているのも、前歌と同じ方法。

冬の雑歌《ぞうか》

◎舎人娘子《とねりのおとめ》の雪の歌一首——舎人娘子

大口《おほくち》の　真神《まかみ》の原《はら》に　降《ふ》る雪《ゆき》は　いたくな降《ふ》りそ　家《いへ》もあらなくに

一六三六

〈大口の〉真神《まかみ》の原《はら》に　降る雪よ　ひどくは降らないでおくれ　誰《だれ》もいないのに

「真神の原」は、飛鳥の地名。「真神」は狼《おおかみ》のことで、口が大きいところから「大口」を枕詞《まくらことば》とする。舎人娘子は伝不詳、藤原京時代の人か。雪の原に一人ある不安を歌う。

◎大宰帥大伴卿《だざいのそちおおともきょう》が冬の日に雪を見て、京《みやこ》を思った歌一首——大伴旅人《たびと》

沫雪《あわゆき》の　ほどろほどろに　降《ふ》り敷《し》けば　奈良《なら》の都《みやこ》し　思《おも》ほゆるかも　一六三九

沫雪《あわゆき》が　うっすら地面に　降り積ると　奈良の都が　思い出される

大伴旅人が大宰府に赴任していた時（一〇五頁三三一番歌参照）の作。「ほどろ」は、雪がまだらに降り積もるさま。任地で妻を失った旅人にとって、帰京は何にもまさる願いであった。

巻第九

雑歌《ぞうか》・相聞《そうもん》・挽歌《ばんか》の三大部立《ぶだて》を取る巻。時代的にも初期万葉から天平《てんぴょう》期までを広く含む。「柿本人麻呂《かきのもとのひとまろ》歌集」「高橋虫麻呂《たかはしのむしまろ》歌集」「田辺福麻呂《たなべのさきまろ》歌集」といった、歌人の別集の歌を多く取り込んでいるところに特徴がある。

雑歌《ぞうか》

◎水江《みずのえ》の浦島子《うらのしまこ》を詠《よ》んだ一首と短歌――高橋虫麻呂《たかはしのむしまろ》歌集

春《はる》の日《ひ》の　霞《かす》める時《とき》に　墨吉《すみのえ》の　岸《きし》に出《い》で居《ゐ》て　釣舟《つりぶね》の　とをらふ見《み》れば　古《いにしへ》の　ことそ思《おも》ほゆる　水江《みづのえ》の　浦島子《うらのしまこ》が　鰹釣《かつをつ》り　鯛釣《たひつ》り誇《ほこ》り　七日《なぬか》まで　家《いへ》にも来《こ》ずて　海界《うなさか》を　過《す》ぎて漕《こ》ぎ行《ゆ》くに　海神《わたつみ》の神《かみ》の娘子《をとめ》に　たまさかに　い漕《こ》ぎ向《む》かひ　相《あひ》とぶらひ　言成《ことな》りしかばかき結《むす》び　常世《とこよ》に至《いた》り　海神《わたつみ》の　神《かみ》の宮《みや》の　内《うち》の重《へ》の　妙《たへ》なる殿《との》に携《たづさ》はり　二人入《ふたりい》り居《ゐ》て　老《お》いもせず　死《し》にもせずして　永《なが》き世《よ》に　ありけるものを　世《よ》の中《なか》の　愚《おろ》か人《ひと》の　我妹子《わぎもこ》に　告《の》りて語《かた》らく　しましくは　家《いへ》に帰《かへ》りて　父母《ちちはは》に　事《こと》も語《かた》らひ　明日《あす》のごと　我《われ》は来《き》なむと　言《い》ひければ　妹《いも》が言《い》へらく　常世辺《とこよへ》に　また帰《かへ》り来《き》て　今《いま》のごと逢《あ》はむとならば　この櫛笥《くしげ》　開《ひら》くなゆめと　そこらくに　堅《かた》めしことを　墨吉《すみのえ》に　帰《かへ》り来《きた》りて　家見《いへみ》れど　家《いへ》も見《み》かねて　里見《さとみ》れど　里《さと》も見《み》かねて　怪《あや》しみと　そこに思《おも》はく　家《いへ》ゆ出《い》でて　三年《みとせ》の間《あひだ》に　垣《かき》もなく　家《いへ》も失《う》せめやと　この箱《はこ》を　開《ひら》きて見《み》てば　もとのごと　家《いへ》は

あらむと　玉櫛笥《たまくしげ》　少《すこ》し開《ひら》くに　白雲《しらくも》の　箱《はこ》より出《い》でて　常世辺《とこよへ》に
たなびきぬれば　立《た》ち走《はし》り　叫《さけ》び袖振《そでふ》り　臥《こ》いまろび　足《あし》ずりしつつ
たちまちに　心消失《こころけう》せぬ　若《わか》かりし　肌《はだ》も皺《しわ》みぬ　黒《くろ》かりし　髪《かみ》も白《しら》
けぬ　ゆなゆなは　息《いき》さへ絶《た》えて　後遂《のちつひ》に　命死《いのちし》にける　水江《みづのえ》の　浦《うらの》
島子《しまこ》が　家所見《いへどころみ》ゆ

一七四〇

春の日の　霞んでいる時に　墨吉《すみのえ》の　岸に出ていて　釣舟《つりぶね》が　揺れているのを見ると　古《いにしえ》の　言い伝えが思い出される　水江《みずのえ》の　浦島子《うらのしまこ》が　鰹《かつお》を釣り鯛《たい》を釣って調子に乗り　七日経《た》っても　家に帰って来ずに　海の果てを　越えて漕《こ》いで行くうちに　海神《わたつみ》の　神の娘に　偶然に　漕いで行き逢《あ》い　求婚して　意気投合したので　契りを結び　常世《とこよ》の国に至り　海神の　神の宮殿の　内陣の　霊妙な御殿に　手を取り合って　二人で入ったまま　老いもせず　死ぬこともなく　永遠に　生きていられたのに　世にも　愚か者の島子《しまこ》は　愛妻に　語って言うことに　「ほんのちょっとの間　家に帰って　父母に　事情を話し　明日にでも　わたしは戻って来よう」と　言ったので　妻

が言うには 「常世の国に また帰って来て 今のように 逢おうとお思いでしたら この玉手箱《たまてばこ》を 開けないでください決して」と あれほどにも堅く誓ったことだのに 墨吉《すみのえ》に 帰って来て 家を見ても 家も見当らず 里を見ても 里も見当らず 不思議なことだと そこで思ったことには 「家を出て 三年の間に 垣《かき》もなく 家もなくなるはずがない」と 「この箱を 開いて見たら 元どおりに 家はあるだろう」と その美しい箱を 少し開くと 白雲が 箱から出て 常世《とこよ》の方《ほう》へ たなびいて行ったので 飛び上がり 叫び袖《そで》を振り 転げまわり 地団太《じだんだ》を踏み続け たちまちのうちに失神してしまった 若かった 肌も皺《しわ》が寄った 黒かった 髪も白くなった そのあとは 呼吸も絶えて あげくの果てには 死んでしまったという 水《みず》江《のえ》の 浦島子《うらのしまこ》の 住いの跡が見える

浦島子のことは、『日本書紀』雄略紀二十二年条や逸文丹後国風土記にも見える。ただしそこでは与謝郡《よさのこおり》の筒川《つつかわ》村（京都府与謝郡伊根《いね》町筒川）の人とされているが、この歌では「墨吉の岸」（大阪市住吉区か）に家があることとなっている。高橋虫麻呂は、「主要人物紹介」参照。

◎反歌《はんか》——高橋虫麻呂歌集

常世辺《とこよへ》に　住《す》むべきものを　剣大刀《つるぎたち》　汝《な》が心《こころ》から　おそやこの君《きみ》　一七四一

常世《とこよ》の国に　ずっと住んでいればよかったのに　〈剣大刀《つるぎたち》〉　おまえの量見で
ばかなことをしたよこの人は

常世の国で永遠の命を得たにもかかわらず、現世《げんせ》への執着を捨てきれず、その命を失った浦島子を、「おそや」と慨嘆する。

◎霍公鳥《ほととぎす》を詠《よ》んだ一首と短歌——高橋虫麻呂《たかはしのむしまろ》歌集

うぐひすの　卵《かひご》の中《なか》に　ほととぎす　ひとり生《うま》れて　汝《な》が父《ちち》に　似《に》て
は鳴《な》かず　汝《な》が母《はは》に　似《に》ては鳴《な》かず　卯《う》の花《はな》の　咲《さ》きたる野辺《のへ》ゆ　飛《と》

び翔《かけ》り　来鳴《きな》きとよもし　橘《たちばな》の　花《はな》を居散《ゐち》らし　ひねもすに　鳴《な》けど
聞《き》き良《よ》し　賂《まひ》はせむ　遠《とほ》くな行《ゆ》きそ　我《わ》がやどの　花橘《はなたちばな》に　住《す》み渡《わた》れ
鳥《とり》　一七五五

うぐいすの　卵の中に　ほととぎすは　自分だけ生れて　おまえの父に　似
ては鳴かず　おまえの母にも　似て鳴かないで　卵《う》の花《はな》の　咲いている野辺
を　飛びかけり　来ては鳴き立て　橘《たちばな》の　花を枝にとまって散らし　一日じ
ゅう　鳴いても聞き飽きない　何でもやろう　遠くへ行かないでくれ　わた
しの家の　花橘に　ずっとすみつくがよいこの鳥よ

ホトトギスは、鶯《うぐいす》など他の鳥の巣に卵を産みつけ、その鳥に育てさせる託卵《たくらん》の習性を持つ。その習性を捉《とら》えて、鬼子としての孤独に心を寄せ、その鳥に自分のところに住み続けよと執することで、自分自身の孤独を表現する。

◎反歌《はんか》――高橋虫麻呂歌集

かき霧《き》らし　雨《あめ》の降《ふ》る夜《よ》を　ほととぎす　鳴《な》きて行《ゆ》くなり　あはれその鳥《とり》　一七五六

空かき曇り　雨の降る夜を　ほととぎすが　鳴いて行っている　ああその鳥よ

ホトトギスは、初夏、山からやってきて、一時期盛んに鳴きたて、間もなく去ってゆく。五月雨の夜、やはり飛んで行ってしまう鳥を、嘆きながら見送る歌。

◎筑波嶺《つくばね》に登って嬥歌会《かがい》をした日に作った歌一首と短歌――高橋虫麻呂《たかはしのむしまろ》歌集

鷲《わし》の住《す》む　筑波《つくは》の山《やま》の　裳羽服津《もはきつ》の　その津《つ》の上《うへ》に　率《あども》ひて　娘子《をとめ》
壮士《をとこ》の　行《ゆ》き集《つど》ひ　かがふ嬥歌《かがひ》に　人妻《ひとづま》に　我《わ》も交《まじ》はらむ　我《わ》が妻《つま》に

人《ひと》も言問《こととと》へ　この山《やま》を　うしはく神《かみ》の　昔《むかし》より　禁《いさ》めぬ行事《わざ》ぞ　今日《けふ》のみは　めぐしもな見《み》そ　事《こと》も咎《とが》むな　一七五九

鷲《わし》のすむ　筑波《つくば》の山の　裳羽服津《もはきつ》の　その津《つ》の辺りで　一斉に　若い男女が行き集まり　遊ぶ嬥歌《かがい》で　人妻と　わたしも交わろう　わたしの妻に　他人も言い寄るがよい　この山を　治める神が　昔から　お咎《とが》めなさらぬ行事だ今日だけは　ふびんに思わないでください　咎めてくれるな

「嬥歌会」は、古代に行われた民間行事の一つで、多数の男女が特定の日、特定の場所に集まって、飲食・歌舞をし、性的解放を行った習俗で、中央では一般的に歌垣《うたがき》と呼ばれた。『常陸国風土記《ひたちのくにのふどき》』香島郡《かしまのこおり》の条には、かなり詳しくその実態が描かれている。「裳羽服津」は筑波《つくば》山中の地名であろうが、不詳。

◎反歌《はんか》――高橋虫麻呂歌集

男神《ひこがみ》に　雲立《くもた》ち登《のぼ》り　しぐれ降《ふ》り　濡《ぬ》れ通《とほ》るとも　我帰《われかへ》らめや　一七六〇

男神《ひこがみ》に　雲が立ち登って　しぐれが降り　濡《ぬ》れ通《とお》っても　わたしは帰るものか

「男神」は、筑波《つくば》山の西側の山頂、男体山《なんたいさん》。長歌《ちようか》・反歌ともに歌垣の参加者の立場を取って歌うが、おそらく都人《みやこびと》の目で東国の奇祭として描いたものであって、長歌に歌われるような乱婚が、実際に行われたかどうかはわからない。

相聞《そうもん》

◎天平《てんぴよう》五年（七三三）、遣唐使《けんとうし》の船が難波《なにわ》を発して海に漕《こ》ぎ出した時に、ある母親が子に贈った歌一首と短歌――ある遣唐使の母

秋萩《あきはぎ》を　妻問《つまど》ふ鹿《か》こそ　独《ひと》り子《ご》に　子持《こも》てりといへ　鹿子《かこ》じもの　我《あ》

が独り子の　草枕　旅にし行けば　竹玉を　しじに貫き垂れ　斎瓮に木綿《ゆふ》取り垂でて　斎《いは》ひつつ　我《あ》が思《おも》ふ我《あ》が子《こ》　ま幸《さき》くありこそ

秋萩《あきはぎ》を　妻問《つまど》う鹿《しか》こそ　一人子《ひとりご》に　子を持つというが　その鹿の子のように　一人子のわが子が　〈草枕《くさまくら》〉　旅に出かけて行くので　竹玉《たかだま》を　いっぱい緒《お》に　通して掛け　斎瓮《いわいべ》に　木綿《ゆう》を取り付けて下げ　慎み続けて　わたしが大切に　思うわが子よ　無事でいておくれ

「斎瓮」は神事に用いる土器。底がとがっていて、それを倒れないように据えて祀《まつ》る。「木綿」は、楮《こうぞ》の皮を剥《は》いで、その繊維を糸状に裂いたもので、神事に用いる幣帛《へいはく》とする。この頃《ころ》の遣唐使は、四隻《せき》の船で東シナ海を航行して大陸を目ざしたが、難破する船も多かった。

◎反歌《はんか》——ある遣唐使の母

旅人《たびひと》の　宿《やど》りせむ野《の》に　霜降《しもふ》らば　我《あ》が子羽《こは》ぐくめ　天《あめ》の鶴群《たづむら》　一七九一

旅人が　仮寝する野に　霜が降ったら　わが子を羽でかばってやっておくれ
天翔《あまがけ》る鶴《つる》の群れよ

──長歌《ちょうか》では、子に対して直接呼びかけ、反歌では空を行く鶴に懇願する形で、無事を祈る。

挽歌《ばんか》

◎紀伊国《きいのくに》で作った歌四首より──柿本人麻呂《かきのもとのひとまろ》歌集

もみち葉《ば》の　過《す》ぎにし児《こ》らと　携《たづさ》はり　遊《あそ》びし磯《いそ》を　見《み》れば悲《かな》しも　一七九六

〈もみじ葉の〉死んでしまった妻と　かつて手を繋《つな》いで　遊んだ磯《いそ》を　見ると悲しい

「もみち葉の過ぎにし」は、秋の葉が色づいて木から離れてゆくように、この世を去っていったことを表す。紀伊の海岸は、死んだ妻とかつて遊んだ思い出の土地であった。

◎葛飾《かつしか》の真間《まま》の娘子《おとめ》を詠《よ》んだ歌一首と短歌――高橋虫麻呂《たかはしのむしまろ》歌集

鶏《とり》が鳴《な》く　東《あづま》の国《くに》に　古《いにしへ》に　ありけることと　今《いま》までに　絶《た》えず言《い》ひける　葛飾《かつしか》の　真間《まま》の手児名《てごな》が　麻衣《あさぎぬ》に　青衿《あをくび》着《つ》け　ひたさ麻《を》を　裳《も》には織《お》り着《き》て　髪《かみ》だにも　掻《か》きは梳《けづ》らず　沓《くつ》をだに　はかず行《ゆ》けども　錦綾《にしきあや》の　中《なか》に包《つつ》める　斎《いは》ひ児《こ》も　妹《いも》に及《し》かめや　望月《もちづき》の　足《た》れる面《おも》わに　花《はな》のごと　笑《ゑ》みて立《た》てれば　夏虫《なつむし》の　火《ひ》に入《い》るがごと　湊入《みなとい》りに　船漕《ふねこ》ぐごとく　行《ゆ》きかぐれ　人《ひと》の言《い》ふ時《とき》　いくばくも　生《い》けらぬものを　なにすとか　身《み》をたな知《し》りて　波《なみ》の音《おと》の　騒《さわ》く湊《みなと》の　奥《おく》つ城《き》に　妹《いも》が臥《こ》やせる　遠《とほ》き代《よ》に　ありけることを　昨日《きのふ》しも　見《み》けむがごと

も
思《おも》ほゆるかも　一八〇七

〈鶏《とり》が鳴く〉東《あずま》の国に　古《いにしえ》に　あった事実と　今日まで　絶えず言い伝えてきた　葛飾《かつしか》の　真間《まま》の手児名《てごな》が　麻の服に　青い襟《えり》を縫い付け　純麻を　裳《も》に織って着て　髪さえも　梳《くしけず》らず　沓《くつ》なしの　はだしで歩いていても　錦《にしき》や綾《あや》の　中にくるんだ　箱入娘《はこいりむすめ》も　この娘《こ》に及ぼうか　満月のように　真ん丸の顔で　花のように　ほほえんで立っていると　夏虫が　火に飛び込むように　湊《みなと》に入ろうと　船をふためき漕《こ》ぐように　寄り集まり　男たちが求婚する時　何ほども　生きられないのに　何のために　わが身を思いつめて　波の音の　ざわめく湊の　墓所に　あの娘は横たわっているのだろうか　遠い昔に　あった出来事だが　ほんの昨日　実際に見たかのように　思えることだ

「手児名」は真間の辺りにいたという伝説上の女性。「真間」は本来崖《がけ》の意だが、ここは千葉県市川市真間町の国府台《こうのだい》高地の南側の崖下をさす。歌では自殺の原因を明らかにしないが、次の菟原処女《うないおとめ》の歌と並べてあることや、東歌三三八四番歌に「真《まこと》かも我に寄すとふ」（本当かな、わ

たしと恋仲だと噂《うわさ》されているのは）とあることなどからして、複数の男たちの妻争いを止めさせるためかと推測される。「なにすとか身をたな知りて」に、若く輝かしい年頃《としごろ》に死を選んだ美女への慨嘆がこもる。

◎反歌《はんか》――高橋虫麻呂歌集

葛飾《かつしか》の　真間《まま》の井《ゐ》を見《み》れば　立《た》ち平《なら》し　水汲《みづく》ましけむ　手児名《てごな》し思《おも》ほゆ　一八〇八

葛飾《かつしか》の　真間《まま》の井《い》を見ると　立ちならして　水を汲《く》んだという　手児名《てごな》が偲《しの》ばれる

手児名は、長歌《ちょうか》において、化粧気のない、素朴ななりの少女に描かれている。この反歌でも多くの人にまじって水汲みの労働にたずさわる手児名を歌う。

◎菟原処女《うないおとめ》の墓を見た時の歌一首と短歌――高橋虫麻呂《たかはしのむしまろ》歌集

葦屋《あしのや》の　菟原処女《うなひをとめ》の　八歳子《やとせこ》の　片生《かたお》ひの時《とき》ゆ　小放《をばな》りに　髪《かみ》たくまでに　並《なら》び居《を》る　家《いへ》にも見《み》えず　虚木綿《うつゆふ》の　隠《こも》りて居《を》れば　見《み》てしかと　いぶせむ時《とき》の　垣《かき》ほなす　人《ひと》の問《と》ふ時《とき》　千沼壮士《ちぬをとこ》　菟原壮士《うなひをとこ》の　廬屋《ふせや》焼《や》き　すすし競《きほ》ひ　相《あひ》よばひ　しける時《とき》には　焼《や》き大刀《たち》の　手《た》かみ押《お》しねり　白真弓《しらまゆみ》　靫《ゆきと》取り負《お》ひて　水《みづ》に入《い》り　火《ひ》にも入《い》らむと　立《た》ち向《む》かひ　競《きほ》ひし時《とき》に　我妹子《わぎもこ》が　母《はは》に語《かた》らく　倭文《しつ》たまき　賤《いや》しき我《わ》が故《ゆゑ》　ますらをの　争《あらそ》ふ見《み》れば　生《い》けりとも　逢《あ》ふべくあれや　ししくしろ　黄泉《よみ》に待《ま》たむと　隠《こも》り沼《ぬ》の　下延《したは》へ置《お》きて　うち嘆《なげ》き　妹《いも》が去《い》ぬれば　千沼壮士《ちぬをとこ》　その夜夢《よいめ》に見《み》　取《と》り続《つつ》き　追《お》ひ行《ゆ》きければ　後《おく》れたる　菟原壮士《うなひをとこ》い　天仰《あめあふ》ぎ　叫《さけ》びおらび　地《つち》を踏《ふ》み　きかみたけびて　もころ男《を》に　負《ま》けてはあらじと　掛《か》け佩《は》きの　小大刀《をだち》取り佩《は》き　ところづら　尋《と》め行《ゆ》きければ　親族《うがら》どち　い行《ゆ》き集《あつ》まり　永《なが》き代《よ》に

標《しるし》にせむと　遠《とほ》き代《よ》に　語《かた》り継《つ》がむと　処女墓《をとめはか》　中《なか》に造《つく》り置《お》き　壮士《をとこ》
墓《はか》　このもかのもに　造《つく》り置《お》ける　故縁《ゆゑよし》聞《き》きて　知《し》らねども　新喪《にひも》の
ごとも　音《ね》泣《な》きつるかも　一八〇九

葦屋《あしや》の　菟原処女《うないおとめ》が　八歳の　子供の頃《ころ》から　小放《おばな》りに　髪を結い上げる年頃まで　近隣の　家にも姿を見せず　〈虚木綿《うつゆう》の〉　こもりきりなので　見たいものと　もどかしがって　取り囲んで　求婚した時のこと　千沼壮士《ちぬおとこ》と菟原壮士《うないおとこ》が　小屋を焼いて　勢い込んで争い　共に求婚を　したその時に焼き鍛《きた》えた大刀《たち》の　柄《つか》を握ってのし歩き　白木《しらき》の弓と　靫《ゆぎ》を背負って　水にでも　火にでも入《い》ろうと　立ち向かい　争った時　この処女《おとめ》が　母に語ることに　「〈倭文《しず》たまき〉　数《かず》ならぬわたしのために　ますらおが　争われるのを見ると　生きていたとて　結婚できそうにありません　〈ししくしろ〉　黄《よ》泉《み》でお待ちしよう」と　〈隠《こも》り沼《ぬ》の〉　それとなく告げて　嘆き悲しみ　その処女《おとめ》が死んでしまったところ　千沼壮士《ちぬおとこ》は　その夜《よ》夢に見　引き続き　あとを追って行ったので　先を越された　菟原壮士《うないおとこ》は　天を仰ぎ　叫びわめいて

地を蹴《け》り　歯ぎしりして力み　あいつめに　負けるものかと　いつもは肩に掛ける　長剣を腰に取り佩《は》き　〈ところづら〉追っかけて行ってしまったので　身内の者たちは　寄り集まって　永久に　記念にしようと　遠い未来まで　語り伝えようと　処女墓《おとめはか》を　中に造り置き　壮士墓《おとこはか》を　その両側に　造って置いた　そのいわれを聞いて　真相は知らないが　最近の喪《も》のように声をあげて泣いてしまったことだ

「菟原処女」は、摂津国《つのくに》菟原郡（兵庫県芦屋市から神戸市東部にかけての地）の東部、葦屋の辺りに住んでいたといわれる伝説上の美人。和泉国《いずみのくに》千沼（大阪府堺市から岸和田市にかけての海岸）の若者と、同郷の菟原の若者とに求婚されて自殺したという説話は、のちの『大和《やまと》物語』一四七段にも見える。神戸市東灘区御影塚町に処女塚《おとめづか》と称する古墳があり、その東西（東灘区住吉宮町と灘区味泥町）に求女塚《もとめづか》と呼ばれる古墳がある。妻争いの伝説はむしろこれらの古墳群から生れたものか。「小放り」は未婚の若い女性の髪形。

◎反歌《はんか》——高橋虫麻呂歌集

葦屋《あしのや》の　菟原処女《うなひをとめ》の　奥《おく》つ城《き》を　行《ゆ》き来《く》と見《み》れば　音《ね》のみし泣《な》かゆ　一八一〇

葦屋《あしや》の　菟原処女《うないおとめ》の　墓を　行き来のたびに見ると　声をあげて泣けてくる

◎同――高橋虫麻呂歌集

墓《はか》の上《うへ》の　木《こ》の枝《え》なびけり　聞《き》きしごと　千沼壮士《ちぬをとこ》にし　依《よ》りにけらしも　一八一一

墓の上の　木の枝がなびき寄っている　噂《うわさ》どおりに　やはり千沼壮士《ちぬおとこ》に　心を寄せていたのであろう

墓に植えた木が、思い合う同士でなびきあっている、という発想は、中国の古詩「焦仲卿《しょうちゅうけい》の妻の為に作る」（『玉台新詠《ぎょくだいしんえい》』所収）などにも見える。

巻第十

巻八と同じく、季節分類し、さらに雑歌《ぞうか》・相聞《そうもん》に分ける。ただし巻八が作者判明歌を載せるのに対して、巻十は歌の作者を記さない。各部は、最初に「柿本人麻呂歌集《かきのもとのひとまろかしゅう》」の歌、次に作者不詳の歌という順序で構成されている。やはり「柿本人麻呂歌集」が規範なのである。

春の雑歌《ぞうか》

◎（無題）――柿本人麻呂《かきのもとのひとまろ》歌集

ひさかたの　天《あめ》の香具山《かぐやま》　この夕《ゆふへ》　霞《かすみ》たなびく　春立《はるた》つらしも　一八一二

〈ひさかたの〉天《あめ》の香具山《かぐやま》に　この夕べ　霞《かすみ》がたなびいている　春になったらしいな

「天の香具山」とは、香具山を、高天原《たかあまのはら》から天下《あまくだ》った聖なる山と尊んで言ったもの。「柿本人麻呂歌集」歌には、春の到来を告げる霞が多く詠《よ》まれている。

◎花を詠《よ》む——作者不詳

桜花《さくらばな》　時《とき》は過《す》ぎねど　見《み》る人《ひと》の　恋《こひ》の盛《さか》りと　今《いま》し散《ち》るらむ　一八五五

桜花の　時が過ぎたわけではないのに　見る人に　惜しまれるうちにと思って　今散るのであろう

桜花は、花の最盛期もまだ過ぎてはいないのに、花を溺愛《できあい》する人に惜しまれるうちに散ろうと思って散るのか、の意。桜を擬人化し、その心中をさぐる趣向。

◎野遊《やゆう》——作者不詳

ももしきの　大宮人《おほみやひと》は　暇《いとま》あれや　梅《うめ》をかざして　ここに集《つど》へる　一八八三

〈ももしきの〉大宮人《おおみやびと》は　暇《ひま》があってか　梅を髪に挿して　ここに集っている

「暇あれや」は暇があるからなのか、の意。傍観者の作のようだが、実は大宮人みずから梅見の集いの楽しさを歌っているのであろう。

◎古《ふ》りゆくことを嘆く――作者不詳

冬過《ふゆす》ぎて　春《はる》し来《きた》れば　年月《としつき》は　新《あら》たなれども　人《ひと》は古《ふ》り行《ゆ》く　一八八四

冬が過ぎて　春が来ると　年月は　新たであるが　人は古りゆく

初唐の詩人、劉希夷《りゅうきい》の「代悲白頭翁」の対句、「年々歳々花は相似たり、歳々年々人は同じくあらず」の趣に通じるものがある。

◎同――作者不詳

物皆《ものみな》は　新《あらた》しき良《よ》し　ただしくも　人《ひと》は古《ふ》りにし　宜《よろ》しかるべし　一八八五

物は皆　新しいのがよい　ただし　人だけは年を経たのが　よろしかろう

前の歌をうけて、しかし、人は、その年を経た者こそがよいのだ、と歌う。題詞に「歎旧」とあるが、歌は、老人自身が老いを肯定しようする。

春の相聞《そうもん》

◎（無題）――柿本人麻呂歌集《かきのもとのひとまろ》

春《はる》されば　しだり柳《やなぎ》の　とををにも　妹《いも》は心《こころ》に　乗《の》りにけるかも

一八九六

春になると　しだれ柳が　たわむようにしなやかに　あの娘《こ》はわたしの心に
やわやわと寄りかかってきた

「心に乗る」とは、相手が自分の心に乗りかかって念頭から離れないことをいう。春芽吹《めぶ》いて垂れ下がった柳の質感が、恋が心を占めるその重さを比喩《ひゆ》する。

◎花に寄せる——作者不詳

春《はる》されば　卯《う》の花腐《はなぐた》し　我《わ》が越《こ》えし　妹《いも》が垣間《かきま》は　荒《あ》れにけるかも　一八九九

春になると　卯《う》の花《はな》を傷《いた》めて　わたしがよく越えた　恋人の家の垣根も　荒れてしまったことよ

「卯の花腐し」とは、卯の花（ウツギ）が台無しになるほど頻繁《ひんぱん》に、の意。詳細はわからないが、恋人が心変りしていなくなった男の歌か。

夏の相聞《そうもん》

◎鳥に寄せる――作者不詳

ほととぎす　来鳴《きな》く五月《さつき》の　短夜《みじかよ》も　ひとりし寝《ぬ》れば　明《あ》かしかねつも

一九八一

ほととぎすが　来鳴《きな》く五月の　短夜《みじかよ》でも　独《ひと》りで寝ると　明かしかねることよ

――配偶者のいない独り寝は、夏の短夜でも長く思われることを嘆いた歌。

秋の雑歌《ぞうか》

◎七夕《たなばた》――柿本人麻呂《かきのもとのひとまろ》歌集

天《あま》の川《がは》　安《やす》の渡《わた》りに　舟浮《ふねう》けて　秋立《あきた》ち待《ま》つと　妹《いも》に告《つ》げこそ　二〇〇〇

天《あま》の川《がわ》の　安《やす》の渡し場に　舟を浮べて　秋が来るのを立って待っていると
妻に告げてほしい

「天の安の川」が『古事記』の神話に出てくる。この歌では日本神話と七夕伝説が融合されている。「柿本人麻呂歌集」には七夕歌が三十首以上もあるが、本歌のように、七夕以前を舞台にした歌が多い。

◎同――作者不詳

秋風《あきかぜ》の　吹《ふ》き漂《ただよ》はす　白雲《しらくも》は　織女《たなばたつめ》の　天《あま》つ領巾《ひれ》かも　二〇四一

秋風の　吹き漂わす　白雲は　織女星《おりひめぼし》の　天飛《あまと》ぶ領巾《ひれ》であろうか

——「領巾」は、女性が装飾用に肩に掛けた薄く細長い布。白雲を、織女が持つそれに見立てている。

◎花を詠《よ》む——作者不詳

ま葛原《くずはら》　なびく秋風《あきかぜ》　吹《ふ》くごとに　阿太《あだ》の大野《おほの》の　萩《はぎ》の花散《はなち》る　二〇九六

葛原《くずはら》を　なびかす秋風が　吹くたびに　阿太《あだ》の大野《おおの》の　萩《はぎ》の花が散る

——「阿太」は、奈良県五條市の東部、吉野川《よしのがわ》沿いの地。「大野」は人が住んでいない荒れ野。「萩」は、秋の花の代表で、あらゆる植物の中でも最も多く詠まれている。

◎山を詠む——作者不詳

春《はる》は萌《も》え　夏《なつ》は緑《みどり》に　紅《くれなゐ》の　斑《まだら》に見《み》ゆる　秋《あき》の山《やま》かも　二一七七

春は萌黄《もえぎ》　夏は緑に　紅《くれない》の　まだら模様に見える　秋の山よ

季節の推移につれて、次々とかわる山の色彩を歌う。「まだら」は、特に華やかな色合いと意識されていた。

秋の相聞《そうもん》

◎（無題）――柿本人麻呂《かきのもとのひとまろ》歌集

秋《あき》の夜《よ》の　霧立《きりた》ち渡《わた》り　おほほしく　夢《いめ》にそ見《み》つる　妹《いも》が姿《すがた》を　二二四一

秋の夜の　霧が立ちこめたように　ぼんやりと　夢に見えたよ　あなたの姿が

―夢に見た恋人の姿のおぼろさを、序詞《じょことば》によって、秋の深い霧のさまにたとえる。

◎花に寄せる――作者不詳

朝露《あさつゆ》に　咲《さ》きすさびたる　月草《つきくさ》の　日《ひ》くたつなへに　消《け》ぬべく思《おも》ほゆ

二二八一

朝露《あさつゆ》に　咲き誇っている　月草《つきくさ》のように　日が傾くにつれて　消え入らんばかりに思われる

―「月草」は、ツユクサ（一八四頁一三五一番歌参照）。日暮れにははかなくしぼんでしまうその花に、恋の思いに沈み、消え入りそうな自己を託する。これも序詞《じょことば》による比喩《ひゆ》の歌である。

万葉集の風景 ⑥

飛鳥川《あすかがわ》

三角関係を繰り広げた大和三山《やまとさんざん》（一二一・四五頁）の間を、そ知らぬ顔で斜めに悠々と貫流していく飛鳥川（明日香《あすか》川）。明日香村畑《はた》の山中に発し、稲淵山《いなぶちやま》の西麓《せいろく》を巡って甘樫丘《あまかしのおか》の東を過ぎ、大和三山のあたりまで至ると、飛鳥川はだいぶ穏やかな表情になる。藤原京をはじめ、古代の宮跡を撫《な》でるように流れるため、『万葉集』を中心に多くの詩歌に詠まれてきた。上流の稲淵の里ではまだ細い谷川の風情であり、浅瀬に石を並べて渡された飛び石（石橋）は万葉の昔から歌に詠まれたもの。傍らには「明日香川明日《あす》も渡らむ石橋の遠き心は思《おも》ほえぬかも」（二七〇一番歌、本書不収）という歌碑が建つ。飛び石の間隔が長ければ渡れない、そんな遠き心——気の長いことなんて思いも寄らない、明日も行くよ、とのこと。

　少し下って石舞台古墳で知られる明日香村祝戸《いわいど》のあたりではかなりの水量であったらしく、灌漑《かんがい》用の堰《せき》も築かれていた。「明日香川瀬々に玉藻《たまも》は生《お》ひたれどしがらみあればなびきあへなくに」（一三八〇番歌、本書不収）という歌の「しがらみ」はそのような堰を指し、恋路の邪魔者に譬《たと》えられている。「瀬々の玉藻」とあるように、飛鳥川は清らかな流れに美しい水草がゆらゆらとなびく情景が知られていたようで、祝戸には「玉藻橋」が架けられ、今も澄んだ川瀬に出会うことができる。古代都市飛鳥の真ん中を流れ、至るところで歌に詠《よ》まれた飛鳥川は、万葉人の心を揺さぶる故郷《ふるさと》の川だった。

巻第十一

『万葉集』の目録には、「古今相聞往来《ここんそうもんおうらい》 上」と題されている。一巻すべて相聞歌の巻である。最初に旋頭歌《せどうか》（五七七／五七七の歌体）を置き、その後に短歌を配する。その短歌の前半は「柿本人麻呂歌集《かきのもとのひとまろ》」よりの抄出、後半は作者不詳歌である。さらにそれぞれを「正述心緒（じかに心緒《おもい》を述べた歌）」「寄物陳思（物に寄せて思いを述べた歌）」「問答」などに分類している。その分類は、もともと「柿本人麻呂歌集」にあったものらしい。

◎旋頭歌《せどうか》――柿本人麻呂歌集《かきのもとのひとまろ》

愛《うるは》しと　我《あ》が思《おも》ふ妹《いも》は　はやも死《し》なぬか　生《い》けりとも　我《あれ》に寄《よ》るべし

と　人《ひと》の言《い》はなくに　二三五五

いとしいと　思うあの娘《こ》なんか　さっさと死んでしまえ　生きていても　わたしになびきそうだと　誰《だれ》も言ってくれないのだから

――うまくいかない恋にやけを起こす男の歌。「柿本人麻呂歌集」には滑稽味《こっけいみ》を含む歌が混じる。

◎同――柿本人麻呂歌集

朝戸出《あさとで》の　君が足結《あゆひ》を　濡《ぬ》らす露原《つゆはら》　早《はや》く起《お》き　出《い》でつつ我《われ》も　裳《も》の裾濡《すそぬ》らさな　二三五七

朝戸出《あさとで》の　あなたの足結《あゆい》を　濡《ぬ》らす露原《つゆはら》　早く起き　表に出て見送りわたしも　裳《も》の裾《すそ》を濡らしましょう

――「朝戸出」とは、朝早く戸を開けて出て行くこと。「足結」は、活動に便利なように袴《はかま》の膝下《ひざした》の辺りをくくる紐《ひも》。

◎じかに心緒《おもい》を述べた歌――柿本人麻呂《かきのもとのひとまろ》歌集

恋《こ》ひ死《し》なば　恋《こ》ひも死《し》ねとや　玉桙《たまほこ》の　道行《みちゆ》き人《びと》の　言告《ことつ》げもなき　二三七〇

恋い死にたければ　恋い死ねとてか　〈玉桙の〉道行く人で　伝言を持って来てくれる人さえもいないことだ

――使いも来なければ、道を行く人の伝言すらない、というのは、相手のつれなさの具体的表現。

◎同――柿本人麻呂歌集

我《あ》が後《のち》に　生《うま》れむ人《ひと》は　我《あ》がごとく　恋《こひ》する道《みち》に　あひこすなゆめ　二三七五

わたしより後《のち》に　生れる人よ　わたしのように　恋する道に　遇《あ》うではないぞ

――相手に伝えるすべのない恋の苦しさを、後人あての遺言のように言う。いかにも大げさな表現である。

◎同——柿本人麻呂歌集

恋《こひ》するに　死《しに》するものに　あらませば　我《あ》が身《み》は千度《ちたび》　死《し》に反《かへ》らまし　二三九〇

恋をすれば　死ぬものだと　決っていたら　わたしは千回も　死に変ってい
よう

前歌・前々歌とともに、生き死にに関《かか》わって歌う。大げさな表現は、相手に対するアピールなのだが、脇《わき》から見ての滑稽味《こっけいみ》に、歌の狙《ねら》いはあるのだろう。

◎物に寄せて思いを述べた歌——柿本人麻呂歌集

大野《おほの》らに　小雨降《こさめふ》りしく　木《こ》の下《もと》に　よりより寄《よ》り来《こ》　我《あ》が思《おも》ふ人《ひと》　二四五七

大野原《おおのはら》に　小雨《こさめ》がしきりに降っています　木の陰に　たまには寄って来てく

ださい　わたしの恋人よ

◎同――柿本人麻呂歌集

山《やま》ぢさの　白露《しらつゆ》重《おも》み　うらぶれて　心《こころ》に深《ふか》く　我《あ》が恋止《こひや》まず　二四六九

山ぢさが　白露《しらつゆ》の重みで　たわむようにうちしおれて　心の奥深くで　わたしの恋は止《や》まない

「山ぢさ」は、山野に自生する落葉小高木、エゴノキ。うなだれて咲くその白い花が露に濡《ぬ》れているさまを、恋の悩みに悄然《しょうぜん》となっている自己の比喩《ひゆ》とする。

◎じかに心緒《おもい》を述べた歌――作者不詳

朝寝《あさね》髪《がみ》　我《われ》は梳《けづ》らじ　愛《うる》しき　君《きみ》が手枕《たまくら》　触《ふ》れてしものを　二五七八

朝寝髪《あさねがみ》を　わたしは櫛《くし》でとくまい　愛している　君の手枕《たまくら》に　触れたのだもの

「朝寝髪」は、朝起きたままの乱れ髪。夜の記憶をとどめたいと願う女の歌。

◎同——作者不詳

梓弓《あづさゆみ》　引《ひ》きみ緩《ゆる》へみ　来《こ》ずは来《こ》ず　来《こ》ば来《こ》そをなぞ　来《こ》ずは来《こ》ばそを　二六四〇

〈梓弓〉引いたり緩めたりなさって　来ないなら来ないで　来るのなら来てくださいそれなのになぜ　来ないならいや来るのならそれなのになぜ

気まぐれな男に振り回されることに苦しみ、はっきりしてと訴える女の歌であるが、むしろ「来」という語を反復する面白さに主眼があるのであろう。同趣の歌に、大伴坂上郎女《おおとものさかのうえのいらつめ》の五二七番歌（一三六頁参照）があった。

◎問答《もんどう》——作者不詳

眉根《まよね》掻《か》き　鼻《はな》ひ紐解《ひもと》け　待《ま》てりやも　いつかも見《み》むと　恋《こ》ひ来《こ》し我《あれ》を　二八〇八

眉《まゆ》を掻《か》き　くしゃみをし紐《ひも》も解《ほど》けて　待ってくれていたのかい　早く逢《あ》いたいと　恋しく思いつづけて来たわたしを

今日《けふ》なれば　鼻《はな》の鼻《はな》ひし　眉《まよ》かゆみ　思《おも》ひしことは　君《きみ》にしありけり　二八〇九

今日だからこそ　くしゃみが出て来　眉《まゆ》がかゆくて　ならなかったのは　あなたに逢《あ》える前兆だったのですね

眉がかゆかったり、くしゃみが出たり、下紐《したひも》が自然と解けたりするのは、恋人が自分に逢いたがっているしるし、または近く恋人に逢える予兆と考えられていた。

◎問答《もんどう》――作者不詳

我妹子《わぎもこ》に　恋《こ》ひてすべなみ　白《しろ》たへの　袖返《そでかへ》ししは　夢《いめ》に見《み》えきや　二八一二

あなたが　恋しくてたまらず　〈白たえの〉袖を折り返して寝たのですが　夢に見えましたか

我《わ》が背子《せこ》が　袖返《そでかへ》す夜《よ》の　夢《いめ》ならし　まことも君《きみ》に　逢《あ》ひたるごとし　二八一三

あなたが　袖《そで》を折り返して寝た夜の　夢でしょう　ほんとにあなたに　逢《あ》っているのと同じでした

寝る時に袖を一部分折り返しておくと、夢の中で恋人に逢えるという俗信があった。女が見たのは交会の夢か。

巻第十二

巻十一と並んで、目録に「古今相聞往来《ここんそうもんおうらい》 下」と記される巻。やはり作者を記さない相聞歌の巻である。「柿本人麻呂《かきのもとのひとまろ》歌集」歌、作者不詳歌の二部に分かれ、さらにそれぞれを「正述心緒（じかに心緒《おもい》を述べた歌）」「寄物陳思（物に寄せて思いを述べた歌）」に分けるのも巻十一に同じだが、「柿本人麻呂歌集歌」は巻十一より少ない。また巻末には、旅先で人を恋うる歌や、別れを悲しむ歌などが配列されている。

◎じかに心緒《おもい》を述べた歌——作者不詳

二人《ふたり》して　結《むす》びし紐《ひも》を　ひとりして　我《あれ》は解《と》き見《み》じ　直《ただ》に逢《あ》ふまでは

二人で　結んだ紐《ひも》を　ひとりだけで　わたしは解《ほど》いてみたりなどしまい　じかに逢《あ》うまでは　二九一九

男女が別れる際に互いの衣の紐を結び合い、次に逢うまで解かないと誓う、という発想が、『万葉集』相聞《そうもん》歌には数多く見える。『伊勢物語』三十七段の「二人して結びし紐をひとりしてあひ見るまでは解かじとぞ思ふ」とも類想。

◎物に寄せて思いを述べた歌――作者不詳

たらちねの　母《はは》が飼《か》ふ蚕《こ》の　繭隠《まよごも》り　いぶせくもあるか　妹《いも》に逢《あ》はずして　二九九一

〈たらちねの〉　母が飼う蚕《かいこ》の　繭《まゆ》ごもりのように　ああ息が詰まる　あの娘《こ》

に逢《あ》わずに

藺に寄せる恋。「妹」に逢えないのは、どちらかの母親が監視しているからと考えられる。『万葉集』相聞歌では、母は多く恋の妨害者として現れる。第四句の原文は「馬声蜂音石花蜘蛹荒鹿《いぶせくもあるか》」という「戯書《ぎしょ》」で書かれている。

◎同——作者不詳

君《きみ》があたり　見《み》つつも居《を》らむ　生駒山《いこまやま》　雲《くも》なたなびき　雨《あめ》は降《ふ》るとも　三〇三二

君の辺りを　ずっと見ていよう　生駒山《いこまやま》に　雲よかかるな　雨は降っても

雲に寄せる恋。生駒山の辺りに夫がいるので、生駒山を「君があたり」として見て心を慰めよう、と歌う。『伊勢《いせ》物語』二十三段「筒井筒《つついづつ》」では、捨てられた河内《かわち》の女の歌とされる。

◎同——作者不詳

なかなかに　人《ひと》とあらずは　桑子《くはご》にも　ならましものを　玉《たま》の緒《を》ばかり　三〇八六

なまじっか　人として生きているより　蚕《かいこ》にでも　なるほうがましだ　わずかの命の間でも

虫に寄せる恋。「〜ずは…」は、「〜しているより…したほうがましだ」という文型で、「…」の部分には、死や、物に化身するなどの極端な事柄が述べられる。『伊勢物語』十四段では、陸奥《みちのくに》の女が都から下って来た男を思い詠《よ》んだ歌とされ、「歌までが鄙《ひな》びていた」と評されている。

◎別れを悲しむ歌——作者不詳

うらもなく　去《い》にし君故《きみゆゑ》　朝《あさ》な朝《さ》な　もとなそ恋《こ》ふる　逢《あ》ふとはなけど　三一八〇

あっさりと　旅に出たあの人ゆえに　朝ごとに　無性《むしょう》に恋い焦《こが》れる　逢《あ》えるわけもないのに

――「君故」は、君だというのに、そのために、といった語気。相手は気軽に出て行ってしまったけれど、そんな人のために残された自分は毎朝恋い焦れている、という不条理を嘆く。

◎同――作者不詳

白《しろ》たへの　君《きみ》が下紐《したびも》　我《われ》さへに　今日《けふ》結《むす》びてな　逢《あ》はむ日《ひ》のため　三一八一

〈白《しろ》たえの〉あなたの衣の下紐《したひも》を　わたしも　今日結んであげましょう　今度逢《あ》う日のために

――九〇頁二五一一番歌や二三八頁二九一九番歌と同じく、再会の日まで、と言って、男女が互いに「紐」を結び合うことを歌う。この歌は、旅に出る男を見送る場面での歌。

万葉集の風景 ⑦

奈良県立万葉文化館

自転車に乗って奈良の明日香村の遺跡を巡ると、ここに都があったのはさほど遠い日のことではないような錯覚に陥る。棚田《たなだ》も美しい農村の風景、さやさやと明るい緑をたたえる竹林の丘。平成十二年に発掘された流水施設である亀形石造物などは、ついこの前まで使われていたように見えるほどしっかりとした形を残している。古代を匂わせる景観や文化財の生々しさはこの地域の特徴であり、今なお土中から新しい真実を生み続けている。

この飛鳥の地には、推古《すいこ》天皇が豊浦宮《とゆらのみや》を営んでから持統《じとう》天皇が藤原京へ遷都するまでの約一〇〇年、ほぼ一代につき一宮が営まれた。全貌《ぜんぼう》はまだ不明だが、相当の規模と計画性をもって宮城づくりが行われたことは近年の発掘によって明らかになっている。岡地区の飛鳥京跡苑池《えんち》遺構から発見された大規模な流水施設は『日本書紀』にある飛鳥浄御原宮《きよみはらのみや》の「白錦後苑《しらにしきのみその》」との関わりが指摘されている。この東側で発掘された前述の亀形石造物はさらに古い斉明《さいめい》天皇の時代に造られた庭園、または祭祀《さいし》施設と考えられ、近くの飛鳥池遺跡では日本最古の銅銭「富本銭《ふほんせん》」が大量に発見されている。

万葉人たちの営みが続々と発掘されるこの明日香村に、平成十三年に「万葉文化館」が開館した。遺跡めぐりで歴史のかけらに触れたあと、ここで万葉時代のことばや詩情に触れると、一三〇〇年もの昔がふわりと立体的に立ち上がってくる。

巻第十三

一巻すべて長歌《ちようか》とその反歌《はんか》で構成されるという、他に類を見ない巻。雑歌《ぞうか》、相聞歌《そうもんか》、問答歌《もんどうか》、譬喩歌《ひゆか》、挽歌《ばんか》の五部からなる。原則的に作者不詳・出典不明歌で、時に異伝として「柿本《かきのもとの》人麻呂《ひとまろ》歌集」歌などが載せられる。反歌を持たない長歌も多く、中には後《のち》に補われた反歌もあると見られる。

相《そう》聞《もん》

◎（無題）――作者不詳

磯城島《しきしま》の　大和《やまと》の国《くに》に　人《ひと》さはに　満《み》ちてあれども　藤波《ふぢなみ》の　思《おも》ひもとほり　若草《わかくさ》の　思《おも》ひ付《つ》きにし　君《きみ》が目《め》に　恋《こ》ひや明《あ》かさむ　長《なが》きこの夜《よ》を　三二四八

〈磯城島《しきしま》の〉大和《やまと》の国に　人はいっぱい　溢《あふ》れているが　〈藤波《ふじなみ》の〉思いが絡《から》みつき　〈若草の〉心が引かれる　あなたに逢《あ》いたくて　恋《こ》い焦《こが》れて明かすことか　長いこの夜を

――多くの人がいても眼中になく、あなただけに恋い焦れて夜を明かす、と歌う。「藤波の思ひもとほり」「若草の思ひ付きにし」といった比喩《ひゆ》的な枕詞《まくらことば》の表現に特徴を持つ。

◎反歌《はんか》――作者不詳

磯城島《しきしま》の　大和《やまと》の国《くに》に　人二人《ひとふたり》　ありとし思《おも》はば　何《なに》か嘆《なげ》かむ　三二四九

〈磯城島《しきしま》の〉　大和《やまと》の国に　あなたのような人がほかにも　あると思ったら
なんで嘆きましょう

――長歌《ちようか》と同じく、我が思う人はただ一人だけ、という情を詠《よ》む。

◎柿本朝臣人麻呂《かきのもとのあそみひとまろ》の歌集の歌には――柿本人麻呂歌集

葦原《あしはら》の　瑞穂《みづほ》の国《くに》は　神《かむ》ながら　言挙《ことあ》げせぬ国《くに》　然《しか》れども　言挙《ことあ》げぞ
我《あ》がする　言幸《ことさき》く　ま幸《さき》くませと　つつみなく　幸《さき》くいまさば　荒磯《ありそ》
波《なみ》　ありても見《み》むと　百重波《ももへなみ》　千重波《ちへなみ》にしき　言挙《ことあ》げす我《あれ》は　言挙《ことあ》げ
す我《あれ》は　三二五三

葦原《あしはら》の　瑞穂《みずほ》の国は　神意のままに　言挙《ことあ》げしない国です　それでも　言挙
げをわたしはします　お元気に　ご無事でいらしてくださいと　つつがなく

お元気であられたら　〈荒磯波《ありそなみ》〉ありても――そのうちに逢《あ》えようと　百重波《ももえなみ》
千重波《ちえなみ》のように繰り返して　言挙げをしますわたしは　言挙げをしますわた
しは

外国への使節を送る歌か。わが国は、誓いや願いをことさらに言い立てなくても神が自然にか
なえてくれる国柄であるが、外国へ向かう使節のためには、言挙げして無事を祈る、と歌う。

◎反歌《はんか》――柿本人麻呂歌集

磯城島《しきしま》の　大和《やまと》の国《くに》は　言霊《ことだま》の　助《たす》くる国《くに》ぞ　ま幸《さき》くありこそ　三二五四

〈磯城島《しきしま》の〉大和《やまと》の国は　言霊《ことだま》の　助け給《たも》う国です　ご無事でいらしてくだ
さい

長歌《ちょうか》の「言挙げ」をうけて、その言挙げした言葉の霊力、「言霊」が、あなたを守ってくれるだ
ろうから、無事に行って帰って来て下さい、と言う。

◎（無題）――作者不詳

こもりくの　泊瀬《はつせ》の川《かは》の　上《かみ》つ瀬《せ》に　い杭《くひ》を打《う》ち　下《しも》つ瀬《せ》に　ま杭《くひ》を
打《う》ち　い杭《くひ》には　鏡《かがみ》を掛《か》け　ま杭《くひ》には　ま玉《たま》を掛《か》け　ま玉《たま》なす　我《あ》が
思《おも》ふ妹《いも》も　鏡《かがみ》なす　我《あ》が思《おも》ふ妹《いも》も　ありといはばこそ　国《くに》にも　家《いへ》に
も行《ゆ》かめ　誰《た》が故《ゆゑ》か行《い》かむ

三二六三

〈こもりくの〉　泊瀬《はつせ》の川の　上《かみ》の瀬《せ》に　い杭《くい》を打ち　下《しも》の瀬に　ま杭《くい》を打ち
い杭には　鏡を掛け　ま杭には　玉を掛け　その玉のように　わたしがいと
しく思うあの娘《こ》が　その鏡のように　わたしが大切に思うあの娘が　いると
でもいうのだったら　故郷にも　家にも行こうに　誰《だれ》のために行くものか

『古事記』では、この歌は木梨軽太子《きなしのかるのみこ》が自殺した時に作ったとされている。軽太子は允恭《いんぎょう》天皇皇太子。允恭天皇崩御後、同母妹軽大郎女《かるのおおいらつめ》と通じて臣下の信望を失い、伊予《いよ》に流され、後を追ってきた大郎女と心中した。ただし、その物語と切り離してみると、旅先で妻の失踪《しっそう》を伝え聞いた男の嘆きの歌のように見える。

◎反歌《はんか》――作者不詳

年渡《としわた》る　までにも人《ひと》は　ありといふを　何時《いつ》の間《ま》にそも　我《あ》が恋《こ》ひにける　三二六四

一年でも　逢《あ》わないで　いられる人もいるというのに　いつの間にこんな苦しい恋をわたしはし始めたのだろうか

この歌は『古事記』には載っていない。新たに前の長歌《ちょうか》に結び付けられたのであろう。ただし長歌との関係は難解。失踪《しっそう》した妻を思うまいと思っても恋しくなってしまうことを歌ったものか。藤原麻呂《ふじわらのまろ》が大伴坂上郎女《おおとものさかのうえのいらつめ》に贈った歌（一三五頁五二五番歌参照）と類歌関係にある。

巻第十四

一巻全体が東歌《あずまうた》の巻。東歌は、東国の歌の意で、前半がどこの国の歌かわかる歌、後半がどこの国かわからない歌、と分類されている。前半部によれば、「東国」は信濃《しなの》・遠江《とおとうみ》以東と考えられたようである。東国方言が目立つが、すべて短歌であり、東国根生《ねお》いの民謡といったものではなく、中央との交流の中で生れてきたものであろう。部立《ぶだて》は雑歌《ぞうか》、相聞《そうもん》、防人《さきもり》歌、譬喩歌《ひゆか》、挽歌《ばんか》と揃《そろ》うが、相聞歌が大半を占めている。

東歌《あずまうた》

◎（雑歌《ぞうか》）常陸国《ひたちのくに》の歌――作者不詳

筑波嶺《つくはね》に　雪《ゆき》かも降《ふ》らる　いなをかも　かなしき児《こ》ろが　布乾《にのほ》さるかも
三三五一

筑波嶺《つくばね》に　雪でも降ったのかな　違うかな　いとしいあの娘《こ》が　布を晒《さら》しているのかな

筑波山麓《つくばさんろく》に辺り一面雪が降ったかと見紛《みまが》うほどに白布を乾してある景を詠《よ》んだ、布晒《ぬのさら》しの歌。「降らる」「乾さる」は、中央語の「降れる」「乾せる」に当たる東国語形。「布《にの》」はヌノの訛《なま》り。巻頭に「東歌」とのみあって、「雑歌」の部立名を欠くが、内容からして雑歌の部とわかる。

相聞《そうもん》

◎相模国《さがみのくに》の歌――作者不詳

足柄《あしがり》の　ままの小菅《こすげ》の　菅枕《すがまくら》　あぜかまかさむ　児《こ》ろせ手枕《たまくら》　三三六九

足柄《あしがら》の　崖《まま》の小菅《こすげ》の　菅枕《すがまくら》など　なんでなさるのか　娘さんわたしの手枕《たまくら》をしなさい

「足柄」は、神奈川県南足柄市、足柄下郡および小田原市の一部の地に当たる。アシガリと呼ばれることも多かった。「菅枕」は、イネ科の菅を刈り束ねた質素な枕。女性を共寝に誘う歌。「まま」は、崖《がけ》を表す東国語（二一二頁一八〇七番歌解説参照）。

◎武蔵国《むさしのくに》の歌――作者不詳

多摩川《たまがは》に　さらす手作《てづく》り　さらさらに　なにそこの児《こ》の　ここだかなしき　三三七三

多摩川《たまがわ》に　さらす手作り布の　さらさらに　なんでこの娘《こ》は　こうもいとしいのか

多摩川は東京都を貫流して東京湾に注ぐ川。「さらさらに」は事新しく言う必要もないが、の意。上《かみ》二句は、「さらす」と同音の関係で「さらさらに」を起こす序。

◎信濃国《しなののくに》の歌――作者不詳

信濃道《しなぬぢ》は　今《いま》の墾《は》り道《みち》　刈《か》りばねに　足踏《あしふ》ましむな　沓履《くつは》け我《わ》が背《せ》　三三九九

信濃道《しなのじ》は　今できた道　切り株で　馬に足を怪我《けが》させなさるな　沓《くつ》をはかせておやりなさいあなた

「信濃道」は信濃国内の道。ここは和銅《わどう》六年（七一三）七月に十二年もの歳月をかけて完成した、美濃《みの》・信濃両国を結ぶ岐蘇路《きそじ》（岐阜県中津川市の坂本から長野県下伊那《しもいな》郡阿智《あち》村に越える神坂《みさか》峠《とうげ》か）をさすのであろう。街道を行く夫の身を気遣う妻の歌。

◎同——作者不詳

信濃《しなぬ》なる　千曲《ちぐま》の川《かは》の　小石《さざれし》も　君《きみ》し踏《ふ》みてば　玉《たま》と拾《ひり》はむ　三四〇〇

信濃《しなの》の　千曲《ちくま》の川の　小石だって　あなたが踏んだのなら　玉と思って拾いましょう

千曲川《ちくまがわ》は長野県南佐久《みなみさく》郡に発し、小諸《こもろ》・上田・更埴《こうしょく》の各市を経て犀川《さいかわ》と合流し、新潟県に入って信濃川となる。あなたの触れたものなら、つまらないものでも宝物、と歌う。

◎上野国《こうずけのくに》の歌――作者不詳

上野《かみつけの》　安蘇《あそ》のま麻群《そむら》　かき抱《むだ》き　寝《ぬ》れど飽《あ》かぬを　あどか我《あ》がせむ　三四〇四

上野《こうずけ》の　安蘇《あそ》のま麻群《そむら》のように　抱きついて　寝ても飽きないが　これ以上どうすればよいか

上野国は群馬県、しかし安蘇は下野国《しもつけのくに》の郡名（栃木県佐野市付近）で、その帰属に問題がある。「ま麻群」は、群生する麻。二米《メートル》もの高さに育つ麻を抜くには、自分の肩の高さ辺りの所を両手で抱き、体を後ろに倒して短い麻をはじきのけ、最後に残ったものを握って抜き取る。その抱きついたまま体を倒すさまが男女の抱擁に似るところから、「かき抱き寝」を起こす比喩《ひゆ》の序とした。

雑歌《ぞうか》

◎（無題）――作者不詳

鈴《すず》が音《ね》の　駅家《はゆまうまや》の　堤井《つつみゐ》の　水《みづ》を飲《たま》へな　妹《いも》が直手《ただて》よ　三四三九

鈴の音がする　宿駅の町の　泉井《いずみい》の　水が飲みたい　そなたの手からじかに

東海道・東山道《とうさんどう》の駅家には原則として十頭の馬が用意されていた。駅馬《はゆま》を使用するには、陶鈴を携帯しなければならない。「鈴が音の」は、その駅鈴の鳴る音によって駅家の賑《にぎ》わいを示した枕詞《まくらことば》的用法。

相《そう》聞《もん》

◎（無題）――作者不詳

稲《い》搗《ねつ》けば　かかる我《あ》が手《て》を　今夜《こよひ》もか　殿《との》の若子《わくご》が　取《と》りて嘆《なげ》かむ　三四五九

稲を搗《つ》いて　荒れたわたしの手を　今夜も　お館《やかた》の若君が　取って嘆かれることだろうか

地方豪族の子息に愛されている農民の少女が歌った趣。竪杵《たてぎね》で臼《うす》の中の稲を搗き、籾殻《もみがら》を除く作業は、手も荒れ、かさかさになる。実は稲搗女《いねつきおんな》の作業歌かとも言われる。

巻第十五

前半・後半に大きく分かれ、それぞれが悲劇的な事件の実録的な性格を持つ。前半は、天平《てんぴょう》八年（七三六）、新羅《しらぎ》に遣わされた使人《しじん》たちの、家族との別れや旅の辛《つら》さを歌い、また旅の途中で誦詠《しょうえい》した古歌を収める。後半は、越前国味真野《えちぜんのくにあじまの》（福井県越前市）に配流された中臣宅守《なかとみのやかもり》と、その妻狭野弟上娘子《さののおとがみおとめ》との贈答である。

◎別れを悲しんで詠《よ》んだ贈答歌——遣新羅使人《けんしらぎしじん》

秋《あき》さらば　相見《あひみ》むものを　なにしかも　霧《きり》に立《た》つべく　嘆《なげ》きしまさむ　三五八一

秋になれば　逢《あ》えるだろうに　なんでそう　霧が立つほど　嘆くのですか

当時、日本と新羅の関係は円滑を欠いており、交渉の前途は多難が予想された。本歌・次の歌は、出発時に使人の一人が妻に贈った歌。遣新羅使の所要日数は半年前後で、今回も七か月以上に及んでいる。出発はすでに秋近くで、秋のうちに帰るのは無理だとわかってはいても、そう言わずにはいられないのである。

◎同――遣新羅使人

我《わ》が故《ゆゑ》に　思《おも》ひな痩《や》せそ　秋風《あきかぜ》の　吹《ふ》かむその月《つき》　逢《あ》はむものゆゑ　三五八六

わたしのことで　思いわずらって痩《や》せないでおくれ　秋風が　吹くその月には　きっと逢えるだろうから

◎佐婆《さば》の海中で思いがけなくも逆風に遭《あ》い、大波にもまれて漂流した。一夜を過した後、運よく順風を得て豊前国下毛郡《ぶぜんのくにしもげ》分間《わくま》の浦に到着した。そこで苦しかったことを思い出して嘆き、悲しんで作った歌八首より――雪宅麻呂《ゆきのやかまろ》

大君《おほきみ》の　命恐《みことかしこ》み　大船《おほぶね》の　行《ゆ》きのまにまに　宿《やど》りするかも　三六四四

大君《おおきみ》の　仰せのままに　大船の　行くのに任せて　旅寝することか

出航して半月くらい経《た》った頃《ころ》か、周防国《すおうのくに》佐婆の沿岸（山口県の周防灘《すおうなだ》沿岸）で逆風に遭い、豊前国下毛郡（大分県下毛郡および中津市）の沿岸に漂着した時の歌。この時は犠牲者がなかったようであるが、この後も筑前《ちくぜん》・肥前《ひぜん》で出航が遅れ、やっと着いた壱岐島《いきのしま》で、作者雪宅麻呂は病に倒れ、亡くなる。さて、ようやく晩秋の頃、新羅《しらぎ》に到着したものの、案の定、新羅は使いの旨を受け付けず、帰途、対馬《つしま》で大使阿倍継麻呂《あべのつぐまろ》も客死するが、そのことは『万葉集』に記されていない。最後、播磨国《はりまのくに》家島（兵庫県姫路市の飾磨港の沖合にある群島）まで帰ってきた時には、すでに年が明けていた。

◎中臣朝臣宅守《なかとみのあそみやかもり》と狭野弟上娘子《さののおとがみおとめ》とが贈答した歌——狭野弟上娘子

君《きみ》が行《ゆ》く　道《みち》の長手《ながて》を　繰《く》り畳《たた》ね　焼《や》き滅《ほろ》ぼさむ　天《あめ》の火《ひ》もがも　三七二四

あなたの行く　長い道のりを　手繰《たぐ》り重ねて　焼き滅ぼしてくれるような
天の火がないものか

中臣宅守は、中臣東人《あずまと》（一三五頁五一六番歌参照）の第七子。越前国《えちぜんのくに》に配流となった理由は明らかでない。あるいは、「蔵部女孺《くらべのにょじゅ》」という後宮《こうきゅう》の女官であった狭野弟上娘子との結婚が問題になったか。この歌は娘子が別れに際して作った歌。「天の火」は天の意志によって起る火災。宅守の処分に対する強い怒りが感じられる。

◎同——中臣宅守

あかねさす　昼《ひる》は物思《ものも》ひ　ぬばたまの　夜《よる》はすがらに　音《ね》のみし泣《な》かゆ　三七三二

〈あかねさす〉昼は物思いをし〈ぬばたまの〉夜は夜通し　声をあげて泣けてしようがない

宅守と弟上娘子は、都鄙《とひ》間で相聞した。概して男が愚痴を言って嘆き、女がそれをなだめあやすというような、世の常の恋歌のあり方とは逆の形が見られる。時に宅守は、こんなに恋に苦しむのはあなたのせいだと恨み、これほど恋い慕って苦しむなら命など惜しくもない、と言い切ることさえあった。次は、それに答えた弟上娘子の歌。

◎同——狭野弟上娘子

命《いのち》あらば　逢《あ》ふこともあらむ　我《わ》が故《ゆゑ》に　はだな思《おも》ひそ　命《いのち》だに経《へ》ば　三七四五

命があったら　逢《あ》えもしましょう　わたしのことで　ひどく思い悩まないでください　無事でさえあったら

◎同——中臣宅守

我《あ》が身《み》こそ　関山越《せきやまこ》えて　ここにあらめ　心《こころ》は妹《いも》に　寄《よ》りにしものを　三七五七

わが身こそ　関山《せきやま》を越えて　ここにありもしようが　心はあなたに　ぴったり寄ってしまった

「関山」はいくつもの関や山。心さえ通えば身の隔たりは問題ではない、という気持で言ったもの。別離が長期にわたるに従って、二人は心身が分離していくような感覚を味わうことになる。

◎同——狭野弟上娘子

帰《かへ》り来《け》る　人来《ひときた》れりと　言《い》ひしかば　ほとほと死《し》にき　君《きみ》かと思《おも》ひて　三七七二

帰って来た　人が着いたと　聞いたので　もう少しで死ぬところでした　あなたかと思って

――天平《てんぴょう》十二年（七四〇）、大赦《たいしゃ》が行われて、穂積老《ほづみのおゆ》らが赦免されて帰京したが、宅守は許されなかった。娘子は、宅守も許されるものと早合点したのである。

◎同――狭野弟上娘子

我《わ》が背子《せこ》が　帰《かへ》り来《き》まさむ　時《とき》のため　命残《いのちのこ》さむ　忘《わす》れたまふな

三七七四

あなたが　帰って来られる　時のために　なんとかして命を残しておきましょう　忘れないでください

――前歌と同時期の歌。娘子の歌には、死の影が濃くなっている。

◎同――中臣宅守

我《わ》がやどの　花橘《はなたちばな》は　いたづらに　散《ち》りか過《す》ぐらむ　見《み》る人《ひと》なしに

三七七九

家の庭の　花橘《はなたちばな》は　空しく　散っているだろうな　見る人もなくて

その後、宅守と娘子がどうなったのかはわからない。しかし、最後は贈答歌でなく、花鳥を歌う宅守の独詠《どくえい》で終わっている。あるいは娘子が死んでしまったことを暗示するか。

巻第十六

「有由縁《ゆうゆえん》并《あわ》せて雑歌《ぞうか》」の巻。「有由縁」とは、その歌に関する口伝や記録があるという意味。前半には特に、「竹取翁《たけとりのおきな》の歌」など物語的な興味を起こすような歌が配列されている。後半が「雑歌」にあたるが、その境界は明らかでない。人を笑う歌、「おそろしきものの歌」、謡い物・民謡など、いわくつきの風変わりな歌が並んでいるのである。

有由縁《ゆうゆえん》并《あわ》せて雑歌《ぞうか》

◎昔娘子《おとめ》がいて、通称を桜児《さくらこ》といった。当時二人の若者がいて、二人ともどもこの娘に求婚し、命を捨てて争い、死を覚悟で互いに挑《いど》み合った。そこで娘子は、むせび泣いて言うことには、「昔から今に至るまで、一人の女の身で二人の男の許《もと》に嫁《とつ》ぐということは、見たことも聞いたこともない。今となっては男の人たちの気持は、和《やわ》らげるすべもない。わたしが死んで決闘をふっつりと止めてもらう以外にはない」と言った。そこで林の中に死地を求め、木に頸《くび》を吊《つ》って死んだ。その二人の若者は、悲しみに耐えきれず、血涙はしたたって衣の襟《えり》を濡《ぬ》らした。めいめい思いを述べて作った歌二首――若者　その一

春《はる》さらば　かざしにせむと　我《あ》が思《おも》ひし　桜《さくら》の花《はな》は　散《ち》り行《ゆ》けるかも　三七八六

春が来たら　髪に挿そうと　わたしが思っていた　桜の花は　散ってしまった

――「かざしにする」は「桜児」と結婚すること、「散り行く」はその娘子が死んでしまったことの比喩《ひゆ》。

◎同——若者　その二

妹《いも》が名《な》に　かけたる桜《さくら》　花咲《はなさ》かば　常《つね》にや恋《こ》ひむ　いや年《とし》のはに　三七八七

あの娘《こ》の桜児《さくらこ》という名に　ゆかりある桜の　花が咲いたら　ずっと恋い慕う
ことであろうか　毎年のように

菟原処女《うないおとめ》伝説（二一四頁一八〇九番歌参照）と同じく、複数の男性に求婚されて自殺してしまう少女の物語。ただし、物語自体は漢文で記されていて、歌は「桜児」という少女の名にちなんで、桜の花を素材に、暗示的に歌われている。

◎双六《すごろく》の采《さい》を詠《よ》んだ歌——長奥麻呂《ながのおきまろ》

一二《いちに》の目《め》　のみにはあらず　五六三《ごろくさむ》　四《し》さへありけり　双六《すぐろく》の頭《さえ》　三八二七

一二の目　ばかりではない　五六三　四までもあるわい　双六《すごろく》の采《さい》には

「頭《さえ》」とは采《さい》、サイコロのこと。物を詠《よ》む歌は、季節の風物だけでなく、このような卑近なものも対象とした。一種の宴会芸である。長奥麻呂（九三頁二六五番歌参照）は、このような歌の名人であった。

◎意味の通じない歌二首――安倍朝臣子祖父《あべのあそみこおおじ》

我妹子《わぎもこ》が　額《ひたひ》に生《お》ふる　双六《すぐろく》の　牡《ことひ》の牛《うし》の　鞍《くら》の上《うへ》の瘡《かさ》　三八三八

女房殿の　額に生《は》えた　双六盤《すごろくばん》の　大きな牡牛《おうし》の　鞍《くら》の上の瘡《かさ》

◎同――安倍朝臣子祖父

我《わ》が背子《せこ》が　犢鼻《たふさき》にする　円石《つぶれいし》の　吉野《よしの》の山《やま》に　氷魚《ひを》そ懸《さが》れる　三八三九

うちの人が　ふんどしにする　丸石の　吉野《よしの》の山に　氷魚《ひお》（鮎《あゆ》の稚魚）がぶら下がっているわ

この二首の歌の左注には次のようにある――舎人親王《とねりのみこ》が近習の者たちに仰せられるには、「もし意味の通じない歌を作る者がいたら、銭《ぜに》・帛《きぬ》をほうびに遣わそう」と言われた。そこで、大《おお》舎人《とねり》安倍《あべの》朝臣《あそみ》子《こ》祖父《おおじ》という者がこの歌を作って申し上げた。親王は即座に銭二千文と皆から集めた物をこの者に遣わされたということだ――。二首ともにまったくナンセンスなように見えて、しかしそれぞれの物の間には微妙な連想が働いている。その連想をたどると、きわめて卑俗なことに思い至る、というところが、賞をせしめた理由であろう。

◎平群朝臣《へぐりのあそん》がからかった歌一首――平群朝臣

童《わらは》ども　草《くさ》はな刈《か》りそ　八穂蓼《やほたで》を　穂積《ほづみ》の朝臣《あそ》が　腋草《わきくさ》を刈《か》れ　三八四二

おいみんな　草など刈るな　〈八穂蓼を〉　穂積《ほづみ》の朝臣《あそん》の　あの腋《わき》くさを刈れ

わきくさはわきがの古名か。わきがの強烈な穂積朝臣某を平群朝臣某がからかったのである。

◎穂積朝臣《ほづみのあそん》が答えた歌一首――穂積朝臣

いづくにそ　ま朱《そほ》掘る岡《をか》　薦畳《こもたたみ》　平群《へぐり》の朝臣《あそ》が　鼻《はな》の上《うへ》を掘《ほ》れ　三八四三

どこにあるのか　朱砂《しゅしゃ》を掘り出す岡は　〈薦畳〉　平群《へぐり》の朝臣《あそん》の　赤っ鼻の上を掘ってやれ

からかわれた穂積朝臣は、平群朝臣の赤鼻を笑ってやりかえす。人々に呼びかける発想、枕詞《ことば》（「八穂蓼」「薦畳」）の位置など、平群朝臣の歌のそれに合わせている。「朱《そほ》」は赤色の土で、水銀の原料や顔料としたもの。

巻第十七

巻十七以降の四巻は、部立《ぶだて》を一切せずに、時代順・日付順に歌を配列してゆく。その期間は、巻十七冒頭の歌の天平《てんぴょう》二年（七三〇）から、巻二十巻末の天平宝字《てんぴょうほうじ》三年（七五九）までの約三十年にわたるが、ほとんどが天平十七年以降の歌で、それは巻十六以前の歌（一番新しい歌で天平十六年）よりも新しい。従って、巻十七以降は、『万葉集』の中で、第二部と位置づけられる。歌の多くは大伴家持《おおとものやかもち》の作で、家持の歌による日記の様相を呈している。

◎橙橘《とうきつ》類の花が今しも咲き始め、霍公鳥《ほととぎす》がその木陰《こかげ》を飛び翔《かけ》り鳴いている。この時期に際して、心に思うところを述べずにいられようか。そこで三首の短歌を作って、鬱屈《うっくつ》した気持を晴らそうと思う（これより一首）——大伴家持《おおとものやかもち》

あしひきの　山辺《やまへ》に居《を》れば　ほととぎす　木《こ》の間《ま》立《た》ち潜《く》き　鳴《な》かぬ日《ひ》はなし　三九一一

〈あしひきの〉山辺《やまべ》にいるので　ほととぎすが　木陰を飛びくぐって　鳴かない日とてない

天平十三年（七四一）四月二十一日の作。前年の藤原広嗣《ふじわらのひろつぐ》の乱をきっかけに、聖武天皇は平城京を捨て、木津川《きづがわ》沿いの恭仁京《くにきょう》へと移った。内舎人《うどねり》（一二四頁四七八番歌参照）だった家持は、それに従い四年間、恭仁京で過すことになる。この歌は、平城京に留まった弟書持《ふみもち》の歌に答えたもの。ホトトギスの声はするが、退屈な毎日を暗示している。

◎天平《てんぴょう》十八年（七四六）正月、白雪がいっぱい降って、地に積ること数寸にもなった。そこで左大臣　橘　卿《たちばなきょう》（諸兄《もろえ》）は、大納言藤原豊成朝臣《ふじわらのとよなりあそん》その他の諸王諸臣たちを引き連れて、元正太上《げんしょうだいじょう》天皇の御所中宮の西院《せいでん》に参入し、雪掻《ゆきか》きの奉仕をした。そこで院の仰せにより、大臣参議および諸王は正殿の上に、諸卿大夫《しょきょうだいぶ》は南の細殿《ほそどの》にそれぞれ伺候《しこう》させられ、早速に酒を賜り酒宴が催された。太上天皇の仰せられるには、「汝《なんじ》ら諸王卿たち、まずはこの雪を題にして、各自その歌を奉れ」と。
大伴宿禰家持《おおとものすくねやかもち》の応詔歌《おうしょうか》一首――大伴家持

大宮《おほみや》の　内《うち》にも外《と》にも　光《ひか》るまで　降《ふ》らす白雪《しらゆき》　見《み》れど飽《あ》かぬかも
三九二六

大宮の　内にも外にも　光るほどに　降っておいでのこの白雪は　見飽きないことでございます

この雪掻きの宴の前年（天平十七年）、都は平城京へと戻る。この宴は、家持にとって忘れられない記憶となったようで、参加して歌を作った人々の名をすべて書きとめている。この時、家持二十九歳、一年前に従五位下《じゆごいげ》に叙せられており、細殿《ほそどの》に列して応詔歌を奏することができたのであった。

◎大伴宿禰家持《おおとものすくねやかもち》は天平《てんぴょう》十八年（七四六）閏《うるう》七月に、越中国守《えっちゅうこくしゅ》に任命された。そこで七月に

赴任することになった。その時、叔母の大伴坂上郎女《おおとものさかのうえのいらつめ》が家持に贈った歌二首より
——大伴坂上郎女

草枕《くさまくら》　旅行《たびゆ》く君《きみ》を　幸《さき》くあれと　斎瓮据《いはひへす》ゑつ　我《あ》が床《とこ》の辺《へ》に　三九二七

〈草枕《くさまくら》〉旅に出られるあなたが　無事なようにと　斎瓮《いわいべ》を据えました　わたしの床《とこ》のそばに

「斎瓮」は、神事に用いる土器（二〇九頁一七九〇番歌参照）。大伴坂上郎女は、「主要歌人紹介」参照。

◎たまたま悪い病《やまい》に臥《ふ》し、あやうく死地に赴くところであった。そこで歌を作って、悲しみの心を述べた一首と短歌——大伴家持

大君《おほきみ》の　任《ま》けのまにまに　ますらをの　心振《こころふ》り起《おこ》し　あしひきの　山《やま》

坂越《さかこ》えて　天離《あまざか》る　鄙《ひな》に下《くだ》り来《き》　息《いき》だにも　いまだ休《やす》めず　年月《としつき》も
幾《いく》らもあらぬに　うつせみの　世《よ》の人《ひと》なれば　うちなびき　床《とこ》に臥《こ》い
伏《ふ》し　痛《いた》けくし　日《ひ》に異《け》に増《ま》さる　たらちねの　母《はは》の命《みこと》の　大船《おほぶね》の
ゆくらゆくらに　下恋《したごひ》に　いつかも来《こ》むと　待《ま》たすらむ　心《こころ》さぶしく
はしきよし　妻《つま》の命《みこと》も　明《あ》け来《く》れば　門《かど》に寄《よ》り立《た》ち　衣手《ころもで》を　折《を》り返《かへ》
しつつ　夕《ゆふ》されば　床《とこ》打《う》ち払《はら》ひ　ぬばたまの　黒髪《くろかみ》敷《し》きて　いつしか
と　嘆《なげ》かすらむぞ　妹《いも》も兄《せ》も　若《わか》き子《こ》どもは　をちこちに　騒《さわ》き泣《な》く
らむ　玉桙《たまほこ》の　道《みち》をた遠《どほ》み　間使《まつか》ひも　遣《や》るよしもなし　思《おも》ほしき
言伝《ことつ》て遣《や》らず　恋《こ》ふるにし　心《こころ》は燃《も》えぬ　たまきはる　命惜《いのちを》しけど
せむすべの　たどきを知《し》らに　かくしてや　荒《あら》し男《を》すらに　嘆《なげ》き伏《ふ》せ
らむ
三九六二

大君《おおきみ》の　仰せに従って　ますらおの　心を奮い立たせ　〈あしひきの〉　山坂
を越えて　〈天離《あまざか》る〉　鄙《ひな》に下《くだ》って来　一息さえ　入れる間もなく　年月《としつき》も

まだ経《た》たないうち〈うつせみの〉生身の人ゆえ　病に倒れ　床《とこ》に臥《ふせ》って苦しみは　日増しに募る〈たらちねの〉義母上《ははうえ》が〈大船《おおぶね》の〉不安に思われ　心の中で　いつ帰って来るかと　お待ちであろう　そのお心も淋《さみ》しかろうし　いとしい　妻の大嬢《だいじょう》も　夜が明けると　門にたたずんでは　衣《ころも》の袖《そで》を折り返し　夕方になると　床《とこ》を打ち払っては〈ぬばたまの〉黒髪を敷いて寝て　早く帰って来てほしいと　ため息をついていよう　兄妹《きょうだい》の　幼子《おさなご》たちは　あちこちで　泣き騒いでいることだろう〈玉桙《たまほこ》の〉道が遠いので　使いの者を　遣《や》るすべもないし　思っている　ことも伝えられずに　恋い慕うので　心は燃えたぎる〈たまきわる〉命は惜しいが　さりとてどうすればよいかもわからず　こうやって　ますらおの身で　嘆き臥せっていることか

越中に着任早々、家持は弟書持《ふみもち》の訃報に接した。そして翌天平《てんぴょう》十九年（七四七）の春、自らも病に冒されて病床に呻吟《しんぎん》した。そのつらい気持を綴《つづ》った歌。「妹も兄も」は京にいる家持の幼い子女をいう。部屋のあちこちで、泣いているのではないかと思うと、三十歳の家持は心やすらぐ時もない。この思いは今の勤め人のそれにも通じよう。

◎反歌《はんか》――大伴家持

世《よ》の中《なか》は　数《かず》なきものか　春花《はるはな》の　散《ち》りのまがひに　死《し》ぬべき思《おも》へば　三九六三

人生とは　はかないものよ　春花の　散り交《か》う時に　死ぬかと思うと

北国越中《えつちゆう》の春は美しい。その春の花が散り乱れる時に、それに混じって散るように死ぬ我が命を甘美に愛惜する。反歌二首のうち、最初の一首を掲載。

◎更《さら》に贈る歌一首と短歌より――大伴家持《おおとものやかもち》

出《い》で立《た》たむ　力《ちから》をなみと　隠《こも》り居《ゐ》て　君《きみ》に恋《こ》ふるに　心《こころ》どもなし　三九七二

出かけて行く　元気もないので　閉じこもって　あなたを恋い慕っていると　心が落ち着きません

病に臥《ふ》す家持に、詩や歌を贈って励ましたのは、部下で同族の大伴池主《おおとものいけぬし》であった。この歌は三月三日の作。池主から三日の宴の招待を受けたのに、病気で出席できない無念さを、家持は書簡文と長反歌三首で表現している。右の歌は反歌の一つ。

◎新川郡《にいかわ》で延槻川《はいつきがわ》を渡る時に作った歌一首──大伴家持

立山《たちやま》の　雪《ゆき》し消《く》らしも　延槻《はひつき》の　川《かは》の渡《わた》り瀬《ぜ》　鐙漬《あぶみつ》かすも　四〇二四

立山《たてやま》の　雪が溶けているらしいな　延槻《はいつき》の　川の渡り瀬で　あぶみまでも水に濡《ぬ》らした

天平《てんぴょう》二十年（七四八）春、家持は越中《えっちゅう》・能登《のと》を巡察して回った。この歌は新川郡（富山県の東半分を占めた旧郡）の延槻川（早月川《はやつき》）を渡る時の歌。雪解け水がとうとうと流れる、越中の春を、驚きの目をもって描いている。

巻第十八

大伴家持《おおとものやかもち》を中心に、天平《てんぴょう》二十年（七四八）から、天平勝宝《てんぴょうしょうほう》二年（七五〇）までの歌を、日付順に配列する。この間、家持はずっと国守として越中国《えっちゅうのくに》（現在の富山県）にいる。その間に聖武《しょうむ》天皇から、藤原氏を外戚《がいせき》とする孝謙《こうけん》天皇への譲位が行われ、政界は大きく変動しようとしていた。

◎越前国掾《えちぜんのくにのじょう》大伴宿禰池主《おおとものすくねいけぬし》のよこした歌三首より――大伴池主

月見《つきみ》れば　同《おな》じ国《くに》なり　山《やま》こそば　君《きみ》があたりを　隔《へだ》てたりけれ

月を見ると　両国とも同じです　砺波山《となみやま》こそ　あなたの里を　隔ててはいますが　四〇七三

◎越中国守大伴家持《えっちゅうのくにのかみおおとものやかもち》が返し贈った歌四首より――大伴家持

あしひきの　山《やま》はなくもが　月見《つきみ》れば　同《おな》じき里《さと》を　心隔《こころへだ》てつ　四〇七六

〈あしひきの〉　山などなければよいのにね　月を見ると　同じ里なのに　心までも隔ててしまったよ

越中で、歌や詩の交わりをした下僚大伴池主は、隣の越前国に転任した（二七八頁三九七二番歌参照）。二人は越中での交友を懐かしんで、何度も手紙や歌を往復させている。

◎陸奥国《みちのくに》で金が出たとの詔書《しょうしょ》を寿《ことほ》ぐ歌一首 と短歌――大伴家持

葦原《あしはら》の　瑞穂《みづほ》の国《くに》を　天降《あまくだ》り　知《し》らしめしける　皇祖《すめろき》の　神《かみ》の命《みこと》の
御代《みよ》重《かさ》ね　天《あま》の日《ひ》継《つぎ》と　知《し》らし来《く》る　君《きみ》の御代御代《みよみよ》　敷《し》きませる　四《よ》
方《も》の国《くに》には　山川《やまかは》を　広《ひろ》み厚《あつ》みと　奉《たてまつ》る　御調宝《みつきたから》は　数《かぞ》へ得《え》ず　尽《つ》く
しもかねつ　然《しか》れども　我《わ》が大君《おほきみ》の　諸人《もろひと》を　誘《いざな》ひたまひ　良《よ》き事《こと》を
始《はじ》めたまひて　金《くがね》かも　たしけくあらむと　思《おも》ほして　下悩《したなや》ますに
鶏《とり》が鳴《な》く　東《あづま》の国《くに》の　陸奥《みちのく》の　小田《をだ》なる山《やま》に　金《くがね》ありと　申《まう》したまへ
れ　御心《みこころ》を　明《あき》らめたまひ　天地《あめつち》の　神相《かみあひ》うづなひ　皇祖《すめろき》の　御霊助《みたまたす》
けて　遠《とほ》き代《よ》に　かかりしことを　朕《わ》が御代《みよ》に　顕《あら》はしてあれば　食《を》
す国《くに》は　栄《さか》えむものと　神《かむ》ながら　思《おも》ほしめして　もののふの　八十《やそ》
伴《とも》の緒《を》を　まつろへの　向《む》けのまにまに　老人《おいひと》も　女童《をみなわらは》も　しが願《ねが》ふ
心足《こころだ》らひに　撫《な》でたまひ　治《をさ》めたまへば　ここをしも　あやに貴《たふと》み

嬉《うれ》しけく　いよよ思《おも》ひて　大伴《おほとも》の　遠《とほ》つ神祖《かむおや》の　その名《な》をば　大久米《おほくめ》
主《ぬし》と　負《お》ひ持《も》ちて　仕《つか》へし官《つかさ》　海行《うみゆ》かば　水漬《みづ》く屍《かばね》　山行《やまゆ》かば　草生《くさむ》
す屍《かばね》　大君《おほきみ》の　辺《へ》にこそ死《し》なめ　顧《かへり》みは　せじと言立《ことだ》て　ますらをの
清《きよ》きその名《な》を　古《いにしへ》よ　今《いま》の現《をつつ》に　流《なが》さへる　祖《おや》の子《こ》どもそ　大伴《おほとも》と
佐伯《さへき》の氏《うぢ》は　人《ひと》の祖《おや》の　立《た》つる言立《ことだ》て　人《ひと》の子《こ》は　祖《おや》の名《な》絶《た》たず　大《おほ》
君《きみ》に　まつろふものと　言《い》ひ継《つ》げる　言《こと》の官《つかさ》そ　梓弓《あづさゆみ》　手《て》に取《と》り持《も》ち
て　剣大刀《つるぎたち》　腰《こし》に取《と》り佩《は》き　朝守《あさまも》り　夕《ゆふ》の守《まも》りに　大君《おほきみ》の　御門《みかど》の守《まも》
り　我《われ》を除《お》きて　また人《ひと》はあらじと　いや立《た》て　思《おも》ひし増《ま》さる　大君《おほきみ》
の　命《みこと》の幸《さき》の　聞《き》けば貴《たふと》み　四〇九四

葦原《あしはら》の　瑞穂《みずほ》の国を　天降《あまくだ》り　君臨された　天孫の　御末《みすえ》の天皇が　幾代《いくよ》も
天《あま》つ神《かみ》の御領土として　知ろしめした　大御代《おおみよ》ごとに　治められる　四方の
国々は　山も川も　広大なので　奉る　貢《みつぎ》の宝は　数えきれず　挙げ尽せな
い　しかしながら　わが大君《おおきみ》が　諸人に　仏の道を唱導され　大仏建立とい

う素晴らしい事業を　お始めになったが　黄金が　果たしてあろうかと　思われて　ご心痛遊ばしていたところ　〈鶏《とり》が鳴く〉　東《あずま》の国の　陸奥《みちのく》の国の小田《おだ》郡の山に　黄金が出ましたと　奏上したので　愁眉《しゅうび》を　お開きになり「天地の　神祇《じんぎ》も共に賞《め》で　皇祖神《すめろき》の　御霊《みたま》のご加護もあって　遠い昔　このように金を産したことを　朕《わ》が御代《みよ》にも　再現したので　この国は　栄えるであろう」　と　大御心《おおみこころ》に　お思いになり　もろもろの　官人たちを　励まして　お指図《さしず》のままに　老人も　女子供も　めいめいの　満足するまで　いたわって　おやりになるので　このことが　なんとも忝《かたじけな》く　いよいよもって　うれしく思い　大伴《おおとも》の　遠い祖先の　その名を　大久米主《おおくめぬし》と　呼ばれて奉仕した職柄《しょくがら》ゆえ　「海に行くのなら　水びたしの屍《かばね》　山に行くのなら　草むした屍をさらしても　大君の　お傍《そば》で死のう　後悔は　しない」　と誓って　ますらおの　汚《けが》れなき名を　昔から　今のこの世に　伝えてきた　栄《は》えある家の子孫なのだぞ　大伴と　佐伯《さえき》の氏《うじ》は　先祖の　立てた誓いに　子孫は　先祖の名を継ぎ　大君に　従うものだと　言い伝えた　名誉の家なのだ「梓弓《あずさゆみ》を　手に取り持って　剣大刀《つるぎたち》を　腰に取り佩《は》き　朝夕　常に警固し大君の　御門《みかど》の警備に　我らをおいて　人はまたとなかろう」　と　更に誓

い　決意を固める　大君の　忝い仰せが　承れば貴くて

天平二十一年（七四九）二月、陸奥国小田の山（宮城県遠田郡涌谷町涌谷《わくや》の黄金迫《こがねはざま》にある小山）より黄金を産出した。東大寺盧舎那仏《るしやなぶつ》の鍍金《ときん》に用いる黄金の不足に悩んでいた聖武天皇は喜び、四月一日に東大寺に感謝報告する詔《みことのり》を発し、さらに天下の人々にもその喜びを分つ内容の詔を下した。その詔書の中で大伴・佐伯氏（大伴氏から分かれた氏）の代々の忠誠を名指して讃《たた》えていることに感激して、家持は詔書の言葉を「海行かば……」と引用しながら、祝賀している。

◎反歌《はんか》三首より――大伴家持

大伴《おほとも》の　遠《とほ》つ神祖《かむおや》の　奥《おく》つ城《き》は　著《しる》く標立《しめた》て　人《ひと》の知《し》るべく　四〇九六

大伴の　遠い先祖の　御霊屋《みたまや》は　はっきり印をせよ　人の目につくように

◎庭の中の花の歌一首と短歌より――大伴家持《おおとものやかもち》

さ百合花《ゆりばな》　ゆりも逢《あ》はむと　下延《したは》ふる　心《こころ》しなくは　今日《けふ》も経《へ》めやも　四一一五

ゆりの花の　ゆり――後には逢えようと　期待する　ことでもなければ　今日一日も過せようか

庭の花を見て、都にいる妻を恋うる情を慰めることを歌う長歌《ちょうか》の反歌《はんか》（第二首）。天平感宝《てんぴょうかんぽう》元年（七四九）閏《うるう》五月の作。越中赴任以来足かけ三年、都恋しさは募っていた。折から咲く百合を提示して、同音の「ゆり（後）」を導き出している。「ゆりも」は、せめて後日にでも、の気持。

万葉集の風景 ⑧

高岡市万葉歴史館

能登半島のつけ根、砺波《となみ》平野に位置する高岡市は、越中《えっちゅう》の万葉の里として知られている。ここにはかつて越中の国府《こくふ》があり、『万葉集』の編纂《へんさん》者と目される大伴家持《おおとものやかもち》が国守として赴任し、天平《てんぴょう》十八年(七四六)から天平勝宝《しょうほう》三年(七五一)までの五年間を過ごしている。『万葉集』全歌数四五一六首のうち、家持の歌は最多の四七三首、その中でも越中で詠んだ歌は二二三首にも及んでいる。越中赴任が栄転か左遷かは説の分かれるところだが、富山湾の風光と眼前に迫る飛騨《ひだ》の山並みは家持の詩心をかきたて、思うに任せぬ政情であるものの、都への思いを新たにしたことは確かであろう。

父は大伴旅人《たびと》、父の部下に山上憶良《やまのうえのおくら》、叔母に坂上郎女《さかのうえのいらつめ》――家持は優れた歌人たちに囲まれ、その薫陶を受けて成長した。大伴氏は古くは軍事をもって朝廷に仕える豪族であったが、家持の時代は藤原氏の台頭によって日陰の氏族となりつつあった。家持は感覚を研ぎ澄ませた繊細な歌を詠《よ》みながらも、氏《うじ》の長《おさ》として「大君《おほきみ》の辺《へ》にこそ死なめ」(二一八三頁)と、荒々しい言葉で一族を発憤させる。わきあがる詩情も政治家としての言挙《ことあ》げも、すべてを彼は歌に託した。

高岡市万葉歴史館は国府跡地(高岡市伏木一宮)にあり、家持と万葉世界を紹介する。家持が詠んだ射水川《いみずがわ》(小矢部《おやべ》川)や二上山も近く、渋谿《しぶたに》(雨晴《あまはらし》海岸)からは立山《たてやま》連峰の雄姿が見渡される。盾《たて》のように並び立つ山々に阻《はば》まれて、彼のふるさとの都は、やはり遠い。

巻第十九

巻末に注があり、この巻の中で作者名を記さないものはすべて大伴家持《おおとものやかもち》の作である、と言う。その点で、巻十七以降の四巻の中でも、もっとも家持の日記の性格が強い巻である。期間は天平勝宝《てんぴょうしょうほう》二年（七五〇）三月一日から同五年二月二十五日までのぴったり三年。その間に家持は待望の帰京を果たすが、その後の政治情勢は、まったく彼の期待を裏切るものだった。

◎天平勝宝《てんぴょうしょうほう》二年（七五〇）三月一日の夕方、春苑《しゅんえん》の桃李《とうり》の花を眺めて作った二首——大伴家持《おおとものやかもち》

春《はる》の苑《その》　紅《くれなゐ》にほふ　桃《もも》の花《はな》　下照《したで》る道《みち》に　出《い》で立《た》つ娘子《をとめ》

四一三九

春の園の　紅色《くれないいろ》に咲いている　桃の花の　下まで輝く道に　たたずむ乙女《おとめ》よ

この歌の桃花も、次の歌の李花も、「桃李言《ものい》はざれども下自《したおのづか》ら蹊《こみち》を成す」の成語で知られるように、漢詩的な素材で、これまで歌には歌われてこなかった。詩の表現方法を大胆に取り入れようとする家持の姿が窺《うかが》える。この第一首は桃の花が美しい乙女に照り映える華やかな情景を描く。その雅《みや》びは、遠い都への憧《あこが》れの表れでもあった。

◎同——大伴家持

我《わ》が苑《その》の　李《すもも》の花《はな》か　庭《には》に散《ち》る　はだれのいまだ　残《のこ》りたるかも　四一四〇

わが園の　李《すもも》の花が　庭に散っているのだろうか　それとも薄雪がまだ　残っているのであろうか

白く見えるのは、李の花が地面に散ったのか、それとも残雪か、と疑う。前の歌の赤い色彩との対照が鮮やかである。晩春三月に入って、なおあれは残雪か、と思うところに、北国暮らしの侘《わび》しさが浮び上がる。

◎翻《と》び翔《かけ》る鴫《しぎ》を見て作った歌一首――大伴家持《おおとものやかもち》

春《はる》まけて　もの悲《がな》しきに　さ夜更《よふ》けて　羽振《はふ》き鳴《な》く鴫《しぎ》　誰《た》が田《た》にか住《す》む　四一四一

春となって　そぞろ悲しい時に　夜も更けて　はばたき鳴く鴫《しぎ》は　誰《だれ》の田にすんでいるのであろうか

三月一日の夜の歌。春とはいえ、越中は夜になると寒い。その中で物悲しく思っていると、闇《やみ》から鴫の声が聞えてくる。鴫は渡り鳥で、春になると帰ってゆくが、まだここに居ついているのである。その居場所を思いやるのは、自己もまた異郷にあることを感じているからだろう。

◎二日に、新柳を手に取って都を偲《しの》ぶ歌一首――大伴家持

春《は》の日《ひ》に　萌《は》れる柳《やなぎ》を　取《と》り持《も》ちて　見《み》れば都《みやこ》の　大路《おほち》し思《おも》ほゆ　四一四二

春の日に　芽吹《めぶ》いた柳を　取り持って　見ると都の　大路《おおじ》のさまが思い出される

これまでの三首に潜在していた都への憧《あこが》れは、ここに直截《ちょくせつ》に歌われる。都の大路には柳が植えられていた。柳もまた漢詩的な素材で、柳葉は化粧をした女性の眉《まゆ》にたとえられる。

◎かたかごの花を引き折る歌一首――大伴家持

もののふの　八十娘子《やそをとめ》らが　汲《く》みまがふ　寺井《てらゐ》の上《うへ》の　堅香子《かたかご》の花《はな》　四一四三

〈もののふの〉群れなす乙女《おとめ》が　汲《く》みさざめく　寺井《てらい》のほとりの　かたかごの花よ

「寺井の上」は、寺の辺りにある井戸のほとり。「堅香子《かたかご》」はカタクリ。春に、紅紫色のチューリップに似た可憐《かれん》な花を下向きにつける。鴨の歌と同じく、越中の景物を取り上げつつ、桃の花の歌のように、おとめを配して、華やかな情景を歌い上げている。

◎川をさかのぼる舟人の歌を遥《はる》かに聞く歌一首——大伴家持《おおとものやかもち》

朝床《あさとこ》に　聞《き》けば遥《はる》けし　射水川《いみづかは》　朝漕《あさこ》ぎしつつ　唱《うた》ふ舟人《ふなびと》　四一五〇

朝床《あさとこ》で　聞くと遥《はる》かに聞えてくる　射水川《いみずがわ》を　朝漕《こ》ぎながら　歌う舟人の声が

「朝床」は、朝まだ寝床の中にいること。「射水川」は富山県を流れる小矢部《おやべ》川。段丘の上、少し離れた居館での三月三日の朝の歌である。鴫《しぎ》の歌と同じように、見えないところから聞えてくる音を捉《とら》えているが、この歌には、休日の朝寝のくつろぎが感じられる。

◎太政大臣《だいじょうだいじん》藤原家（不比等《ふひと》）の妻県犬養命婦《あがたのいぬかいのみょうぶ》が聖武《しょうむ》天皇に奉った歌一首——県犬養橘三千代《たちばなのみちよ》

天雲《あまくも》を　ほろに踏《ふ》みあだし　鳴《な》る神《かみ》も　今日《けふ》にまさりて　恐《かし》けめやも

天雲を　ばらばらに蹴散《けち》らして　鳴る雷でも　今日《きょう》以上に　恐れ多いことが
ございましょうか
四二三五

県犬養橘三千代は、はじめ美努王《みののおおきみ》に嫁して橘諸兄《たちばなのもろえ》らを生んだ後、離婚し、藤原不比等の妻となって光明子《こうみょうし》（のちの光明皇后）を生んだ女性。自らも出仕して、不比等の支えとなった。この歌は、天皇に拝謁して親しく声をかけられた時に歌われたのであろう。はるか後の天平勝宝《てんぴょうしょうほう》三年（七五一）、越中掾《じょう》であった久米広縄《くめのひろつな》がこの歌を伝誦《でんしょう》したのを、上官であった大伴家持が書きとめて、『万葉集』に残ることになった。

◎二十三日に、興を覚えて作った歌二首——大伴家持《おおとものやかもち》

春《はる》の野《の》に　霞《かすみ》たなびき　うら悲《がな》し　この夕影《ゆふかげ》に　うぐひす鳴《な》くも
四二九〇

春の野に　霞《かすみ》がたなびいて　もの悲しい　この夕暮れの光の中で　うぐいすが鳴いている

天平勝宝三年（七五一）七月、少納言となった家持は、満五年の歳月を過ごした越中に別れを告げて上京した。宮中の宴で奏上することを予想して、さまざまな歌を作るが、その機会もない。天平勝宝五年の二月二十三日の夕方、誰《だれ》に示すという当てもないままに詠《よ》んだ歌が、深い感傷を繊細に歌い上げた秀作となった。情の表現を中心に、上に視覚、下に聴覚による二つの景を置く造形が独特である。

◎同――大伴家持《おおとものやかもち》

我《わ》がやどの　いささ群竹《むらたけ》　吹《ふ》く風《かぜ》の　音《おと》のかそけき　この夕《ゆふへ》かも

四二九一

わが家《や》の　いくばくもない群竹《むらたけ》に　吹く風の　音がかすかにしている　この夕方よ

かすかな竹の葉擦《はず》れの音に聞き入ることが歌われる。前の歌の「うら悲し」のような感情語を含まないが、かえってより沈潜した心情が感じられよう。

◎二十五日に作った歌一首——大伴家持

うらうらに　照《て》れる春日《はるひ》に　ひばり上《あ》がり　心悲《こころがな》しも　ひとりし思《おも》へば　四二九二

うららかに　照る春の日に　ひばりが舞い上がり　心は悲しいことだ　独《ひと》りで思うと

左注に、こうある——春の日はうららかに照り、うぐいすは今しも鳴いている。痛むこの心は、歌でないと紛らし難い。そこでこの歌を作って、鬱屈《うっくつ》した気持を散じるのである——。輝かしい春の日の中、独り悲しむことを歌うこの歌をもって、巻十九は終わる。

巻第二十

『万葉集』の最後の巻であるとともに、大伴家持《おおとものやかもち》の歌を中心に、日付順に配列されてきた末四巻の最後の部分でもある。期間は天平勝宝《てんぴょうしょうほう》五年（七五三）から、天平宝字《てんぴょうほうじ》三年（七五九）正月一日まで。天平勝宝七歳（七五五年。この時期は「年」ではなく「歳」と呼ぶ）に、交替して筑紫《つくし》に向かう防人《さきもり》の歌を多く含むのが特徴。

◎天平勝宝《てんぴょうしょうほう》七歳（七五五）二月に、交替して筑紫《つくし》に遣わされる諸国の防人《さきもり》たちの歌──若倭部身麻呂《わかやまとべのみまろ》

我《わ》が妻《つま》は　いたく恋《こ》ひらし　飲《の》む水《みづ》に　影《かご》さへ見《み》えて　よに忘《わす》られず

おれの妻は　ひどく恋い慕っているらしい　飲む水に　影まで映って　とんと忘れられない　四三二二

天平勝宝七歳二月、兵部少輔《ひょうぶしょうふ》だった大伴家持は、防人検校《けんぎょう》のために難波《なにわ》に赴く。防人とは、東国諸国から、対馬《つしま》・壱岐《いき》および北九州の沿岸に配置された兵士。家持は、引率の官人を通じて、彼らおよびその家族の歌を提出させ、約千人いたと思われる兵士の進歌一七六首の中から、八四首を採録した。この歌のように、家族と別離する悲しみを歌ったものが多い。作者若倭部身麻呂は遠江国麁玉郡《とおとうみのくにあらたまのこおり》（静岡県浜松市付近）出身の防人。

◎同──丈部稲麻呂《はせつかべのいなまろ》

父母《ちちはは》が　頭《かしら》かき撫《な》で　幸《さ》くあれて　言《い》ひし言葉《けとば》ぜ　忘《わす》れかねつる　四三四六

父母が　頭《かしら》を撫《な》でて　達者でいろやと　言った言葉が　忘れられない

――この歌や次の歌のように、両親を懐かしむ歌も数多い。丈部稲麻呂は駿河国《するがのくに》（静岡県中部）の防人《さきもり》。

◎同――川上老《かわかみのおゆ》

旅行《たびゆ》きに　行《ゆ》くと知《し》らずて　母父《あもしし》に　言申《ことまを》さずて　今《いま》ぞ悔《くや》しけ　四三七六

長旅に　行くと知らずに　母父に　ろくに物も言わずに来て　今では残念だ

――作者川上老は、下野国《しもつけのくに》寒川郡（栃木県栃木市・小山市付近）出身の防人《さきもり》。

◎同――他田舎人大島《おさだのとねりおおしま》

韓衣《からころむ》　裾《すそ》に取《と》り付《つ》き　泣《な》く子《こ》らを　置《お》きてそ来《き》ぬや　母《おも》なしにして　四四〇一

韓衣《からころも》の　裾《すそ》に取りすがって　泣く子どもを　残して来たわい　母親もないのに

――他田舎人大島は信濃国《しなののくに》小県郡《ちいさがた》（長野県上田市付近）の人。この「母」は、作者の妻。ごく最近子供たちを残して死んだのであろう。

◎往年の防人歌《さきもりうた》――防人の妻

防人《さきもり》に　行《ゆ》くは誰《た》が背《せ》と　問《と》ふ人《ひと》を　見《み》るがともしさ　物思《ものもひ》もせず　四四二五

「防人《さきもり》に　行くのはどこのご主人」と　問う人を　見るとねたましい　物思いもせずに

――防人たちが歌を奉ることは、過去にもあり、この歌を含む八首が、磐余諸君《いわれのもろきみ》という官人によって写され、家持《やかもち》に贈られている。

◎一族の者を喩《さと》す歌一首と短歌より――大伴家持《おおとものやかもち》

剣大刀《つるぎたち》　いよよ研《と》ぐべし　古《いにしへ》ゆ　さやけく負《お》ひて　来《き》にしその名《な》そ　四四六七

〈剣大刀《つるぎたち》〉いっそう研《と》ぎ澄ますのだ　昔から　清く負い持って　来たその名であるぞ

天平勝宝《てんぴょうしょうほう》八歳（七五六）五月、聖武太上天皇《しょうむだいじょう》が崩御した。直後に一族の長老、大伴古慈斐《おおとものこじひ》が朝廷を誹謗《ひぼう》したかどで逮捕されるという事件があった。時の権力者藤原仲麻呂《ふじわらのなかまろ》による誣告《ぶこく》だとも言われる。大伴氏の将来に危機感を抱いた家持は一族を戒めるためにこの歌を作っている。長歌・反歌二首のうち、反歌第二首を掲載。

◎病《やまい》に臥《ふ》して無常を悲しみ、
仏道を修行したいと思って作った歌二首より――大伴家持

うつせみは　数《かず》なき身なり　山川《やまかは》の　さやけき見《み》つつ　道《みち》を尋《たづ》ねな　四四六八

人の身は　はかないものだ　山川の　清い勝地《しょうち》を見つつ　道を求めよう

前の「一族の者を喩《さと》す歌」と同日、天平勝宝八歳六月十七日の日付を持つ歌。一族を喩しつつも、家持本人は、混乱する政治から身を引きたいという願望を持っている。翌年、藤原仲麻呂を除こうと橘奈良麻呂《たちばなのならまろ》らが計画した時も、家持は加わらなかった。

◎（無題）――大伴家持

咲《さ》く花《はな》は　うつろふ時《とき》あり　あしひきの　山菅《やますが》の根《ね》し　長《なが》くはありけり　四四八四

咲く花は　うつろい変る時がある　〈あしひきの〉　山菅《やますげ》の根こそ　長く切れ
ないものなのだ

作歌時期は明記されていないが、天平勝宝《てんぴょうしょうほう》九歳（七五七）七月、橘諸兄《たちばなのもろえ》の子、奈良麻呂《ならまろ》が、孝謙天皇を背景に権勢をふるう藤原仲麻呂《ふじわらのなかまろ》を除こうとして失敗、逮捕された直後と見られる。この事件では、かつての歌友、大伴池主《おおとものいけぬし》らが連座して処刑された。「咲く花」に、藤原氏や橘氏、「山菅」には、自重する自分が託されているだろう。

◎三年の春正月一日に、因幡国《いなばのくに》の庁で
国司郡司らに饗応《きょうおう》した宴の歌一首――大伴家持《おおとものやかもち》

新《あら》しき　年《とし》の初《はじ》めの　初春《はつはる》の　今日《け》降《ふ》る雪《ゆき》の　いやしけ吉事《よごと》

四五一六

新しい　年の初めの　正月の　今日降る雪のように　もっと積れ良い事

橘奈良麻呂《たちばなのならまろ》の変では中立を守った家持だが、藤原仲麻呂《ふじわらのなかまろ》政権下では恵まれず、因幡守《いなばのかみ》に左遷《させん》される。天平宝字《てんぴょうほうじ》三年（七五九）正月一日、その国庁での朝拝の席上、下僚や郡司らの前でこの歌を詠《よ》む。この日は立春でもあった。その重なりのように、またこの雪の重なるように、良い事よ重なれ、と祈りつつ、『万葉集』全二十巻は終わる。

解説

『万葉集』の歴史性

『万葉集』の成立には謎《なぞ》が多い。一三〇〇年以上も前の歌を収める歌集であるから、謎が多いのは当たり前かも知れない。しかし同じ古代の歌集であっても、『古今和歌集』には序文が二つもあって、それぞれに撰者《せんじゃ》や勅《ちょく》を奉じた日付が記されている。ところが『万葉集』には、それ自体に、全体の成立を示すような序文や日付が見られないのである。

その成立の不分明なのは『万葉集』の組織が雑然としていることと関係しているだろう。『古今集』は四季の巻も恋の巻も、整然とその進展に従って配列されている。一方、『万葉集』には、そうした統一的な編纂《へんさん》の跡が認め難い。「雑歌《ぞうか》」（儀礼歌や旅の歌、宴席の歌など）、「相聞《そうもん》」（離れている者同士、特に男女が交わす贈答歌）、「挽歌《ばんか》」（人の死に関わる歌）の、いわゆる「三大部立《ぶたて》」は存在するが、それは、巻一（雑歌）・巻二（相聞・挽歌）で揃《そろ》った後も繰り返し出てくるのであって、『万葉集』全体を組織するものではなく、巻十七に入ると、部立自体が消滅してしまう。だいいち巻一が「雑歌」から始まるというのが尋常ではない。本来「雑」は、いろいろな要素を取り去ったあとに残るもののはずである。

そうした組織からして、一番考えやすいのは、『万葉集』が一度に全部が編集されたのではない、という推定である。現在有力な説によれば、巻一の前半部が七世紀後半にまず成立し、それを取り込む形で巻一・二が出来、その補遺として巻三から巻十六までが奈良時代半ばに付けられて「第一部」を構成し、さらに奈良時代の終わり頃《ごろ》、巻十七から二十までが、「第二部」として接合されて、おおむね現在見る形に至った……といった、何段階もの編纂作業が想定されている。時代を異にする、何人もの編者の手を経ているのならば、統一的な意思が見られないのも当然ということになりそうである。

しかしそれにしても、後に位置する編者は、なぜ前の編集の跡を消そうとしないのか。考えてみれば、前の人が集めた歌を、再分類して、自分の構想によって歌集を組み立て直してもいいはずなのである。それをしないで、あえて建て増しのような増補を繰り返し、それをそのままあらわにしているのは、何のためなのか。そのように問うてみると、『万葉集』が雑然としているのは、それなりの必然性があることだと思えてくる。つまり、『万葉集』は、複数次にわたる編纂ということを、積極的に見せようとしているのではあるまいか。言い換えればそれは、「和歌の編纂の歴史」を語っているのではないだろうか。

原理が見出《みいだ》しにくい『万葉集』の中で、ほぼ全巻にわたって認められるのは、歴史の時間軸に沿った配列である。特に顕著なのは、古撰の部と言われる巻一・巻二であって、雑歌・相聞・挽歌それぞれの部立が、天皇の代ごとに区分けされ、順に並べられている。巻三以降も、作者判明歌を収める巻は、ことごとく時代順の配列である。そして巻十七以降は、部立をせず、日付順の配列になっている。作者不明の巻は時代順の配列は不可能と思いきや、多くの巻で「柿本人麻呂《かきのもとのひとまろ》歌集」所出とされる七世紀後半の歌が前に置かれていて、やはり古―今の構造を持っているのである。全体を概観しても、古撰の部が巻一・巻二であり、一番新しい歌が巻二十の巻末歌である、といったことからして、『万葉集』が歴史的展開を原理とすること、いわば「歌の歴史」の書であることは明らかであろう。

『万葉集』の書名もまた謎である。誰《だれ》が付けたのかはおろか、どういう意味なのかさえ、はっきりしていない。「万葉」の意味については、大別して、量的に多い意だとする説と、時代的に長いことだとする説とがある。前者は、多くの言の葉の意とし、後者は「葉」を世・時代の意ととって、多くの時代の歌を集めたもの、あるいは永遠に伝わることを祈念する書名とする。これに決定的な結論を出すことは難しいし、複数の意義が込められている可能性もあろう。しかし最前に述べた『万葉集』の歴史性から考えれば、やはり何らかの時間的な意味が感じられていたと見る方がよいと思われる。永続する時間を表す「万葉」という漢語が、奈良時代に写された漢籍に残っていることは、その一つの傍証となる。

「万葉史」の展開――「初期万葉」

それでは、『万葉集』が語ろうとするのは、どのような歴史なのか。本書の「はじめに」に記したように、万葉の時代は、「日本」という国の形成期にあたるのであった。唐に学びつつ、唐からは独立の天下を持つ、という戦略を取る国である。その過程は疾風怒濤《しっぷうどとう》であったと言っていい。対外戦争あり、内乱あり、遷都《せんと》あり、クーデターも繰り返し起こっている。万葉の和歌は、そうした出来事から、直接・間接の影響を受けながら変化する。それとともに、和歌がその出来事そのものを語ってもいる。「万葉史」は、「歌の歴史書」であるとともに、「歌による歴史書」でもある。

その「万葉史」は、四期に分けて見るのが普通である。第一期は、実質的に「万葉の時代」が始まる舒明《じょめい》朝（六二九〜四一）から壬申《じんしん》の乱（六七二）までの約四十年、第二期はその後、平城京に遷都される和銅《わどう》三年（七一〇）までの三十八年、第三期は、その後、その時期を代表する歌人、山上憶良《やまのうえのおくら》が亡くなる天平《てんぴょう》五年（七三三）までの二十三年、第四期は、それから大伴家持《おおとものやかもち》が巻二十巻末歌を作る天平宝字《てんぴょうほうじ》三年（七五九）までの二十六年を言う。

以下、その区分にしたがって、「万葉史」をたどってみることにしよう。

第一期は、「初期万葉」と呼ばれることもある。それは、和歌の黎明《れいめい》期であり、濃い霧に包まれている。残っている歌は、疑わしいものも含めて五〇首程度に過ぎない。その作者たちについても、知りうることは僅《わず》かである。

しかし、この時期の和歌も、素朴で原始的とばかりは見られない。その開始の時期、舒明朝は、推古朝（五九三〜六二九）の次に位置する。推古朝は、聖徳太子のもと、遣隋使《けんずいし》を派遣し、冠位十二階を定め、新たな国家体制を作り始める節目である。奈良時代初めにできた『古事記』が、推古朝で終わっているのは偶然ではない。奈良時代の人にとって、推古朝は「古い時代」の終わりだったのである。したがってその次の舒明朝は、近代と認識されていたはずである。舒明朝には、新しく興った唐に対して、遣唐使が送られている（六三〇）。その後、大化の改新（六四五年）を経て、斉明朝《さいめい》（六五五〜六六一）になると、朝鮮半島への影響力をめぐって、唐とは対立し、斉明天皇崩御後、ついに白村江《はくそんこう》で、唐と新羅《しらぎ》の連合軍と戦うことになる。その敗戦後の天智朝（六六二〜七一）は、防人《さきもり》や烽《とぶひ》（のろし）を設置し、近江《おうみ》の大津に遷都して守りを固める一方、多くの漢詩文が作られたと『懐風藻《かいふうそう》』が伝えるように、唐に倣《なら》って様々な制度が整えられた時期でもあった。「初期万葉」は、挫折《ざせつ》を経験しつつも、海外の文化に開かれてゆく中で、作られた歌々なのである。

ただしこの時期の歌は、まだ純粋に「歌われるもの」であったと見られる。この時期の代表的な歌人として額田王《ぬかたのおおきみ》がいる。皇太弟大海人皇子《おおしあまのみこ》（後の天武天皇）の妻の一人で、後に天智天皇の妻となったらしい彼女は、外征・遷都・賜宴《しえん》・遊猟《ゆうりょう》・天皇の葬儀といった国家的行事に際して歌をうたった。それは宮廷の集団感情を代表し、またそれを作り上げるものであって、しばしば集団の代表者たる天皇の歌であるとする異伝を伴っている。その歌には、聞き手を意識しつつ、情感を盛り上げてゆく巧みさがある。しかし一面で、彼女の歌は、歌われた状況の中でこそ生きていたのであって、その場を離れ、その場の了解が失われたところで読む我々には、理解が難しいことも少なくない。

第二期――人麻呂の時代

そうした「初期万葉」の歌を、次の第二期を代表する歌人、柿本人麻呂は、受け継ぎつつ乗り越えてゆく。壬申の乱に勝利した天武天皇は、超越した力を持つ天《あま》つ神《かみ》の子として君臨する。そして天武の妻持統《じとう》天皇（在位六八七〜九七）、孫文武《もんむ》天皇（在位六九七〜七〇七）は、天武のカリスマ性を背景に跡を継ぐ。人麻呂は、行幸や遊猟の場で、その神性をたたえ、また皇子の薨去《こうきょ》に際しては、永遠なる神でありながら、この世を去ってゆく不条理を嘆き、訴えた。それは「初期万葉」の歌と同様、宮廷全体の感情を代弁している。

しかし人麻呂が歌ったのは、そうした事柄ばかりではない。任地で得た妻との別れ、妻との死別、ある采女《うねめ》の悲恋など、いわば「私的領域」にある様々な感情を歌ってもいる。

それは、語るように歌われており、決して聞き手を持たない歌ではない。しかし語られているということは、一面、状況に依存することなく、歌詞そのものによって了解が可能だということでもある。そうした歌い方は、人麻呂が文字を用いて作歌し、書き残した歌人であったが故に可能だったのであろう。人麻呂には「柿本人麻呂歌集」があり、そこから『万葉集』へと大量の歌が採録されている。その歌の特異な文字使いは、漢字の訓を用いて歌を表記することに、人麻呂が様々に意を用いた、その跡を留めるものであろう。

人麻呂の時代は、唐との正式な通交を断ち、超越的な天皇を中心とする独自の体制を固めてゆく時期であった。しかし、律令《りつりょう》・史書の編纂、都城《とじょう》の建設といったその施策は、無論、唐に倣わずにはできない。漢字の訓による歌の表記も、それらと並行的に始まるが、それは、漢字の意味を漢籍や字書によって心得ていることが不可欠になる。人麻呂の歌には、表記上も、歌詞の表現にも、漢籍に拠《よ》ったところが随所に見られる。

のみならず、歌を書き、読むのが前提となることで、歌は確固とした様式を持つようになる。例えば、人麻呂の長歌《ちょうか》は、五―七音を一つの単位とし、それを反復して最後を五―七―七で止めることでほぼ一貫し、また「反歌《はんか》」として、短歌を添え、抒情《じょじょう》を補完することが定まっている。「初期万葉」の長歌の終止形式が概して整わず、反歌を持たない長歌が過半を占めるのとは対照的である。あるいは、枕詞《まくらことば》や序詞《じょことば》といった表現技法の発達も、人麻呂による展開と見ることができよう。これらは記紀の歌謡にも見られる古い言葉遣いで、枕詞は特定の名詞を慣習的に修飾する五音の語、序詞は歌の場に関連する事柄から歌い起こして、本旨へと転換する発想形式としてあったが、人麻呂の歌では、どちらも比喩《ひゆ》的な修辞を中心とする技法へと転身を遂げている。そうした技法・様式は、その後の万葉の歌に受け継がれてゆく。人麻呂は、万葉歌の基礎を形作った歌人と考えられよう。

第三・四期――奈良時代の歌人たち

さて、八世紀に入ると、大宝律令《たいほうりつりよう》の施行（七〇一）、平城京遷都（七一〇）などをもって、古代国家の諸制度がほぼ完成し、国際的にもようやく安定期に入る。遣唐使が再開され、継続的に唐の文化が移入されることになった。この時期、第三期の和歌は、歌人によって多様な方向をたどることになる。

一つには、前代の人麻呂と同じく、下級官人の身分で、宮廷において讃歌《さんか》や挽歌を作る歌人――笠金村《かさのかなむら》や山部赤人《やまべのあかひと》らが挙げられる。奈良時代の天皇もまた、天武天皇の再来でなければならなかったから、天武・持統朝と等しい讃美の表現が求められた。それに合わせて、彼らは、人麻呂の表現を踏襲しつつ作歌している。しかし、そうしたあり方は、すでに前代のような天皇自身のカリスマ性・絶対性からは遠い。したがって、讃歌にもおのずと人麻呂の表現とは異なるものが現れる。彼らの讃歌は、多く自然美の描出に傾き、行幸の際の歌には、旅に倦《う》むような表現までが混じっている。

一方、大伴旅人《おおとものたびと》・山上憶良のような高級・中級の官人によって、自らの志が表現されるに至るのも、この時期である。彼らは、高い漢籍の教養を持ち——特に憶良は遣唐使の一員だった——、「述志《じゅつし》」の文学である漢詩の世界を、和歌で実現しようとした。また漢文・漢詩と和歌とを組み合わせたり、漢籍の故事を踏まえて作歌したりと、様々な試みを行ってもいる。特に彼ら二人が「歌友《かゆう》」と言うべき関係を築き、二人を中心に、競作・共作が繰り広げられたことは、それまでとは異なる歌のあり方であったと言ってよい。それは、やはり奈良時代の状況に応じている。彼らによる漢詩文の積極的な摂取は、先に述べたような唐との継続的な交渉によって、宮廷全体が唐風化していったことが背景にある。そして、彼ら自身の志を述べる姿勢は、超越的な権威による支配を抜け出ていることを表すだろう。それは、「私的領域」の拡大である。同時に、旅人・憶良の交流が、九州の大宰府《だざいふ》で行われたことは、歌の世界が、列島全体に広がっていったことも示す。漢籍の知識を背景に、各地の伝説を歌った高橋虫麻呂《たかはしのむしまろ》も、この時代の歌人であった。

次の第四期には、その傾向がより著しい。この時期の歌は、ほとんど大伴旅人の子、家持に独占されている。特に巻十七以降は、家持の歌と、彼が聞き取った歌とを日付順に配列する、という特異な形態を取る。そこには多様な歌があるが、家持がその孤独な内面を象《かたど》った作品が特徴的である。絶対的な権威のない時代に入って起こったのは、各勢力による暗闘であった。長屋王《ながやのおおきみ》の変（七二九）を初めとして、藤原広嗣《ひろつぐ》の乱（七四〇）、橘奈《たちばなのな》良麻呂《らまろ》の変（七五七）など、失脚・反乱が相次ぐ。家持の叔母坂上郎女《さかのうえのいらつめ》の歌も、大伴氏内での結婚を媒介し、また宴によって一族の結束を固めようとする意図で作られたものが多い。そうした中で、不遇感を強める家持は、屈折した志を歌に込める以外にはなかった。その歌は、やはり志を述べる漢詩の方法を、歌に導入することで作られたのである。

それは一面では歌が「個」へと閉塞するようにも見えよう。しかし見方を変えれば、それは歌が「私的領域」の深部へと広がったと捉《とら》えることもできるだろう。巻十四の一巻を占める東歌《あずまうた》（東国の歌）、家持が収集した東国出身の防人《さきもり》の歌などが、空間的な広がりを表すのとあいまって、和歌は一つの到達点を迎えるのである。

以上のように、『万葉集』は、和歌の歴史と、それを通じての発展を記録しつつ、それによって「日本」の（古代人にとっての）「近代」を語る書である。ただし到達点を迎えたということは、そこが一つの壁となったということでもある。この後、和歌は漢詩文に圧されて、長く停滞することになる。新たな展開が起こるのは、「かな」文字の発明を経た『古今和歌集』の時代、十世紀を迎える前後のことであった。

（鉄野昌弘）

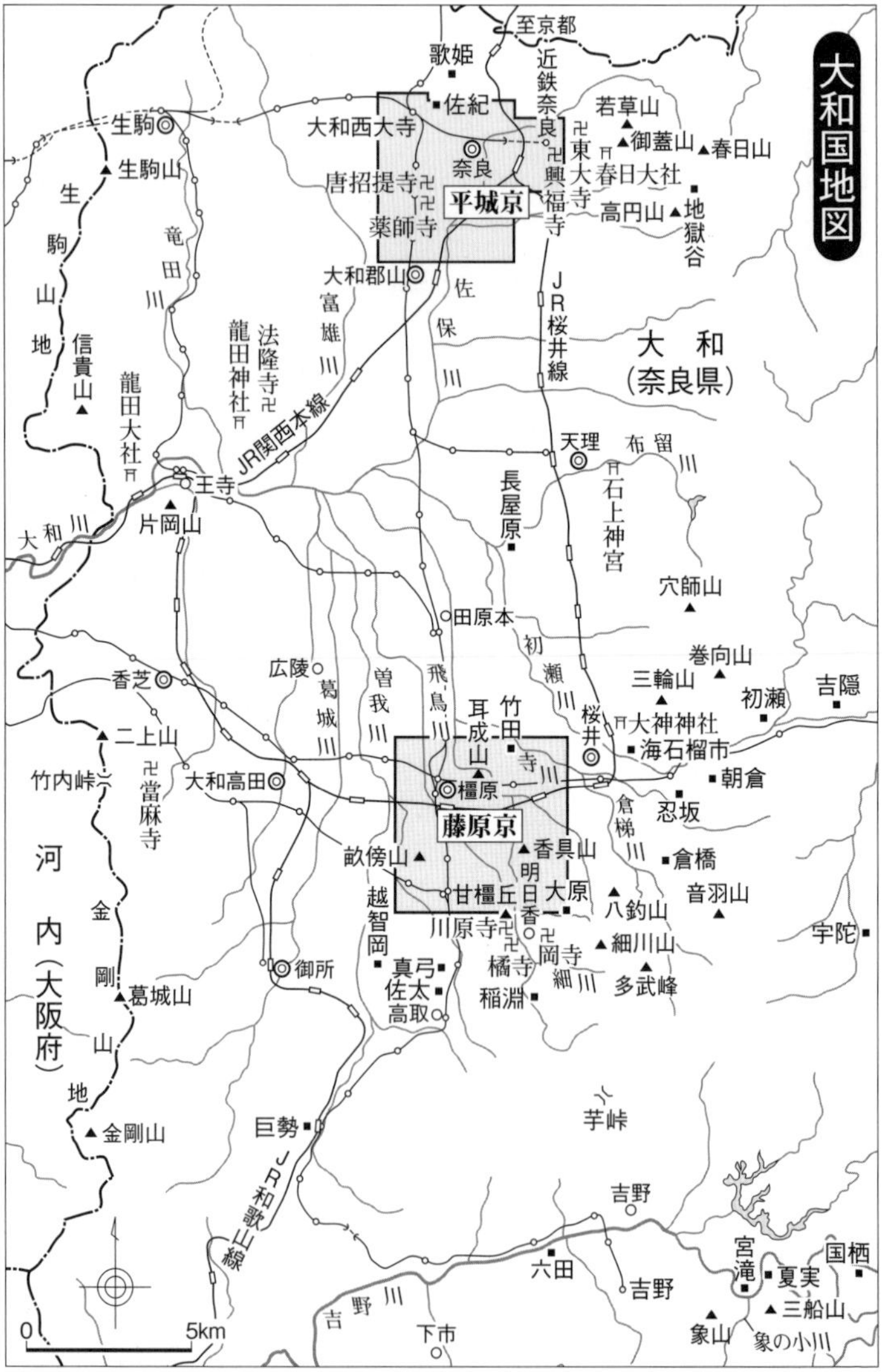
大和国地図
至京都
歌姫
佐紀
近鉄奈良
大和西大寺
生駒
奈良
若草山
御蓋山
春日山
東大寺
興福寺
春日大社
生駒山
唐招提寺
平城京
薬師寺
高円山
地獄谷
生駒山地
竜田川
大和郡山
佐保川
JR桜井線
富雄川
法隆寺
龍田神社
信貴山
龍田大社
大和
(奈良県)
JR関西本線
天理
布留川
王寺
片岡山
石上神宮
長屋原
大和川
穴師山
田原本
初瀬川
巻向山
広陵
香芝
葛城川
曽我川
飛鳥川
三輪山
初瀬
吉隠
耳成山
竹田
寺川
桜井
大神神社
二上山
海石榴市
竹内峠
当麻寺
大和高田
橿原
朝倉
倉梯川
忍坂
藤原京
河内
(大阪府)
畝傍山
香具山
明日香
倉橋
越智岡
甘樫丘
大原
八釣山
音羽山
金剛山地
川原寺
岡寺
細川山
宇陀
御所
真弓
橘寺
細川
多武峰
佐太
稲淵
高取
葛城山
芋峠
巨勢
金剛山
JR和歌山線
吉野
六田
吉野
宮滝
夏実
国栖
吉野川
三船山
象山
象の小川
下市
0
5km

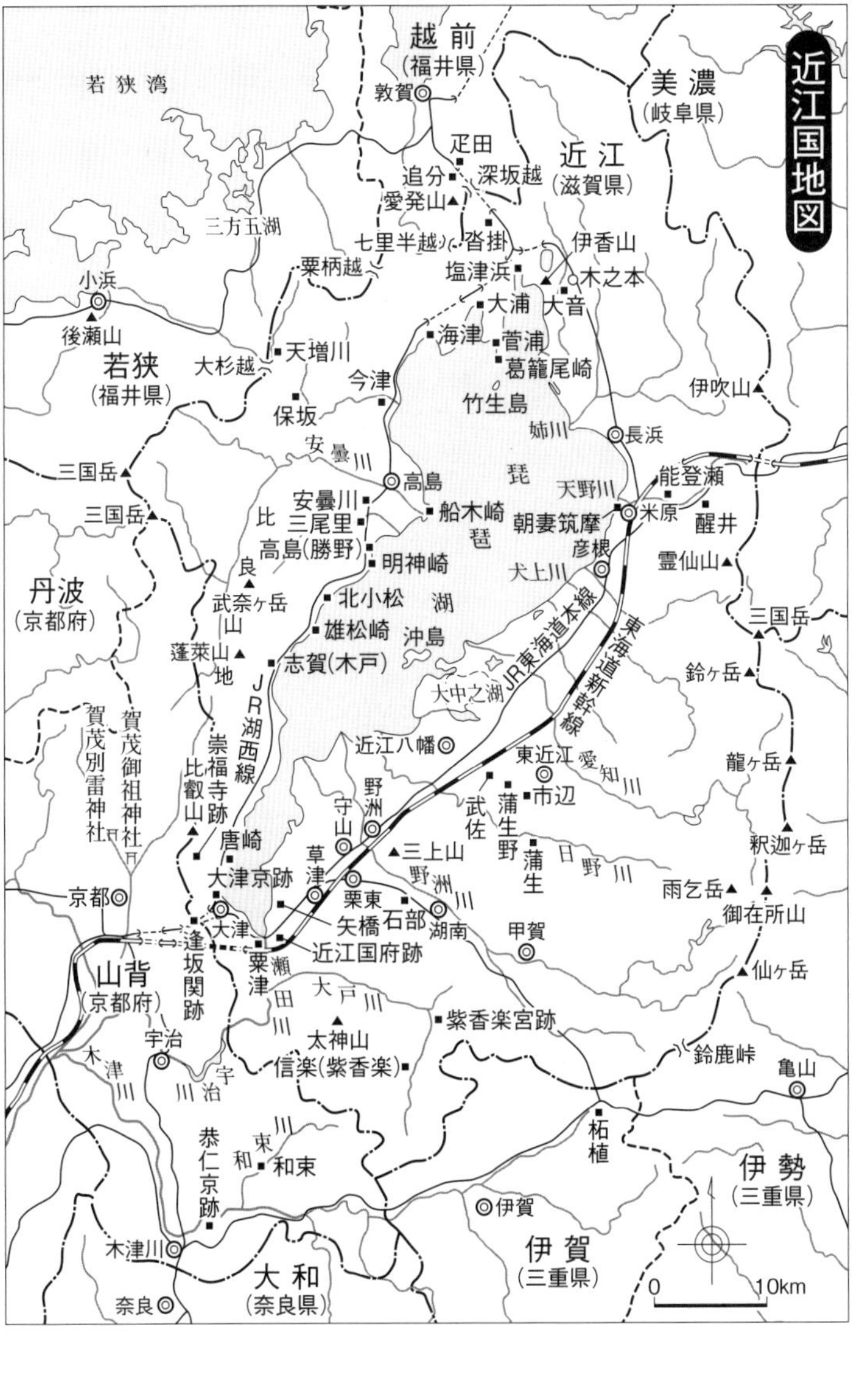
近江国地図
越前
(福井県)
若狭湾
敦賀
美濃
(岐阜県)
疋田
追分
深坂越
近江
(滋賀県)
愛発山
三方五湖
沓掛
七里半越
伊香山
粟柄越
塩津浜
木之本
小浜
大浦
大音
後瀬山
海津
菅浦
若狭
(福井県)
天増川
大杉越
葛籠尾崎
今津
伊吹山
保坂
竹生島
姉川
長浜
安曇川
三国岳
高島
琵
能登瀬
天野川
安曇川
船木崎
米原
醒井
三国岳
比
三尾里
朝妻筑摩
高島(勝野)
琵
彦根
良
明神崎
霊仙山
犬上川
丹波
(京都府)
武奈ヶ岳
北小松
湖
山
三国岳
雄松崎
沖島
蓬莱山
地
志賀(木戸)
鈴ヶ岳
JR東海道本線
東海道新幹線
大中之湖
賀茂別雷神社
賀茂御祖神社
JR湖西線
崇福寺跡
比叡山
近江八幡
東近江
愛知川
龍ヶ岳
野洲
守山
武佐
蒲生野
市辺
唐崎
三上山
釈迦ヶ岳
草津
蒲生
大津京跡
野洲川
日野川
京都
栗東
雨乞岳
矢橋
石部
湖南
御在所山
大津
逢坂関跡
近江国府跡
甲賀
粟津
瀬田川
大戸川
仙ヶ岳
山背
(京都府)
紫香楽宮跡
宇治
太神山
鈴鹿峠
亀山
木津川
宇治川
信楽(紫香楽)
柘植
恭仁京跡
和束川
和束
伊勢
(三重県)
伊賀
伊賀
(三重県)
木津川
大和
(奈良県)
奈良
0
10km

初句索引

数字は本書掲載頁を示す

校訂・訳者紹介

小島憲之――こじま・のりゆき
一九一三年、鳥取県生れ。京都大学卒。上代文学専攻。大阪市立大学名誉教授。主著『上代日本文学と中国文学』『萬葉以前』『古今集以前』『日本文学における漢語表現』ほか。一九九八年逝去。

木下正俊――きのした・まさとし
一九二五年、福岡県生れ。京都大学卒。上代文学専攻。関西大学名誉教授。主著『萬葉集　本文篇・訳文篇・各句索引』（共著）『萬葉集語法の研究』『校本萬葉集（新増補版）』（共編）ほか。

東野治之――とうの・はるゆき
一九四六年、兵庫県生れ。大阪市立大学卒。日本古代史専攻。奈良大学教授。主著『正倉院文書と木簡の研究』『日本古代木簡の研究』『遣唐使と正倉院』『書の古代史』『遣唐使』ほか。

日本の古典をよむ④
万葉集

二〇〇八（平成二〇）年　四月三〇日　第一版第一刷発行
二〇二二（令和四）年　九月十四日　第七刷発行

校訂・訳者　小島憲之・木下正俊・東野治之
発行者　飯田昌宏
発行所　株式会社 小学館
〒一〇一－八〇〇一
東京都千代田区一ツ橋二－三－一
電話　編集　〇三－三二三〇－五一七〇
販売　〇三－五二八一－三五五五
印刷所　大日本印刷株式会社
製本所　牧製本印刷株式会社

◎造本には十分注意しておりますが、印刷、製本など製造上の不備がございましたら「制作局コールセンター」（フリーダイヤル〇一二〇－三三六－三四〇）にご連絡ください。（電話受付は、土・日・祝休日を除く九時三〇分～一七時三〇分）

Printed in Japan ISBN978-4-09-362174-8